Ullstein Großdruck

Alle Wetter

Sprüche und Geschichten von wolkig bis heiter

Herausgegeben von
Thomas Maess

Ullstein Großdruck

Ullstein Großdruck
ein Ullstein Buch
Nr. 40127
im Verlag Ullstein GmbH,
Frankfurt/M – Berlin

Umschlaggestaltung:
Theodor Bayer-Eynck
unter Verwendung einer
Illustration aus der
Liberty Collection
The Image Bank

Printed in Germany 1991
Gesamtherstellung:
Ebner Ulm
ISBN 3 548 40127 9

Oktober 1991

Die Deutsche Bibliothek –
CIP-Einheitsaufnahme

Alle Wetter: Sprüche und Geschichten
von wolkig bis heiter / hrsg. von Thomas
Maess. – Frankfurt/Main; Berlin:
Ullstein, 1991
(Ullstein-Buch; Nr. 40127:
Ullstein-Großdruck)
ISBN 3-548-40127-9
NE: Maess, Thomas [Hrsg.]; GT

Inhalt

Aus den Sagen des klassischen Altertums
Die große Flut 9

Petrus Hehel
Ein Meßner gibt vor, er könnt' das Wetter machen 17

K. F. H. Freiherr von Münchhausen
Die festgefrorenen Lieder 19

Matthias Claudius
Ein Lied hinter dem Ofen zu singen 22

Hans Christian Andersen
Geschichte des Jahres 24

Alexander Puschkin
Der Schneesturm 39

Johann Gottfried Herder
An die Bäume im Winter 60

Johann Peter Hebel
Der Mond 61

Hans Christian Andersen
Der Schneemann 69

Adelbert von Chamisso
Adelberts Fabel 78

Heinrich Heine
Neuer Frühling 88

Theodor Storm
Die Regentrude 89

Die Jahreszeiten in den Bauernregeln 131

Adalbert Stifter
Der Hagelsturm* 140

Iwan Turgenjew
Wald und Steppe 160

William H. Jones
Gegen Sturm und Eis um Kap Hoorn 172

Hermann Löns
Hellnachtpirschgang 197

Johann Peter Hebel
Mancherlei Regen 208

Adalbert Stifter
Der Condor 217

Gottfried Keller
Der Nebel* 243

Indianermärchen aus Nordamerika
Der Nordwind 255

Arthur Rimbaud
Im grauen Abendregen 261

Oscar Wilde
Der glückliche Prinz 263

Peter Bamm
Isobare und Ursachen 278

Eugen Roth
Der Regenschirm 282

Selma Lagerlöf
Der Stein im See 308

Heinz Piontek
Als der Regen noch eine schöne Seite hatte . . . 333

Otto Heinrich Kühner
Wo sich die Elemente berühren 337

Heinrich Spoerl
Veränderlich 347

Quellenverzeichnis 350

Die mit einem Stern versehenen Titelformulierungen stammen vom Lektorat.

Die große Flut

Dem Himmelsvater Zeus war von der Schlechtigkeit der Menschen viel Schlimmes zu Ohren gekommen. Der Wunsch, daß diese Gerüchte unwahr oder übertrieben sein mochten, bewog ihn, seinen Himmel zu verlassen und selbst in menschlicher Gestalt unter den Menschen umherzuwandern, um mit eigenen Augen zu schauen. Er fand leider die Wahrheit noch schlimmer als das Gerücht. Überall traf er Verwilderung und Verruchtheit. So kam er auf seiner Wanderung durch Arkadien noch in später Dämmerung nach Lykosura in das Haus des Königs *Lykaon*. Sobald er eingetreten, gab er Zeichen, daß ein Gott genaht, und die Menge begann ihn mit Gebeten und Gelübden zu verehren. Aber Lykaon verlachte die Gebete und sprach: »Ich werde schon sicher erproben, ob er ein Gott ist oder ein sterblicher Mensch.« Er gedachte nämlich während der Nacht im Schlafe ihn durch ungeahnten Mord zu verderben. Zuvor aber versuchte er den Gast auf andere Weise. In seinem Hause hatte er eine Geisel vom Volke der Molosser; der durchstach er mit dem Schwerte die Kehle und kochte und briet die noch zuckenden Glieder und setzte sie seinem Gaste vor, ob er wohl erkenne, was er esse. Da schleudert Zeus im Zorne den rächenden Blitz ins Haus und zerschmettert es. Entsetzt stürzt der Frevler aus den brechenden Trümmern hinaus und sucht das Weite. Er heult auf, denn zu sprechen vermag er nicht; in schäumender Wut fällt er, getrieben von der alten Mordlust, in die Herden und freut auch jetzt noch sich am Blute. Sein Gewand zergeht in rauhe Zotteln, seine Arme wandeln sich in Beine: er wird ein Wolf und behält noch die Spuren des früheren Aussehens, die Gräue des Haars, die blutgierigen Augen, dieselbe Wildheit des Gesichts und der Gebärden.

Ein Haus ist vernichtet, aber alle sind desselben Loses wert. Der Himmelsvater ist entschlossen, das gesamte ruchlose Menschengeschlecht zu vertilgen. Sobald er in den Himmel zurückgekehrt ist, beruft er den Rat sämtlicher Götter. Die kommen sofort auf der glänzenden Milchstraße – denn das ist der Weg der Unsterblichen – hinauf zu der Höhe des Himmels, zu dem Königspalaste des großen Donnerers. Zur Rechten und zur Linken in der Nähe des Zeus haben die vornehmsten unter den Göttern ihre Wohnungen, weiter ab liegen zerstreut die der niederen Götter. Als die heilige Schar der Himmlischen sich niedergelassen in dem Marmorsaale des Zeus und dieser selbst auf erhöhtem Throne, gestützt auf sein elfenbeinernes Zepter, Platz genommen, schüttelte er dreimal und viermal sein gewaltiges Lockenhaupt, mit dem er Erde und Meer und Gestirne bewegte, und sprach also: »Noch nie war ich so besorgt um den Bestand meines Reiches wie jetzt, selbst nicht, als die schlangenfüßigen Giganten den Himmel bestürmten. So weit die Erde reicht, habe ich nichts als ruchlose Schlechtigkeit gefunden; das gesamte Menschengeschlecht muß ausgerottet werden.« Nachdem darauf die Götter die Geschichte des Lykaon gehört, billigen sie alle den Entschluß des Zeus; doch fragen sie alle besorgt, wie nach Vertilgung der Menschen in Zukunft der Zustand der Erde sein, wer den Göttern Weihrauch und Opfer darbringen solle. Darüber beruhigt sie der Götterkönig und verspricht, mit einem neuen besseren Geschlechte die Erde zu bevölkern. Und schon greift er nach seinen Blitzen, um sie auf die Erde zu verstreuen; doch er fürchtet, der Äther möchte Feuer fangen und die Himmelsachse verbrennen, auch erinnert er sich, daß nach dem Schlusse des Schicksals eine Zeit kommen solle, wo Erde und Meer und die Burg des Himmels in furchtbarem Brande zusammenstürzten – und er legte die Donnerkeile wieder beiseite und beschloß, durch die Wasser des Himmels die Menschen zu vertilgen.

Sofort schloß er alle Winde, welche die Wolken verscheuchen und den Himmel klären, in die Höhlen des Aiolos ein und ließ nur den regenbringenden Notos, den Südwind, wehen. Der flog über die Erde mit feuchten Schwingen, das Haupt mit schwarzem Dunkel verhüllt, aus dem langen Bart und dem grauen Haar, aus Gefieder und Busen trieft die Flut, und wie er mit der Hand die weitumherhangenden Wolken drückt, strömen unter donnerndem Brausen dichte Regengüsse vom Himmel; Iris, die Göttin des Regenbogens in schimmerndem Gewande, schöpft unaufhörlich Wasser und trägt es den Wolken als Nahrung zu. Da werden die Saaten niedergepeitscht vom Regenschwalle; die Hoffnung des Landmanns, die Arbeit des langen Jahres liegt zerstört am Boden. Und der Zorn des Zeus begnügt sich nicht mit den Wassern des Himmels; sein Bruder, der Meergott, unterstützt ihn mit seinen Gewässern. Dieser ruft alle Flüsse zusammen und befiehlt ihnen: »Brechet die Schleusen auf, öffnet die Wasserkammern, laßt euren Fluten alle Zügel schießen!« Die Flüsse gehorchen, und Poseidon selbst stößt mit seinem Dreizack in die Erde, daß sie erzittert und den Gewässern in ihrem Schoße freie Bahnen läßt. Da stürzen die Flüsse entfesselt über ihre Ufer und reißen weithin alles mit sich fort, Saaten und Bäume, Menschen und Vieh, Häuser und Tempel. Und wo ein Haus oder eine hochgetürmte Burg der Gewalt der Fluten trotzte, da stieg bald das Wasser über Giebel und Türme. Schon sind Land und Meer nicht mehr durch Grenzen voneinander geschieden; alles ist Meer, ein Meer ohne Ufer. Wo früher schlanke Ziegen geweidet, da lagern jetzt ungestalte Robben, Delphine tummeln sich in den Wäldern umher, die Meernymphen, die Töchter des Nereus, betrachten mit Staunen die Haine und Häuser und Städte unter dem Wasser. Wolf und Schaf, Löwen und Tiger schwimmen bunt durcheinander in den Wogen, nichts hilft dem Eber seine Blitzeskraft, nichts dem Hirsch seine Schnelle, und der Vogel, nachdem er lange vergeblich einen Platz zum Ruhen gesucht, sinkt endlich mit matten Schwingen ins Meer. Und die Menschen? Die einen suchen Schutz auf dem Hügel, auf den Bergen, die andern in Kahn und Schiff; Hügel und Berge überdeckt die Flut, die Schiffe verschlingt der Abgrund, und wen die Woge verschont, den tötet endlich der Hunger.

Zwischen dem Oeta und dem Lande Böotien liegt Phokis, ein fruchtbares Land, solange es Land war, jetzt war's ein Teil des Meeres und ein weites Feld der Wogen. Dort ragt mit doppeltem Gipfel der Parnassus hoch über die Wolken, ein gewaltiger Berg, höher als alles Land umher. Dessen Haupt, zwar von der Brandung umtobt, bleibt frei von der Flut. Dort landete in kleinem Schiffe nach langer Irrfahrt auf den Gewässern der gerechte Deukalion mit Pyrrha, seinem frommen Weibe – Deukalion ein Sohn des Prometheus, Pyrrha eine Tochter des Epimetheus und der Pandora. Beim Herannahen der Flut hatte er sich auf den Rat seines Vaters ein festes, wohlüberdecktes Schiff gezimmert und hinlänglich mit Lebensmitteln versehen. So entging er dem Untergang. Als Zeus von so vielen Tausenden die beiden allein noch übrig sah, beide unsträflich und durch frommen Sinn ausgezeichnet vor den andern Menschen, da zerstreute er das dunkle Regengewölk und zeigte dem Himmel die Erde wieder und der Erde den Himmel, und Poseidon ließ auf sein Geheiß durch Triton den Wogen des Meeres den Rückzug blasen. Schon bekommt das Meer wieder Ufer, die Ströme, die Bäche fließen voll in ihren Betten, die Hügel und die Wälder und die Fluren steigen hervor aus den sinkenden Gewässern, und die Erde zeigt wieder ihre vorige Gestalt.

Als Deukalion nach dem Verlaufen der Flut die Erde ringsum einsam und öde sah, sprach er mit tränendem Aug' also zu Pyrrha: »O Schwester, o Gattin, einziges Weib noch auf Erden, in allen Ländern, die reichen vom Aufgang zum Niedergang, sind wir beide noch das einzige Volk, alle andern hat die Flut begraben. Aber auch wir sind unseres Lebens noch nicht sicher, jede Wolke erschreckt noch meine Seele. Und sind wir auch frei von Gefahr, was sollen wir beide, vereinsamt auf der leeren Erde, beginnen? Hätte ich doch die Kunst vom Vater gelernt, Menschen zu bilden und dem geformten Tone Leben einzuhauchen. So bleiben wir allein, der einzige Rest des Menschengeschlechtes!« So sprach er, und sie weinten – und beschlossen, den Rat und die Hilfe der Himmlischen im Orakel zu erflehen. Sie suchten die Orakelstätte von Delphi auf, am Fuße des Parnassus, wo damals noch Themis ihre Weissagungen gab. Als sie die Stufen des verlassenen Tempels berührten, fielen sie zur Erde nieder, küßten den halbzerfallenen Altar und flehten: »Sag uns, o Themis, durch welche Kunst der Verlust unseres Geschlechtes wieder ersetzt werden kann; gib neues Leben der versunkenen Welt.« Die Göttin antwortet:

»Geht aus dem Tempel,
Hüllt euch beide das Haupt und löst die gegürteten Kleider,

Werft sodann die Gebeine der großen Erzeugerin rückwärts.«

Lange staunten sie. Endlich brach Pyrrha das Schweigen; sie weigert sich, der Göttin zu gehorchen, und fleht sie furchtsam um Verzeihung, es sei ihr unmöglich, den Schatten ihrer Mutter durch Zerstreuung ihrer Gebeine zu kränken. Unterdessen sinnen sie noch weiter über die dunklen Worte nach; da wird plötzlich Deukalion die Deutung klar. Er beruhigte seine Gattin mit den freundlichen Worten: »Entweder trügt mich mein Scharfsinn, oder die Worte der Götter sind fromm und wollen keinen Frevel. Die große Erzeugerin ist die Erde, die Steine in dem Leibe der Erde sind, denk' ich, ihre Gebeine; die sollen wir rückwärts werfen.«

Zwar setzten sie noch Zweifel in ihre Deutung; doch was schadet's, die Probe zu machen? Sie gehen hinab ins Tal, verhüllen das Haupt, entgürten die Gewänder und werfen die Steine. Und die Steine – welch' ein Wunder! – begannen ihre Härte und Spröde zu verlieren, sie erweichten allmählich und zogen sich zu langen Gestalten auseinander. Bald, nachdem sie so gewachsen, wurde ihr Aussehen milder, und menschliche Formen, obgleich noch nicht deutlich, traten hervor, ähnlich den Figuren der Bildhauer, die erst aus dem Rohen herausgemeißelt sind. Was an den Steinen Feuchtes und Erdiges war, würde zu Fleisch, das Feste und Unbiegsame ward Knochen, was Ader war, blieb Ader. So gewannen in kurzer Zeit durch den Willen der Götter die von dem Manne geworfenen Steine männliche Bildung, die vom Weibe geworfenen wurden Weiber.

So ward die Erde mit neuen Menschen bevölkert. Aber wir geben noch immer Zeugnis, welchen Ursprungs wir sind; wir sind ein hartes Geschlecht, ausdauernd zur Arbeit. – Auch die übrigen lebenden Wesen erneuerten sich bald wieder. Als die Glut der Sonne den tiefen Schlamm, den die Flut zurückgelassen, allmählich durchwärmte, da hob sich der Schlamm und schwoll, und es regte sich unter ihm ein neues Leben. In buntem Gewimmel stiegen nach und nach die mannigfaltigsten Gestalten hervor, die zahlreichen Geschlechter der Tiere, welche auf der Erde sich verbreiteten, im Wasser und auf dem Lande und in der Luft.

Petrus Hehel

Ein Meßner gibt vor, er könnt' das Wetter machen

Ein gewisser Schul-Meister und zugleich Meßner, anderswo nennt man dergleichen Leute Küster, konnte mit seinen jährlichen Einkommen nicht bestehen, Weib und Kinder, die er in der Anzahl hatte, zu erhalten, wollte also sein Stückel Brot vergrößern.

Er hielt demnach bei einer reichen Dorfschaft an um den Meßner-Dienst, zu welchem, damit er leichter kommen konnte, gab er der Gemeinde vor, daß er könne schönes oder trübes Wetter, Regen oder Sonnenschein machen, wie mans haben wollte. Die Bauern waren mit diesen Versprechen gar wohl zufrieden, schafften also mit aller Gewalt ihren alten Schulmeister ab, und trutzten den Pfarrer, daß ers müsse gelten lassen, nahmen aber dafür diesen Praetendenten an und auf.

Was geschieht? Als nun ein geraume Zeit vorbei, und dieser Kerl kein anderes Wetter machen konnte, als sich ohne dem begeben, stießen die Bauern die Köpfe zusammen, kommen mit Trischel und Knittel über den armen Mann angezogen und verwiesen ihm mit allem Ernst, daß er sie betrogen hätte, sein Wort und Versprechen nicht hielte. Der gute Meßner sah sich in der Gefahr zu sein, daß er nicht von dem groben Gesind anstatt des Lohns Püff und Schläg davon trüge, gab also gute Worte aus und sagte zu den groben Bauern: Meine liebe Herren, ich kann einmal nichts dafür, denn sich noch keiner aus euch bei mir angemeldet, was ihr für ein Wetter haben wollt, hab also auch bis dato nichts besonderes gemacht, sondern alles gehen lassen, wie es hat gehen wollen. Daher kommt jetzt unter einander übereins, und vergleicht euch insgemein, was ihr für ein Wetter haben wollt, so will ichs machen, wie ihrs insgesamt haben wollt. Die Bauern ließen sich mit diesen beschlagen, riefen die ganze Gemeinde zusammen, hielten Rat untereinander in Beisein des Schulmeisters, was er für ein Wetter machen sollte. Aber seht: Sie konnten in diesem Punkt untereinander nicht eins werden, denn einer wollte wegen Dürre seines Erdreichs naß haben und Regen, der andere aber, weil sein Acker in einem moosigen, feuchten Grund lag, schönes Wetter und Sonnenschein, dieser so, der andere anders, und es war unter diesem Gesindel der Disputat so heftig, daß sie einander selber in die Haare und Faust liefen. Der Meßner horchte dem Handel ganz merksam zu, bis er sich endet, und weil kein Teil dem andern weichen wollte unter den zankenden Parteien, sagte er gar gescheid: Wohlan denn, meine Herren Bauern! Weil ihr euch selbst nicht vergleichen könnt, so kann ich auch nicht einen jeden ein anderes und besonderes Wetter machen, habt also Geduld mit jenem Wetter, das Gott macht.

K. F. H. Freiherr von Münchhausen

Die festgefrorenen Lieder

Nicht lange hierauf machten die Russen mit den Türken Frieden, und ich wurde nebst andern Kriegsgefangenen wieder nach St. Petersburg ausgeliefert. Ich nahm aber nun meinen Abschied und verließ Rußland zu der Zeit, als der Kaiser in der Wiege nebst seiner Mutter und ihrem Vater, dem Herzog von Braunschweig, dem Feldmarschall von Münnich und vielen andern nach Sibirien geschickt wurde. Da mein Litauer in der Türkei geblieben war, mußte ich mit der Post reisen.

Als ich von Rußland in mein Vaterland zurückreiste, herrschte über ganz Europa ein so außerordentlich strenger Winter, daß die Sonne eine Art von Frostschaden erlitten haben muß, an dem sie noch heute krankt.

Einmal gerieten wir mit unserer Postkutsche an einen engen Hohlweg zwischen hohen Dornenhekken. Da erinnerte ich den Postillon, mit seinem Horn ein Zeichen zu geben, damit wir in diesem engen Passe nicht etwa mit einem entgegenkommenden Fuhrwerk zusammenstießen.

Mein Kerl setzte an und blies aus Leibeskräften in das Horn, aber alle seine Bemühungen waren umsonst. Nicht ein einziger Ton kam heraus. Das war für uns ein Rätsel und ein rechtes Unglück obendrein.

Denn bald darauf stießen wir auf eine entgegenkommende Kutsche, an welcher nun schlechterdings nicht vorbeizukommen war.

So sprang ich denn aus meinem Wagen und spannte zuvörderst die Pferde aus. Hierauf nahm ich den Wagen neben allem Gepäck auf meine Schultern und sprang damit über Ufer und Hecke, ungefähr neun Fuß hoch, was bei der Schwere der Kutsche eben keine Kleinigkeit war, auf das Feld hinüber. Durch einen ähnlichen Sprung gelangte ich hinter der fremden Kutsche wieder auf den Weg.

Darauf eilte ich zurück zu unsern Pferden, nahm unter jeden Arm eins und holte sie auf die vorige Art, nämlich durch einen Sprung hinüber und einen Sprung herüber, gleichfalls herbei, ließ wieder anspannen und gelangte glücklich zur nächsten Station. Erwähnen hätte ich noch sollen, daß eins von den Pferden, welches sehr mutig und nicht über vier Jahre alt war, ziemlichen Unfug machte. Denn als ich meinen zweiten Sprung über die Hecke tat, verriet es durch heftiges Strampeln ein großes Mißbehagen. Dies verwehrte ich ihm aber gar bald, indem ich seine Hinterbeine in meine Rocktasche steckte.

In der Herberge erholten wir uns wieder von unserm Abenteuer. Der Postillon hängte sein Horn an einen Nagel beim Küchenfeuer, und ich setzte mich ihm gegenüber.

Nun hört, ihr Herren, was geschah! Auf einmal ging's: Tereng! tereng! teng! teng! Wir machten große Augen und fanden nun auf einmal die Ursache, warum vorhin unser Postillon sein Horn nicht hatte blasen können.

Die Töne waren in dem Horn festgefroren und kamen nun, so wie sie nach und nach auftauten, hell und klar zu nicht geringer Ehre des Fuhrmanns heraus. Denn der tüchtige Geselle unterhielt uns nun eine ziemliche Zeit lang mit den herrlichsten Melodien, ohne den Mund an das Horn zu bringen.

Da hörten wir den preußischen Marsch – »Ohne Lieb und ohne Wein« – »Als ich auf meiner Bleiche« – »Gestern abend war Vetter Michel da« – nebst noch vielen andern Stückchen, auch sogar das Abendlied: »Nun ruhen alle Wälder«. Mit diesem letzten schloß dieser Tauwetterspaß, so wie ich hiermit meine russische Reisegeschichte beende.

Manche Reisenden sind bisweilen imstande, mehr zu behaupten, als genaugenommen wahr sein mag. Daher ist es denn kein Wunder, wenn Leser oder Zuhörer ein wenig zum Unglauben neigen. Sollten indessen einige von der Gesellschaft an meiner Wahrhaftigkeit zweifeln, so muß ich sie wegen ihrer Ungläubigkeit herzlich bemitleiden und sie bitten, sich lieber zu entfernen, ehe ich meine Schiffsabenteuer beginne, die fast noch wunderbarer, aber doch ebenso wahr sind.

Matthias Claudius

Ein Lied hinterm Ofen zu singen

Der Winter ist ein rechter Mann,
Kernfest und auf die Dauer;
Sein Fleisch fühlt sich wie Eisen an,
Und scheut nicht Süß noch Sauer.

War je ein Mann gesund, ist er's;
Er krankt und kränkelt nimmer,
Weiß nichts von Nachtschweiß noch Vapeurs,
Und schläft im kalten Zimmer.

Er zieht sein Hemd im Freien an,
Und läßt's vorher nicht wärmen,
Und spottet über Fluß im Zahn
Und Kolik in Gedärmen.

Aus Blumen und aus Vogelsang
Weiß er sich nichts zu machen,
Haßt warmen Drang und warmen Klang
Und alle warmen Sachen.

Doch wenn die Füchse bellen sehr,
Wenn's Holz im Ofen knittert,
Und um den Ofen Knecht und Herr
Die Hände reibt und zittert;

Wenn Stein und Bein vor Frost zerbricht
Und Teich' und Seen krachen;

Das klingt ihm gut, das haßt er nicht,
Dann will er sich totlachen. –

Sein Schloß von Eis liegt ganz hinaus
Beim Nordpol an dem Strande;
Doch hat er auch ein Sommerhaus
Im lieben Schweizerlande.

Da ist er denn bald dort bald hier.
Gut Regiment zu führen.
Und wenn er durchzieht, stehen wir
Und sehn ihn an und frieren.

Hans Christian Andersen

Geschichte des Jahres

Es war zu Ende des Januars, als ein fürchterliches Unwetter raste. Der Schnee flog wirbelnd durch die Straßen und Gassen; die Fenster waren wie mit Schnee überzogen, von den Dächern stürzte er haufenweise herab, und die Menschen waren so eilig, sie liefen, sie flogen und fuhren einander in die Arme, hielten sich einen Augenblick fest und hatten solange festen Fuß. Kutschen und Bediente sahen aus wie gepudert, der hintenauf stehende Diener kehrte den Rücken gegen die Kutsche und fuhr rücklings gegen den Wind; die Fußgänger hielten sich, um Schutz zu suchen, neben dem Wagen, der nur langsam durch den tiefen Schnee kommen konnte, und als sich endlich der Sturm legte und ein schmaler Fußsteig längs den Häusern geschaufelt wurde, standen die Leute hier still, wenn sie sich begegneten; keiner von ihnen hatte Lust, den ersten Schritt zu tun und in den tiefen Schnee zu treten, um den andern vorbeizulassen. Schweigend standen sie eine Weile voreinander, bis endlich nach schweigender Übereinkunft jeder ein Bein preisgab und es zum Ausweichen in den Schneeberg setzte. –

Gegen Abend legte sich der Wind, und es ward ganz still. Der Himmel schien reingefegt, höher und durchsichtiger, die Sterne funkelneu geworden zu sein, so hell glänzten sie! Denn es fror, daß es in den Häusern krachte, und da konnte der Schnee die Nacht über wohl eine so harte Kruste bekommen, daß am andern Morgen die Sperlinge darauf herumhüpften. Bald flogen die kleinen Vögel hierher, bald dorthin, um ein Futterkorn zu finden, wenn irgendwo ein Weg durch den Schnee geschaufelt wurde, und man sah es ihnen deutlich an, wie sehr sie ob der strengen Kälte litten.

»Piep!« sagte der eine Sperling, »das heißt man das neue Jahr! Das ist ja viel ärger als das zu Ende gegangene! Da hätten wir ebensogut das alte behalten können! Ich bin mißvergnügt darüber und habe guten Grund dazu.«

»Liefen nicht die Menschen mit Gewehren, um das alte Jahr aus- und das neue Jahr einzuschießen!« sagte ein kleiner verfrorener Sperling, »warfen sie nicht Töpfe und Türen und waren aus Rand und Band vor Freude, weil das alte Jahr aus war! Und ich war's eigentlich auch, denn ich erwartete, daß nun wieder warme Tage kommen würden. Aber daraus ist nichts geworden, es friert weit ärger als damals. Die Menschen haben sich in der Zeitrechnung geirrt!«

»Das haben sie«, sagte ein alter Sperling, dem schon die Holle grau geworden war. »Sie haben so etwas, das sie den Kalender nennen, was eine bloße Erfindung ihrer eigenen Köpfe ist, und darnach soll nun alles gehen und eintreffen, das tut's aber nicht. Wenn der Frühling kommt, dann fängt das neue Jahr an. Das ist der Herr der Natur, und nach ihm richte ich mich.«

»Wann kommt der Frühling?« fragten die anderen Sperlinge.

»Der kommt, wenn der Storch ins Land zieht«, antwortete der alte Sperling. »Das ist freilich ein etwas unbestimmter Bote, und hier in der Stadt weiß niemand etwas davon zu sagen. Besser wissen es die Leute auf dem Lande. Wollen wir hinausfliegen und warten? Da ist man doch dem Frühling jedenfalls näher.«

»Könnte ganz gut sein«, sagte ein anderer Sperling, der lange umhergehüpft war und gepiept hatte, ohne recht verständlich zu werden. »Ich habe aber hier in der Stadt einige Bequemlichkeiten, die ich auf dem Lande leicht entbehren müßte. In der Nähe gibt es eine Menschenfamilie, die auf den vernünftigen Einfall gekommen ist, drei bis vier Blumentöpfe mit der Öffnung an die Wand zu kleben. Sie haben so große Löcher hineingemacht, daß man durch dieselben ein- und ausfliegen kann. Darin haben mein Mann und ich unser Nest gemacht, und von da sind alle unsere Jungen hinausgeflogen. Die Menschenfamilie hat das Ganze natürlich so eingerichtet, um das Vergnügen zu haben, uns zu sehen, sonst hätten sie's wohl schwerlich getan. Diese Leute werfen uns auch Brosamen hin, ebenfalls bloß zu ihrem Vergnügen, und wir haben dann freie Kost; es wird gleichsam für uns gesorgt, und darum gedenke ich hierzubleiben, und mein Mann bleibt auch, obschon wir unzufrieden mit unserer Lage sind.«

»Und wir wollen aufs Land fliegen und nach dem Frühling aussehen!« sagten die anderen Sperlinge, und damit flogen sie fort. –

Auf dem Lande gab's aber erst einen gehörigen Winter; es fror hier noch einige Grade stärker als in der Stadt, und der scharfe Wind fegte über die schneebedeckten Felder hin. Der Bauer saß mit großen Fausthandschuhen und Ohrenkappe angetan in seinem Schlitten und schlug sich mit den Armen, um den Leib und sich selbst warmzuhalten, die Peitsche hatte er auf den Sitz gelegt, und die mageren Pferde liefen, daß sie dampften. Der Schnee knarrte, und Sperlinge hüpften in den Schlittenspuren frierend herum. »Piep!« sagten sie, »wann kommt der Frühling? Es dauert so lange!«

»So lange?« hallte es hin über das Feld und von dem hochverschneiten Hügel herab, was zwar ein Echo sein konnte, aber ebensowohl das Wort des alten Mannes, der dort oben auf dem Schneeberge saß. Er war ganz weiß, wie der Bauer im groben weißen Mantel, hatte langes Haar, einen weißen Bart und große helle Augen, aber ein blasses Gesicht dabei.

»Wer ist der Alte dort oben?« fragten die Sperlinge.

»Ich weiß es«, sagte eine alte Krähe, die auf einem Scheuerpfahl balancierte und so herablassend war, anzuerkennen, daß wir alle nur Piepvögelein vor dem lieben Herrgott sind, und deshalb auch mit den kleinen Sperlingen sich einließ und Belehrungen erteilte. »Ich weiß, wer der Alte ist. Das ist der Winter, der Alte vom vorigen Jahr. Er ist nicht tot, wie der Kalender sagt, sondern der Vormund des kleinen Gottes Frühling, der da kommen soll. Ja, der Winter führt das Regiment. Huh! das knackt wohl in euch, ihr Kleinen?«

»Habe ich das nicht gesagt!« versetzte der kleinste Sperling. »Der Kalender ist pure Erfindung von den Menschen; er paßt gar nicht zur Natur. Dergleichen zu machen sollten sie uns überlassen; wir sind zarter gebaut.«

Und es verstrich eine Woche und noch eine. Der Wald war und blieb dunkel, der gefrorene Schnee lag so schwer wie geschmolzenes Blei, die Wolken waren gar keine Wolken mehr, sondern nur nasse, eiskalte Nebel, welche über dem Land hingen, die großen schwarzen Raben flogen in ganzen Scharen, ohne zu schreien – es war nicht anders, als wenn alles schliefe. Ein Sonnenstrahl fiel auf den Schnee, der dann wie zerrinnendes Zinn anzusehen war. Die Schneedecke glänzte nicht mehr wie bisher über Berg und Tal, aber die weiße Gestalt, der Winter, beharrte noch auf seinem Platze und wandte den Blick noch unaufhörlich nach Süden, denn er hatte es gar nicht bemerkt, daß die Schneedecke gleichsam in die Erde versank und hier und da ein kleiner grüner Grasplatz zum Vorschein kam, auf dem es alsbald von Sperlingen wimmelte.

»Quiwit! kommt der Frühling nun?« sagten sie.

»Der Frühling!« ertönte es über Feld und Wiese und durch die schwarzbraunen Wälder, wo das Baummoos anfing hellgrün zu glänzen. Da kamen aus dem Süden die beiden ersten Störche dahergeflogen, jeder auf seinem Rücken ein niedliches Kindlein tragend, und wohin die Frühlingsboten ihre Füße setzten, da keimten weiße Blumen aus dem Schnee hervor. Hand in Hand stieg das Kinderpaar hinan zu dem alten Schneemann, sie legten sich an seine Brust zu erneutem Gruße, und zur nämlichen Stunde waren alle drei den Blicken entschwunden. Denn es entstand ein dichter Nebel, der die ganze Landschaft umhüllte. Bald darauf erhob sich aber ein frischer Wind, der immer mehr zunahm und zuletzt mit kräftigen Stößen den Nebel gänzlich zerstreute. Die Sonne fing an zu scheinen; der Winter war verschwunden, und die schönen Kinder des Lenzes saßen zu Throne auf den blumenreichen Gefilden der wiederbelebten Erde.

»Das heißen wir Neujahr!« sagten die Sperlinge. »Jetzt kommen wir wieder zu unserem Rechte und zum Ersatz für den harten Winter!«

Wohin die beiden Frühlingsboten sich wandten, da brachen Knospen aus den Bäumen hervor, da wurde das Gras höher und die Saaten schossen auf im lieblichsten Grün. Und ringsum streute das kleine Mädchen Blumen aus, von denen es einen großen Reichtum in seiner Schürze barg, und ohne Ende sprangen immer neue Blumen daraus hervor, wie eifrig das Mädchen auch davon austeilte. In seinem Eifer überschüttete es sogar die Apfel- und Pfirsichbäume mit einem ganzen Blumenschnee, daß sie schon in voller Pracht dastanden, ehe sie noch einmal Blätter bekommen hatten.

Und das kleine Mädchen klatschte in die Hände, und der kleine Knabe klatschte. Da kam ein ganzes Heer von Vögeln daher und sang zwitschernd:

»Nun ein Frühling ist im Land,
Wie die Welt noch keinen sah!«

Wie schön war nicht auch das alles anzusehen! Manches alte Mütterchen kam vor die Tür, um den Sonnenschein zu genießen, schauerte sich, sah die gelben Blumen an, die das ganze Feld bedeckten, ebenso wie sie es in ihren jungen Tagen gesehen hatte, und sprach zu der verjüngten Natur: »Welch ein herrlicher Tag ist der heutige!«

Noch stand der Wald ernst in bräunlichem Grün, Knospe an Knospe zeigend; aber das Moos brach frisch und duftend darin hervor. Veilchen blühten in ihrer ganzen Fülle, und Kuh- und Ochsenblumen, ja, in jedem Grashalm regte sich Wachstum. Alles dies bildete einen Teppich, auf dem zu sitzen sich wohl verlohnte, und auf demselben saß das junge Frühlingspaar Hand in Hand, sang frohe Lieder, lächelte dazu und wuchs mehr und mehr heran. –

Ein milder Regen fiel vom Himmel auf die Glücklichen herab, aber sie bemerkten es nicht: Regentropfen und Freudentränen flossen in einen einzigen

Wonnetropfen zusammen. – Braut und Bräutigam küßten sich, und wie durch ein Wunder war mit einem Male der Wald ausgeschlagen. Als die Sonne wieder aufging, waren alle Bäume grün.

Abends ging das junge Brautpaar Hand in Hand unter dem frischen Laubdache, wo die Sonnenstrahlen und der Schlagschatten dem Grünen noch einen Farbenwechsel verliehen. In den feinen Blättern spiegelte sich die jungfräuliche Reinheit, ihr erquikkender Duft war der Odem der Natur. Klar und murmelnd rieselte der Bach an dem grünen Sammet entlang und über das bunte Gestein dahin. »Vollauf, ewig und immer ist und bleibt es hier!« sprach das All der Natur. Und der Kuckuck rief darein, und die Lerche sang, daß es Frühling sei, und nur der Weidenbaum umhüllte noch, aus übermäßiger Vorsicht, seine gelben Blumen mit den wollenen Handschuhen, was recht langweilig anzusehen war.

Und so gingen Tage, so gingen Wochen hin! Die Wärme strömte gleichsam vom Himmel herab, ganze Luftwogen gingen durch die Kornfelder, und mehr und mehr näherten sich die Saaten der goldenen Reife. Des Nordens weißer Lotus breitete auf den Waldseen seine großen Blätter über den Wasserspiegel aus, und die Fische suchten Schutz unter dem grünen Dache. An der Mittagsseite des Waldes, wo die Sonne auf die Wand des Bauernhauses fiel und die ausgebrochenen Rosen gehörig durchglühte, wo die Fruchtbäume von saftigen schwarzen, fast heißen Kirschen strotzten, saß nun des Sommers herrliches

Weib, sie, die wir als Kind und als Braut gesehen haben. Sie blickte in die aufziehenden Wolken, die wellenförmig und wie Berge schwarzblau und drückend immer höher stiegen. Von drei Seiten zugleich kamen die drohenden Wolkenberge heran, senkten sich dann mehr und mehr, wie ein versteinertes umgekehrtes Meer, gegen den Wald, wo alles, wie vom Zauber gebannt, still und lautlos war. Jeder Luftzug ruhte; alle Vögel schwiegen; die ganze Natur war Ernst und Erwartung. Aber auf den Wegen und Fußsteigen eilten Gehende, Reitende, Fahrende, um ein schützendes Obdach zu erreichen. Da leuchtete es plötzlich, als wenn die Sonne glänzend und blendend hervorbrechen wollte, der Donner rollte, der Regen stürzte vom Himmel herab, es wurde finstere Nacht, und wiederum lichter Tag, es ward still, und wiederum rollte es; das junge braungefiederte Rohr auf den Moorfeldern bewegte sich in langen Wogen; die Gipfel des Waldes bargen sich in wäßrigem Nebel; Dunkel, Helle, Stille und Gerolle wechselten miteinander ab. – Gras und Korn lagen niedergeschlagen da, als sollten sie sich niemals wieder erheben. – Dann ward der Platzregen zu einzelnen fallenden Tropfen; die Sonne brach wieder durch, und von Halm und Blatt glänzten Wassertropfen wie Perlen; die Vögel sangen, die Fische sprangen, die Mücken tanzten in der Luft, und draußen saß auf einem Stein am salzigen, gepeitschten Meeresufer der Sommer selbst, der kräftige Mann mit den starken Gliedern und triefenden Haaren – verjüngt von dem frischen

Bade saß er nun da im erwärmenden Sonnenschein. Und ringsumher war die ganze Natur eine neubelebte. Alles stand erquickt, kräftig und schön: es war Sommer, der herrliche warme Sommer war da! –

Lieblich und süß war der Duft, der von den Kleefeldern aufstieg; die Bienen summten auf denselben umher, Brombeerranken schlängelten sich um den vom Regen abgespülten und im Sonnenschein glänzenden Altarstein der alten Dingstätte. Dahin flog die Bienenkönigin mit ihrem ganzen Schwarme, damit sie, ungestört von Menschen, Wachszellen bauen und Honig einsammeln könnten. Niemand sah es, als nur der Sommer und sein schlankes Weib: denn für sie stand der Altartisch gedeckt mit allen Gaben der Natur.

Und der Abendhimmel strahlte wie golden, keine Kirchenkuppel vermochte es so, und der Mond schien zwischen dem Abendrot und dem Morgenrot; denn nun war es voller Sommer geworden.

Und es vergingen Wochen und es vergingen Tage! Der Schnitter blanke Sensen und Sicheln glänzten in den Kornfeldern; des Apfelbaumes Zweige beugten sich, schwer beladen mit roter und gelber Frucht, zur Erde; der Hopfen duftete und hing in langen Kapseln herab, und unter Haselbüschen, an welchen gereifte Nüsse in schweren Bündeln hingen, ruhten Mann und Weib, der Sommer und seine ernste Gattin. –

»Welch reicher Segen!« sagte sie. »Ringsherum Glückseligkeit und Fülle! Alles ist so schön und gut, und doch, ich weiß nicht warum, sehne ich mich nach Ruhe, kann den rechten Ausdruck für dieses Verlangen nicht finden. – Nun fangen sie schon wieder an, die Äcker umzupflügen; mehr und immer mehr wollen die Menschen gewinnen! – Sieh nur die Störche, wie sie in der Ferne der Pflugschar folgen! Ägyptischer Vogel! Du, der uns durch die Luft getragen hat! Weißt du noch, wie wir beide als Kinder hier einzogen in die Länder des Nordens? Blumen brachten wir, schönen Sonnenschein und grüne Wälder! Sie hat nun der Wind übel zerzaust; schon werden sie braun und dunkel wie die Wälder des Südens, tragen aber keine goldene Frucht wie diese.«

»Die begehrst du zu sehen?« sagte der Sommer. »So freue dich denn!« – Und er erhob seinen Arm. – Da färbten sich die Blätter des Waldes rot und gelb in wahrer Farbenpracht; die wilden Rosenhecken prangten mit feuerroten Hagebutten; die wilden Kastanien fielen gereift aus den schwarzgrünen Schalen, und im Innern der Wälder blühte das Veilchen zum zweiten Male.

Aber des Jahres Königin wurde mehr und mehr still und blaß. »Es weht so kalt!« sagte sie, »die Nacht bringt feuchte Nebel. Mich verlangt nach dem Lande der Kindheit!«

Sie sah die Störche alle davonfliegen, und sie streckte die Hände sehnsuchtsvoll nach ihnen aus. Sie blickte hinaus nach den Nestern, die nun alle leer standen, und aus dem einen wuchs eine langstengelige Kornblume, aus dem andern die gelbe Butterblume heraus, als wären die Nester nur zu ihrem Schutz gebaut. Da kamen nun auch die Sperlinge heran und flogen in die verlassenen Nester der Störche.

»Piep! wo mag die Herrschaft geblieben sein? Konnte wohl nicht ertragen, daß der Wind sie anblies, und ging lieber aus dem Lande. – Nun, Glück zur Reise!«

Und immer gelber wurden die Blätter des Waldes; das Laub fiel ab, und herbstliche Winde fingen an zu brausen; die Zeit der Nachernte war gekommen. – Und auf dem gelben Laubfall lag die Königin des Jahres, blickte mit milden Augen den gestirnten Himmel an, und ihr Gatte stand neben ihr. – Da wirbelte der Wind in den Blättern, die von den Bäumen herabregneten, und – entschwunden war die Königin! Auf dem Rücken des letzten Schmetterlings flog sie dahin durch die kalte Luft! –

Und die nassen Nebel kamen, der eiskalte Wind und die langen finsteren Nächte! Des Jahres König stand nun da mit schneeweißem Haar, aber er wußte das selbst nicht, sondern glaubte, es seien Schneeflocken, die aus den Wolken herabfielen; denn schon bedeckte ein weißer Teppich das grüne Feld.

Und die Kirchenglocken läuteten zum Weihnachtsfest.

»Die Geburtstagsglocken schallen«, sagte der König des Jahres; »bald wird das neue Herrscherpaar geboren werden, und ich werde zur Ruhe gehen wie sie, die Vorangeeilte, auf glänzendem Gestirne.«

Und in dem immergrünen Wald, wo der Schnee lag, stand der Weihnachtsengel, um den jungen Bäumen, die bestimmt waren, das nahe Christfest zu verherrlichen, die Weihe zu erteilen.

»Freude in den Stuben und Jubel unter dem grünen Gezweige!« sagte der König des Jahres. Wochen hatten ihn zum Greise altern lassen. »Für mich naht die Stunde der Ruhe; das junge Jahrespaar wird nun die Krone und das Zepter tragen.«

»Und doch ist dein die Macht«, sagte der Weihnachtsengel, »nicht die Ruhe! Lasse den Schnee erwärmend und befruchtend auf der jungen Saat! Lerne ertragen, daß einem andern gehuldigt wird, während doch du der Herrscher bist; lerne, vergessen zu sein, und doch zu leben! Deine Stunde der Freiheit schlägt, wenn wiederum der Lenz anbricht!«

»Wann kommt der Frühling?« fragte der Winter.

»Wenn der Storch ins Land zieht«, antwortete der Engel.

Und der Winter mit schneeweißem Bart saß eiskalt, betagt und gebeugt da, aber stark wie der Sturm und die Kraft des Eises; hoch oben saß er auf dem Schneeberge und blickte gen Süden, wie es der Winter vor ihm getan hatte. Das Eis krachte, der Schnee knarrte, der Schlittschuhläufer flog über den blanken See dahin, und Raben und Krähen nahmen sich gut aus auf dem weißen Grunde, denn kein Wind rührte sich. Und in der stillen Luft dasitzend, faltete der Winter die Hände. Da ward ellendick alles Eis zwischen den Landen. –

Nun kamen wieder die Sperlinge aus der Stadt hergeflogen und fragten: »Wer ist der alte Mann?« Die Krähe saß wiederum da, oder ein Sohn von ihr, was ganz einerlei ist, und antwortete: »Das ist der Winter, der alte Mann vom vorigen Jahre. Er ist nicht tot, wie der Kalender spricht, sondern Vormund des Frühlings, der da kommen wird.«

»Wann kommt der Frühling?« fragten die Sperlinge. »Dann werden wir gute Tage haben und ein besseres Regiment; das alte taugte nichts!«

In Gedanken versunken, nickte der Winter dem blattlosen Walde zu, in welchem jeder Baum die schönen Krümmungen und Formen der Äste zeigte, und während des winterlichen Schlummers senkten sich die eiskalten Nebel und Wolken zur Erde. –

Dem Herrscher träumte von seiner Jugend und dem kraftvollen Mannesalter, und als der Tag zu dämmern begann, stand der ganze Wald mit schönem Reif überzogen da. – Das war der Sommertraum des Winters! Und der Sonnenschein schüttelte den Reif von den Bäumen. –

»Wann kommt der Frühling?« fragten die Sperlinge.

»Der Frühling!« hallte es wider von den Bergen her, wo der Schnee lag. Und die Sonne schien wärmer und immer wärmer; der Schnee zerrann, die Vögel zwitscherten: »Der Frühling kommt!«

Und hoch oben in der Luft kam der erste Storch daher, ihm folgte der zweite; auf dem Rücken beider Störche saß ein schönes Kind. – Und sie ließen sich nieder auf das offene Feld, küßten die Erde, und küßten den alten verstummten Mann, und wie einst Moses auf dem Berge verschwand er, getragen von den Nebeln der Berge. –

Die Geschichte des Jahres war zu Ende. –

»Das ist alles ganz richtig«, sagten die Sperlinge, »aber nicht nach dem Kalender, und also muß es verkehrt sein.«

Alexander Puschkin

Der Schneesturm

Ende des Jahres 1811, in der uns allen denkwürdigen Zeit, lebte auf seinem Landgut Neparadowo der wackere Gawrila Gawrilowitsch R. Er war durch seine Gastfreundlichkeit und Gutmütigkeit in der ganzen Gegend bekannt. Die Nachbarn kamen jeden Tag zu ihm auf Besuch, um zu essen und zu trinken oder mit seiner Gattin, Praskowja Petrowna, Boston zu fünf Kopeken den Point zu spielen; viele auch, um ihre Tochter, Marja Gawrilowna, ein schlankes, bleiches siebzehnjähriges Mädchen, zu sehen. Sie galt als reiche Partie, und viele ersehnten sie für sich oder für ihre Söhne.

Marja Gawrilowna war mit französischen Romanen erzogen worden und folglich verliebt. Ihr Auserwählter war ein armer Fähnrich von der Linie, der sich auf Urlaub auf dem Lande aufhielt. Es versteht sich von selbst, daß im Busen des jungen Mannes die gleiche Leidenschaft loderte und daß die Eltern seiner Geliebten, als sie ihre gegenseitige Zuneigung merkten, der Tochter untersagten, an ihn auch nur zu denken, und ihn bei seinen Besuchen noch unfreundlicher aufnahmen als irgendeinen verabschiedeten Assessor.

Unsere Verliebten tauschten häufig Briefe aus und sahen sich täglich unter vier Augen im Fichtengehölz oder bei der alten Kapelle. Dort schworen sie einander ewige Liebe, beklagten ihr Los und schmiedeten allerlei Pläne. Nach den vielen Gesprächen und Briefen gelangten sie (was ja sehr natürlich ist) zu folgendem Schlusse: »Da wir ohne einander nicht atmen können und der Wille der grausamen Eltern unserm Glück im Wege steht, dürften wir uns da nicht auch ohne ihre Einwilligung behelfen?« Es versteht sich, daß dieser glückliche Gedanke zuerst dem jungen Mann gekommen war und der romantischen Phantasie Marja Gawrilownas außerordentlich zusagte.

Der eingetretene Winter machte ihren Zusammenkünften ein Ende; ihr Briefwechsel wurde aber um so lebhafter. Wladimir Nikolajewitsch beschwor sie in einem jeden seiner Briefe, die Seinige zu werden: sich mit ihm heimlich trauen zu lassen, eine Zeitlang in einem Versteck zu leben und dann den Eltern zu Füßen zu fallen; die Eltern aber würden sich von der heroischen Treue und dem Unglück der Liebenden rühren lassen und sicherlich sagen: »Kinder! Kommt in unsere Arme!«

Marja Gawrilowna schwankte; viele Fluchtpläne wurden von ihr nacheinander verworfen. Endlich willigte sie ein: an dem für die Entführung bestimmten Tage sollte sie nicht zu Abend essen und sich, Kopfweh vorschützend, in ihr Zimmer zurückziehen. Dann sollte sie mit ihrer Zofe, die in die Verschwörung eingeweiht war, durch den Hinterflur in den Garten gehen, hinter dem Garten einen angespannten Schlitten vorfinden, in diesen einsteigen und etwa fünf Werst weit, nach dem Dorfe Schadrina direkt zur Kirche fahren, wo Wladimir sie schon erwarten würde.

Die Nacht vor dem entscheidenden Tage konnte Marja Gawrilowna keinen Schlaf finden; sie packte ihre Sachen, band Wäsche und Kleider zu einem Bündel zusammen und schrieb einen langen Brief an ihre Freundin, ein sehr empfindsames junges Mädchen, und einen zweiten an ihre Eltern. Sie nahm von ihnen in den rührendsten Ausdrücken Abschied, entschuldigte ihren Schritt mit der unüberwindlichen Macht der Leidenschaft und schloß mit den Worten, daß sie den Augenblick, in dem sie ihren treuen Eltern zu Füßen fallen dürfte, für den glücklichsten ihres Lebens betrachten würde. Nachdem sie beide Briefe mit einem in Tula verfertigten Petschaft versiegelt hatte, auf dem zwei flammende Herzen, von einer entsprechenden Inschrift umgeben, dargestellt waren, warf sie sich beim Tagesgrauen auf ihr Lager und schlummerte ein, wurde aber fortwährend von furchtbaren Traumbildern aufgeschreckt. Bald schien es ihr, daß ihr Vater, gerade in dem Augenblick, wo sie in den Schlitten stieg, um zur Trauung zu fahren, sie überraschte, mit schmerzvoller Schnelligkeit über den Schnee schleifte und in ein finsteres bodenloses Verlies stieße . . . sie stürzte kopfüber hinab, während ihr Herz sich unaussprechlich zusammenkrampfte; bald sah sie Wladimir blaß und verblutend im Grase liegen; im Sterben beschwor er sie mit herzzerreißender Stimme, sich sofort mit ihm trauen zu lassen. Noch viele andere gestaltlose und sinnlose Schreckbilder schwebten eines nach dem andern vor ihren Blicken. Als sie endlich aufstand, war sie blasser als sonst und hatte wirkliches Kopfweh. Vater und Mutter bemerkten sofort ihre Unruhe; die zärtliche Besorgtheit der Eltern und ihre unaufhörlichen Fragen: »Was hast du, Mascha? Bist du nicht wohl, Mascha?« schnitten ihr ins Herz. Sie versuchte sich zu beruhigen und sorglos zu erscheinen, brachte es aber nicht fertig. Indessen wurde es Abend. Der Gedanke, daß sie den scheidenden Tag zum allerletztenmal inmitten der Ihrigen begleite, bedrückte sie schwer. Sie war mehr tot als lebendig; im Geiste verabschiedete sie sich schon von allen Personen und Gegenständen, die sie umgaben. Das Abendessen wurde aufgetragen; ihr Herz begann heftig zu pochen. Mit bebender Stimme erklärte sie, daß sie heute nicht zu Abend essen würde, und wünschte den Eltern gute Nacht. Diese küßten sie und gaben ihr, wie jeden Abend, ihren Segen; sie fing dabei beinahe zu weinen an. Als sie in ihr Zimmer kam, ließ sie sich in einen Sessel fallen und brach in Tränen aus. Die Zofe beschwor sie, sich zu beruhigen und Mut zu fassen. Alles war schon bereit. In einer halben Stunde schon sollte Mascha dem Elternhause, ihrem Zimmer und dem stillen Mädchendasein für immer Lebewohl sagen ... Draußen tobte ein Schneesturm; der Wind heulte, die Fensterläden bebten und klopften; alles erschien ihr drohend und unheilkündend. Bald war es im Hause still; alle schliefen. Mascha hüllte sich in ihren Schal, zog sich einen warmen Mantel an, nahm ihr Köfferchen in die Hand und trat auf den Hinterflur. Die Zofe folgte ihr mit zwei Bündeln. Sie gingen in den Garten hinunter. Der Schneesturm wütete noch immer; der Wind blies Mascha ins Gesicht, wie wenn er die junge Missetäterin aufhalten wollte. Mit großer Mühe gelangten sie an das Ende des Gartens. Auf der Straße wartete schon der Schlitten. Die durchfrorenen Pferde wollten nicht mehr ruhig stehen; Wladimirs Kutscher ging vor den Deichselstangen auf und ab und bemühte sich, die Ungeduldigen zu halten. Er half dem Fräulein und der Zofe, in den Schlitten zu steigen und die Bündel und das Köfferchen unterzubringen, ergriff die Zügel, und die Pferde rasten dahin. Wir wollen aber das Fräulein der Sorge des Schicksals und der Kunst des Kutschers Terjoschka anvertrauen und uns zu unserm jungen Liebhaber wenden.

Wladimir war den ganzen Tag unterwegs. Am Morgen besuchte er den Priester von Schadrino und einigte sich mit ihm nicht ohne Mühe. Dann begab er sich auf der Suche nach Trauzeugen zu den benachbarten Gutsbesitzern. Der erste, den er aufsuchte, der vierzigjährige ehemalige Kornett Drawin, willigte mit Freuden ein. Dieses Abenteuer, behauptete er, erinnerte ihn an die Husarenstreiche seiner Jugend. Er bewog Wladimir, bei ihm zu Mittag zu essen, und versicherte ihm, daß die zwei noch fehlenden Zeugen sich unschwer finden lassen würden. Gleich nach dem Essen erschienen tatsächlich der Geometer

Schmidt, der einen Schnurrbart und Sporen trug, und der Sohn des Landpolizeihauptmanns, ein etwa sechzehnjähriger Junge, der vor kurzem bei den Ulanen eingetreten war. Sie nahmen Wladimirs Vorschlag nicht nur an, sondern erklärten sich auch bereit, für ihn ihr Leben aufs Spiel zu setzen. Wladimir schloß sie entzückt in seine Arme und fuhr nach Hause, um die letzten Vorbereitungen zu treffen.

Es dämmerte schon seit geraumer Zeit. Wladimir schickte seinen verläßlichen Terjoschka mit einer Troika und genauer und ausführlicher Instruktion nach Neparadowo, ließ sich den kleinen einspännigen Schlitten geben und fuhr allein ohne Kutscher nach Schadrino, wo nach etwa zwei Stunden auch Marja Gawrilowna eintreffen sollte. Der Weg war ihm gut bekannt, und die Fahrt dauerte gewöhnlich nur zwanzig Minuten.

Kaum aber hatte Wladimir das Dorf verlassen, als sich ein Wind erhob und ein solcher Schneesturm losbrach, daß er nichts mehr sehen konnte. Die Straße war in einem Augenblick unter den Schneemassen verschwunden; ein trüber, gelblicher Nebel, durch den die weißen Schneeflocken flogen, verdeckte den Ausblick; der Himmel floß mit der Erde in eins zusammen; Wladimir sah sich plötzlich mitten im freien Feld und machte vergebliche Versuche, wieder auf die Straße zu gelangen. Das Pferd lief aufs Geratewohl; bald fuhr es in einen Schneehaufen hinein, bald versank es in einem Graben; der Schlitten kippte jeden Augenblick um. Wladimir war nur auf das eine bedacht: die Richtung nicht zu verlieren. Es war aber schon, wie ihm schien, mehr als eine halbe Stunde vergangen, und er hatte das Gehölz von Schadrina noch immer nicht erreicht. Es vergingen noch zehn Minuten – vom Gehölz war noch immer nichts zu sehen. Wladimir fuhr über ein Feld, das von tiefen Gräben durchzogen war. Der Schneesturm wollte sich nicht legen und der Himmel sich nicht aufklären. Das Pferd begann müde zu werden, und er selbst kam in Schweiß, obwohl er jeden Augenblick bis an den Gürtel in den Schnee versank.

Bald merkte er, daß er in falscher Richtung fuhr. Wladimir hielt an, überlegte sich seine Lage und kam zur Überzeugung, daß er etwas mehr rechts fahren müsse. Er fuhr nach rechts. Das Pferd bewegte vor Müdigkeit kaum die Beine. Er war ja schon mehr als eine Stunde unterwegs. Schadrino mußte ganz in der Nähe sein. Er fuhr aber immer weiter, und das Feld nahm kein Ende. Immer neue Schneehaufen und Gräben; der Schlitten kippte immer wieder um, und er mußte ihn immer wieder aufrichten. Die Zeit verging; Wladimir wurde nun ernstlich unruhig.

Endlich zeigte sich seitwärts etwas Dunkles. Wladimir lenkte das Pferd in diese Richtung. Als er näher kam, sah er, daß es ein Gehölz war. »Gott sei Dank!« sagte er sich: »Jetzt ist es nicht mehr weit.« Er fuhr am Gehölz entlang, denn er hoffte, entweder auf die ihm wohlbekannte Landstraße zu kommen oder das Gehölz zu umbiegen; Schadrino mußte ja gleich dahinter liegen. Bald fand er den Weg und fuhr in das

Dunkel der Bäume, die der Winter ihres Laubes beraubt hatte. Der Wind konnte hier nicht so furchtbar wüten; die Straße war eben, das Pferd faßte neuen Mut, und Wladimir beruhigte sich.

Er fuhr aber und fuhr, doch von Schadrino war immer noch nichts zu sehen; das Gehölz wollte kein Ende nehmen. Wladimir merkte mit Schrecken, daß er in einen ihm unbekannten Wald geraten war. Verzweiflung bemächtigte sich seiner. Er gab dem Pferde die Peitsche; das arme Tier versuchte Trab zu laufen, wurde aber bald müde und ging schon nach einer Viertelstunde, trotz aller Bemühungen des unglücklichen Wladimir, wieder im Schritt.

Allmählich lichtete sich das Dickicht, und Wladimir fuhr aus dem Walde heraus. Von Schadrino war nichts zu sehen. Es mochte gegen Mitternacht sein. Tränen rannen ihm in die Augen; er fuhr aufs Geratewohl weiter. Der Sturm hatte sich gelegt, die Wolken verzogen sich; vor ihm lag ein von einem weißen welligen Teppich bedecktes Tal. Die Nacht war ziemlich hell. Er entdeckte in der Nähe ein Dörfchen, das aus vier oder fünf Höfen bestand. Wladimir fuhr auf das Dörfchen hin. Beim ersten Bauernhause sprang er aus dem Schlitten, lief auf ein Fenster zu und begann zu klopfen. Nach einigen Minuten ging der hölzerne Laden auf, und ein alter Mann streckte seinen grauen Bart heraus. »Was willst du?« – »Ist es weit bis Schadrino?« – »Ob es bis Schadrino weit ist?« – »Ja, ja! Ist es weit?« – »Gar nicht weit: an die zehn Werst.« Als Wladimir diese Antwort hörte, fuhr er sich in die Haare und erstarrte wie ein zum Tode Verurteilter.

»Und wo kommst du her?« fuhr der Alte fort. Wladimir hatte aber nicht den Mut, seine Frage zu beantworten. »Alter«, wandte er sich an ihn: »kannst du mir Pferde nach Schadrino verschaffen?« – »Woher sollen wir Pferde haben?!« antwortete der Bauer. – »Kann ich vielleicht einen Führer bekommen, der den Weg nach Schadrino kennt? Ich will ihm bezahlen, soviel er verlangt.« – »Wart einmal«, sagte der Alte, den Fensterladen schließend, »ich will dir meinen Sohn schicken; er wird dich begleiten.« Wladimir begann zu warten. Es war aber noch keine halbe Minute vergangen, als er wieder zu klopfen anfing. Der Laden ging auf, und der graue Bart zeigte sich wieder. »Was willst du?« – »Wo bleibt denn dein Sohn?« – »Gleich kommt er; er zieht sich die Stiefel an. Friert es dich vielleicht? Komm nur herein und wärme dich.« – »Ich danke. Schicke deinen Sohn schneller heraus.«

Bald knarrte das Tor. Ein Bursche, mit einem dikken Knüttel in der Hand, kam heraus und ging vor dem Schlitten her, den schneeverwehten Weg bald zeigend und bald suchend. »Wie spät ist es?« fragte ihn Wladimir. »Es wird wohl bald tagen«, antwortete der junge Bauer. Wladimir sprach nun kein Wort mehr.

Die Hähne krähten, und es war schon hell, als sie Schadrino erreichten. Die Kirche war geschlossen. Wladimir bezahlte seinen Führer und fuhr zum

Geistlichen. Auf dessen Hofe war aber keine Troika zu sehen. Was für eine Nachricht erwartete ihn da!

Kehren wir aber zu den braven Gutsbesitzern von Neparadowo zurück und sehen wir, was bei ihnen vorgeht.

Nichts Besonderes.

Die Alten standen wie jeden Morgen auf und kamen in die gute Stube: Gawrila Gawrilowitsch in Nachtmütze und Flausjacke, Praskowja Petrowna in wattiertem Schlafrock. Als der Samowar aufgetragen war, schickte Gawrila Gawrilowitsch ein Mädchen zu Marja Gawrilowna, sie zu fragen, wie es ihr heute ginge und wie sie geschlafen habe. Das Mädchen kam zurück und meldete, daß das gnädige Fräulein sehr schlecht geschlafen habe, sich aber jetzt schon etwas besser fühle und bald kommen werde. Die Türe ging tatsächlich auf, und Marja Gawrilowna trat ein, um Papa und Mama zu begrüßen.

»Wie ist es mit deinem Kopfweh, Mascha?« fragte Gawrila Gawrilowitsch. – »Es geht schon besser, Papachen«, antwortete Mascha. – »Es kommt wohl vom Ofendunst«, meinte Praskowja Petrowna. – »Ja, wahrscheinlich, Mamachen«, erwiderte Mascha.

Der Tag verlief glücklich, aber gegen Abend wurde Mascha krank. Man schickte in die Stadt nach einem Arzt. Dieser kam sehr spät und traf die Kranke im Delirium an. Sie hatte heftiges Fieber, und die Ärmste schwebte zwei Wochen lang zwischen Leben und Tod.

Niemand im Hause wußte etwas von der geplanten Flucht. Die Briefe, die Mascha am Vorabend geschrieben, hatte sie verbrannt; die Zofe sagte aus Furcht vor dem Zorn der Herrschaft niemand ein Wort. Der Geistliche, der ehemalige Kornett, der Geometer mit dem Schnurrbart und der kleine Ulan waren diskret und hatten wohl ihre Gründe dafür. Der Kutscher Terjoschka verschnappte sich selbst im Rausche nicht. So wurde das Geheimnis von dem halben Dutzend Mitverschworenen treu behütet. Doch Marja Gawrilowna selbst verriet es in ihrem fortwährenden Delirium. Ihre Worte waren aber so wirr, daß die Mutter, die das Krankenzimmer für keinen Augenblick verließ, aus ihnen nur das eine verstehen konnte, daß ihre Tochter sterblich in Wladimir Nikolajewitsch verliebt sei und daß die Erkrankung wahrscheinlich mit dieser Liebe zusammenhänge. Sie beriet sich mit ihrem Gatten und einigen Nachbarn, und alle kamen überein, daß es dem jungen Mädchen wohl vom Schicksal so beschieden sei, daß niemand dem ihm vom Himmel vorausbestimmten Ehegenossen entrinnen könne, daß Armut keine Schande sei, daß man nicht das Geld, sondern den Menschen heirate usw. Moralische Sprichwörter pflegen ungemein nützlich in solchen Fällen zu sein, wo man selbst keinerlei Rechtfertigung zu ersinnen vermag.

Das junge Mädchen erholte sich indessen wieder. Wladimir hatte sich schon lange nicht mehr in Gawrila Gawrilowitschs Haus blicken lassen. Die Behandlung, die ihm hier immer zuteil wurde, schreckte ihn wohl ab. Es wurde beschlossen, ihn kommen zu lassen, um ihm das unerwartete Glück: die Einwilligung auf die Ehe zu verkünden. Wie groß war aber das Erstaunen der Gutsbesitzer von Neparadowo, als sie von ihm als Antwort auf die Einladung einen halbverrückten Brief erhielten! Er teilte ihnen mit, daß er seinen Fuß nie wieder über ihre Schwelle setzen würde, und bat sie, den Unglücklichen, für den der Tod nun die einzige Hoffnung sei, zu vergessen. Nach einigen Tagen erfuhren sie, daß Wladimir wieder in sein Regiment eingerückt war. Das geschah im Jahre 1812.

Man konnte sich lange nicht entschließen, dies der genesenden Mascha zu melden. Sie sprach nie mehr von Wladimir. Als sie einige Monate später seinen Namen unter denen, die sich bei Borodino ausgezeichnet hatten und schwer verwundet waren, las, fiel sie in Ohnmacht, und man fürchtete schon, daß ihre Krankheit zurückkehren würde. Der Ohnmachtsanfall hatte aber, Gott sei Dank, keine ernsten Folgen.

Sie wurde von einem anderen Kummer heimgesucht: Gawrila Gawrilowitsch verschied und ließ sie als Erbin seines ganzen Besitzes zurück. Die Erbschaft gab ihr aber keinen Trost; sie teilte aufrichtig die Trauer Praskowja Petrownas und schwor, sich niemals von ihr trennen zu wollen. Die beiden verließen Neparadowo, die Stätte trauriger Erinnerungen, und zogen auf ihr *-sches Gut.

Die Freier umschwirrten auch hier das hübsche und reiche Mädchen; sie gab aber keinem auch die leiseste Hoffnung. Die Mutter redete ihr manchmal zu, sich einen Ehegenossen zu wählen. Marja Gawrilowna schüttelte aber nur den Kopf und wurde nachdenklich. Wladimir weilte nicht mehr unter den Lebenden: er war zu Moskau am Vorabend des Einzuges der Franzosen gestorben. Sein Andenken schien Mascha heilig zu sein; jedenfalls bewahrte sie alles, was an ihn erinnerte, treulich auf: die Bücher, die er einst gelesen, seine Zeichnungen, Noten und die Verse, die er für sie abgeschrieben. Die Nachbarn, die solches hörten, bewunderten ihre Standhaftigkeit und erwarteten mit Neugier den Helden, der über die rührende Treue der jugendlichen Artemis triumphieren würde.

Der Krieg war indessen ruhmvoll beendet. Unsere Heere kehrten aus dem Auslande zurück. Das Volk eilte ihnen entgegen. Die Regimentskapellen spielten die im Feldzuge eroberten Weisen: »Vive Henri-Quatre«, Tiroler Walzer und Arien aus der »Joconde«. Die Offiziere, die als halbe Knaben ins Feld gezogen waren, kehrten, im Pulverdampf der Schlachten zu Männern geworden, mit Ehrenkreuzen geschmückt, heim. Die Soldaten plauderten lustig miteinander, fortwährend deutsche und französische Wörter in ihre Rede mischend. Unvergeßliche Zeit! Zeit des Ruhmes und der Begeisterung! Wie stark pochte das russische Herz beim Klange des Wortes »Vaterland«! Wie süß waren die Freudentränen des Wiedersehens! Wie einmütig verbanden wir das Gefühl des nationalen Stolzes mit der

Liebe zum Kaiser! Und für diesen selbst – welche Augenblicke!

Die Frauen, die russischen Frauen waren damals unvergleichlich. Ihre gewöhnliche Kühle war verschwunden. Ihr Entzücken war wahrlich berauschend, als sie die Sieger mit »Hurra!« begrüßten

»und in die Luft die Häubchen warfen ...«

Wer von den damaligen Offizieren wird nicht zugeben, daß er von der russischen Frau den besten, den kostbarsten Lohn empfing ...?!

Marja Gawrilowna lebte um diese glanzvolle Zeit mit ihrer Mutter im *-schen Gouvernement und sah gar nicht, wie die beiden Residenzen die zurückgekehrten Truppen feierten. In der Provinz und auf dem flachen Lande war die allgemeine Begeisterung vielleicht noch stärker. Das Erscheinen eines Offiziers in solchen Gegenden war ein wahrer Triumph, und ein Liebhaber in Zivilfrack konnte neben ihm gar nicht aufkommen.

Wie gesagt, Marja Gawrilowna war trotz ihrer Kälte nach wie vor von Bewerbern umgeben. Alle mußten aber weichen, als der verwundete Husarenhauptmann Burmin mit dem Georgskreuze im Knopfloch und der »interessanten Blässe« (wie sich die damaligen jungen Damen ausdrückten) im Gesicht auf ihrem Schlosse erschien. Er war an die sechsundzwanzig Jahre alt. Er verbrachte den Urlaub auf seinen Besitzungen, die in der Nähe des Gutes

Marja Gawrilownas lagen. Marja Gawrilowna zeichnete ihn vor allen anderen aus. In seiner Gegenwart wich ihre gewöhnliche Versonnenheit einem lebhafteren Gemütszustand. Man kann nicht behaupten, daß sie mit ihm kokettierte, aber ein Dichter, der ihr Benehmen sähe, würde gesagt haben:

»Se amor non è, che dunche?«

Burmin war in der Tat ein liebenswürdiger junger Mann. Er besaß gerade jenen Geist, der den Damen so gut gefällt: den Geist des Anstandes und der Aufmerksamkeit, ganz ohne Anmaßung, doch mit gutmütigem Humor. Sein Benehmen Marja Gawrilowna gegenüber war einfach und ungezwungen; doch was sie auch sagen oder tun mochte, seine Seele und seine Blicke folgten ihr. Er schien einen stillen und bescheidenen Charakter zu haben, aber es wurde behauptet, daß er einst ein schlimmer Taugenichts gewesen sei, was ihm übrigens in Marja Gawrilownas Augen durchaus nicht zu schaden vermochte, da sie (wie alle jungen Damen) gern alle Streiche verzieh, die Kühnheit und feuriges Temperament verrieten.

Doch mehr als alles andere ... (mehr als seine zärtliche Veranlagung, mehr als seine angenehme Unterhaltungsgabe, als seine interessante Blässe, als sein verwundeter Arm) mehr als das alles war es das Schweigen des jungen Husaren, das ihre Neugier und Phantasie reizte. Sie konnte sich nicht verhehlen, daß sie ihm sehr gefiel; wahrscheinlich hatte auch er bei seinem Geist und seiner Erfahrung schon bemerkt, daß sie ihn vor den andern auszeichnete; wie war es nun zu erklären, daß sie ihn noch immer nicht zu ihren Füßen gesehen und sein Geständnis nicht zu hören bekommen? Was hielt ihn zurück? Schüchternheit, die von wahrer Liebe unzertrennlich ist, Stolz oder die Koketterie eines schlauen Schürzenjägers? Das war ihr ein Rätsel. Als sie sich das alles ordentlich überlegt hatte, sagte sie sich, daß Schüchternheit der einzige Grund seiner Zurückhaltung sein müsse, und sie entschloß sich, ihn durch erhöhte Aufmerksamkeit und, wenn es die Umstände verlangten, selbst durch Zärtlichkeit zu ermutigen. Sie war auf eine überraschende Lösung gefaßt und erwartete mit Ungeduld den Augenblick der romantischen Liebeserklärung. Jedes Geheimnis, ganz gleich welcher Natur, ist den Frauenherzen unerträglich. Ihre strategischen Maßnahmen führten zum erwünschten Erfolg: Burmin versank jedenfalls in so tiefe Nachdenklichkeit, und seine schwarzen Augen blickten mit solchem Feuer auf Marja Gawrilowna, daß der entscheidende Moment ganz nahe zu sein schien. Die Nachbarn sprachen von der Hochzeit als von einer beschlossenen Tatsache, und die gute Praskowja Petrowna freute sich, daß ihre Tochter endlich einen würdigen Bräutigam gefunden habe.

Die alte Dame saß einmal im Wohnzimmer, mit einer Grand'Patience beschäftigt, als Burmin ins Zimmer trat und sich sofort nach Marja Gawrilowna erkundigte. »Sie ist im Garten«, antwortete die Mutter, »gehen Sie zu ihr, ich werde Sie hier erwarten.« Burmin ging hinaus, und die alte Dame bekreuzigte sich und dachte: Vielleicht wird die Sache heute zur Entscheidung kommen!

Burmin traf Marja Gawrilowna am Teiche, unter einer Weide, mit einem Buche in der Hand – als echte Romanheldin. Nachdem die ersten Fragen ausgetauscht waren, ließ Marja Gawrilowna das Gespräch absichtlich stocken, die beiderseitige Verlegenheit auf diese Weise dermaßen vergrößernd, daß nur eine plötzliche und entscheidende Erklärung befreiend wirken konnte. So kam es auch: Als Burmin die Schwierigkeit seiner Lage merkte, erklärte er, daß er schon längst eine Gelegenheit gesucht habe, vor ihr sein Herz zu enthüllen, und bat sie um eine Minute Gehör. Marja Gawrilowna machte das Buch zu und senkte zum Zeichen des Einverständnisses die Augen.

»Ich liebe Sie«, begann Burmin, »ich liebe Sie leidenschaftlich ...« (Marja Gawrilowna errötete und ließ den Kopf noch tiefer sinken.) »Ich handelte leichtsinnig, als ich mich der süßen Gewohnheit, Sie alltäglich zu sehen und zu hören, hingab ...« (Marja Gawrilowna mußte an den ersten Brief des St. Preux denken.) »Nun ist es zu spät, mich meinem Schicksale zu widersetzen: Die Erinnerung an Sie, Ihr liebes, unvergleichliches Bild wird nun die ewige Qual und die ewige Wonne meines Lebens sein; eine schwere Pflicht ist aber noch zu erfüllen: Ich muß Ihnen ein schreckliches Geheimnis enthüllen und damit eine unüberwindliche Schranke zwischen uns errichten ...« – »Diese Schranke hat schon immer bestanden«, unterbrach ihn Marja Gawrilowna lebhaft, »niemals könnte ich die Ihre werden.« – »Ich weiß es«, antwortete er leise, »ich weiß, daß Sie schon einmal geliebt haben; aber der Tod und die drei Jahre der Trauer ... Liebe, gute Marja Gawrilowna, versuchen Sie nicht, mir meinen letzten Trost zu rauben: den Gedanken, daß Sie bereit wären, mein ganzes Glück zu sein, wenn ...« – »Schweigen Sie, um Gottes willen, schweigen Sie! Sie quälen mich.« – »Ja, ich weiß, ich fühle es, daß Sie die Meinige werden würden, aber ich, ich unseliges Geschöpf – ich bin schon verheiratet.«

Marja Gawrilowna blickte ihn erstaunt an.

»Ich bin verheiratet«, fuhr Burmin fort, »seit vier Jahren schon, und ich weiß nicht, wer meine Frau ist, wo sie weilt und ob es mir beschieden ist, sie je wiederzusehen!«

»Was sagen Sie?!« rief Marja Gawrilowna aus. »Wie seltsam! Fahren Sie fort; ich will Ihnen später erzählen, aber fahren Sie um Gottes willen fort.«

»Zu Beginn des Jahres 1812«, erzählte Burmin, »eilte ich nach Wilna, wo sich unser Regiment befand. Als ich eines Abends zur späten Stunde auf eine Station kam und sofort anzuspannen begann, erhob sich ein furchtbarer Schneesturm, und der Stationsaufseher und die Kutscher rieten mir, abzuwarten. Ich folgte ihnen, aber eine unbegreifliche Unruhe bemächtigte sich meiner; mir war es, als ob mich jemand fortwährend stieße. Der Schneesturm wollte sich nicht legen. Ich hielt es nicht länger aus, gab wieder den Befehl anzuspannen und setzte trotz des Sturmes meine Reise fort. Der Kutscher hatte den Einfall, über den Fluß zu fahren, was den Weg um drei Werst abkürzen sollte. Die Flußufer waren vom Schnee verweht. Der Kutscher verpaßte die Stelle, wo man wieder auf die Landstraße kommen konnte, und so gerieten wir in eine gänzlich unbekannte Gegend. Der Sturm wütete noch immer. Ich sah einen Lichtschein und ließ auf dieses Ziel fahren. Wir kamen in ein Dorf; in der hölzernen Kirche brannte Licht. Die Kirchentür stand offen; hinter der Kirchenmauer warteten einige Schlitten, und vor dem Eingang gingen Menschen auf und ab.

›Hierher, hierher!‹ riefen einige Stimmen.

Ich befahl dem Kutscher, vor der Kirche zu halten.

›Mein Gott, wo bliebst du so lange?‹ sagte mir jemand. ›Die Braut ist ohnmächtig; der Pope weiß nicht was tun; wir wollten schon nach Hause fahren. Komm aber schneller her!‹

Ich sprang schweigend aus dem Schlitten und trat in die Kirche, die von zwei oder drei Kerzen schwach erleuchtet war. Ein Mädchen saß auf einer Bank in einer finsteren Ecke; ein anderes rieb ihr die Schläfen.

›Gott sei Dank!‹ sagte das letztere. ›Wir haben Sie kaum erwarten können. Sie haben das Fräulein beinahe getötet.‹

Der alte Geistliche ging auf mich zu und fragte: ›Sollen wir beginnen?‹

›Ja, beginnen Sie, Hochwürden, beginnen Sie‹, antwortete ich zerstreut.

Man hob das Mädchen auf. Es erschien mir recht hübsch ... Ein unerklärlicher, unverzeihlicher Leichtsinn ... Ich stellte mich neben sie vor den Altar; der Priester hatte große Eile; die drei Männer und die Zofe stützten die Braut und waren mit ihr allein beschäftigt. So traute man uns.

›Küßt euch‹, sagte man uns.

Meine Frau wandte mir ihr blasses Gesicht zu. Ich wollte sie schon küssen ... Sie schrie aber auf: ›Ach, er ist's nicht, er ist's nicht!‹ und fiel wieder in Ohnmacht. Die Zeugen richteten auf mich ihre erstaunten Blicke. Ich wandte mich um, verließ ungehindert die Kirche, stürzte in den Schlitten und schrie: ›Los!‹«

»Mein Gott« rief Marja Gawrilowna aus. »Und Sie wissen gar nicht, was aus Ihrer armen Frau geworden ist?«

»Ich weiß es nicht«, antwortete Burmin, »ich weiß nicht, wie das Dorf heißt, in dem ich getraut wurde, und von welcher Station ich hingekommen war. Damals legte ich meinem verbrecherischen Streich so wenig Bedeutung bei, daß ich gleich, nachdem ich die Kirche verlassen, einschlief und erst am nächsten Morgen auf der dritten Station erwachte. Mein Diener, der mich damals begleitete, starb während des Feldzuges, und so habe ich gar keine Hoffnung, diejenige zu finden, der ich den grausamen Streich gespielt habe und die nun so grausam gerächt ist!«

»Mein Gott, mein Gott!« sagte Marja Gawrilowna, seine Hand ergreifend. »Also Sie waren es?! Und Sie erkennen mich nicht?«

Burmin erbleichte und stürzte ihr zu Füßen . . .

Johann Gottfried Herder

An die Bäume im Winter

Gute Bäume, die ihr die starr entblätterten Arme
Reckt zum Himmel und fleht wieder den Frühling herab!
Ach, ihr müßt noch harren, ihr armen Söhne der Erde,
Manche stürmige Nacht, manchen erstarrenden Tag!
Aber dann kommt wieder die Sonne mit grünendem Frühling
Euch; nur kehret auch mir Frühling und Sonne zurück?
Harr geduldig, Herz, und birg in die Wurzel den Saft dir!
Unvermutet vielleicht treibt ihn das Schicksal empor.

Johann Peter Hebel

Der Mond

Der geneigte Leser wird nun recht begierig sein, auch etwas Neues von dem Monde zu erfahren, der ihm des Nachts so oft aus der Stadt nach Hause leuchtet oder aus dem Wirtshaus. [. . .] Was will denn von ihm gesagt werden?

Erstlich: Der Mond ist auch eine große Kugel, die im unermeßlichen Weltraum schwebt, nicht anders als die Erde und die Sonne, aber in seiner körperlichen Masse ist er fünfzigmal kleiner als die Erde und nicht viel über fünfzigtausend Meilen von ihr entfernt. Man sieht hieraus, daß der Hausfreund nicht darauf ausgeht, mit großen Zahlen um sich zu werfen, wenns nicht sein muß, und den gutmütigen Leser im Numerieren zu üben, sondern daß er gerne bei der Wahrheit bleibt.

Zweitens: Daß der Mond, wie die Sonne, je in vierundzwanzig Stunden um die Erde herumzugehen scheint, will nicht viel sagen. Gesetzt, er stehe unbeweglich still an seinem Ort, so dreht sich ja die Erde um ihre Achse; daraus erfolgen in Rücksicht auf den Mond die nämlichen Erscheinungen wie bei der Sonne, und wenn von ihm ein langer gelber Faden ohne Ende auf die Erde herabreichte und auch an dem Kruzifix im Felde angeknüpft würde, so müßte sich der gelbe Faden ebenfalls in vierundzwanzig

Stunden um die Erde herumlegen. Aber der Mond ist deswegen nicht um die Erde herumgegangen, sondern die Erde durch die Umdrehung um ihre Achse hat den Faden selber an sich aufgewunden.

Drittens: Der Mond muß auch sein Licht und sein Gedeihen von der Sonne empfangen. Eine Hälfte seiner Kugel ist erhellt, die gegen die Sonne gekehrt ist, die andere ist finster. Damit nun nicht immer die nämliche Hälfte hell und die nämliche finster bleibe, so dreht sich der Mond wie die Erde ebenfalls um sich selber oder um seine Achse, und dem Hausfreund tut die Wahl weh, will er sagen in siebenundzwanzig Tagen und acht Stunden oder in neunundzwanzig Tagen und einem halben Tag. Denn beides ist richtig, je nachdem mans ansieht. Wir wollen aber sagen in neunundzwanzig und einem halben Tag, weils die Kalendermacher so ansehen. Daraus folgt, daß in dieser langen Zeit der Tag und die Nacht nur einmal um den Mond herumwandeln. Der Tag dauert dort an einem Ort so lange als ungefähr zwei von unsern Wochen, und ebensolang die Nacht, und ein Nachtwächter muß sich schon sehr in acht nehmen, daß er in den Stunden nicht irre wird, wenn es einmal anfängt, zweihundertunddreiundzwanzig zu schlagen oder dreihundertundneun. – Aber

Viertens: Der Mond bewegt sich in der nämlichen Zeit auch um die Erde. Dies sieht man abermal an den Sternen. Wie wenn man einen langsam gehenden Postwagen aus weiter Ferne beobachtet, meint man, er stehe still. Wenn man aber bemerkt, wie er doch nicht immer neben dem nämlichen Baum an der Straße sich befindet, sondern nach ein paar Minuten neben einem andern, so erkennt man, daß er nicht stillsteht, sondern auf die Station geht. Wenn er aber in einem großen Kreis um den geneigten Leser herumführe, so müßte er doch zuletzt wieder zu dem nämlichen Baum kommen, bei welchem er zuerst stand, und daran müßte man erkennen, daß er jetzt seinen Kreislauf vollendet hat; also auch der Mond. Er hält sich nicht jede Nacht bei dem nämlichen Sternlein auf, wenns noch so schön ist, sondern er rückt weiter von einem zum andern. Am andern Abend um die nämliche Zeit ist er schon um ein beträchtliches vorgerückt, aber ohngefähr in obenbenannter Zeit, etwas früher, kommt er wieder zu dem nämlichen Stern, bei dem er zuerst stand, und hat seinen Kreislauf um die Erde vollendet.

Fünftens: Da sich der Mond also um die Erde bewegt, so ist daraus leicht abzunehmen, was es mit dem Mondwechsel für eine Bewandtnis hat. Der Neumond ist, wenn der Mond zwischen der Sonne und Erde steht, wenn schon nicht in schnurgerader Linie. Alsdann ist seine ganze erleuchtete Hälfte oder sein Tag gegen die Sonne gekehrt, und seine Nacht schaut herab gegen uns. Vom Neumond an, wenn der Mond auf seinem Umlauf zwischen der Sonne und der Erde heraustritt und sich gleichsam mit ihnen in den Triangel stellt, erblicken wir zuerst einen schmalen Streif von der erhellten Mondkugel, der immer größer wird bis zum ersten Viertel.

Das erste Viertel ist, wenn der Mond so steht, daß gerade die Hälfte von der erleuchteten Halbkugel oder der vierte Teil von dem Mond gegen uns im Licht ist und die Hälfte von der verfinsterten Halbkugel im Schatten. Da kann man recht sehen, wie Gott das Licht von der Finsternis scheidet, und wie auf den Weltkörpern der Tag neben der Nacht wohnt, und wie die Nacht von dem Tag bis zum Vollmond allmählich besiegt wird.

Der Vollmond ist, wenn der Mond auf seinem Kreislauf um die Erde steht, also daß die Erde zwischen ihm und der Sonne schwebt, wenn schon nicht in schnurgerader Linie. Alsdann können wir seine ganze erleuchtete Hälfte sehen, wie sie von der Sonne erleuchtet wird, und aus unserer Nacht hinaufschauen in seinen Tag. Vom Vollmond an, wenn der Mond sich auf der andern Seite herumbiegt um die Erde, kommt wieder etwas von seiner finstern Hälfte zum Vorschein und immer mehr bis zum letzten Viertel.

Das letzte Viertel ist, wenn wieder die eine Hälfte der Halbkugel, die gegen uns steht, erleuchtet und die andere verfinstert ist, und jetzt kann man sehen, wie die Nacht den Tag besiegt, bis sie ihn im Neumond wieder verschlungen hat. Dies ist der Mondwechsel.

Sechstens aber, und wenn der Mond und die Erde einmal in schnurgerader Linie vor der Sonne stehen, so geschehen noch ganz andere Sachen, die man nicht alle Tage sehen kann, nämlich die Finsternisse.

Wenn der dunkle Neumond jezuweilen in seinem Lauf schnurgerade zwischen die Erde und die Sonne hineinrückt, so können wir vor ihm am hellen Tag die Sonne nimmer sehen, oder doch nicht ganz, und das nennen wir alsdann eine Sonnenfinsternis. Die Sonnenfinsternis kann nur im Neumond stattfinden. Wenn aber im Vollmond die Erde gerade zwischen die Sonne und zwischen den Mond hineintritt, so kann die Sonne nicht ganz an den Vollmond scheinen, weil die Erde ihren Strahlen im Wege steht. Dies ist alsdann die Mondsfinsternis. Die Dunkelheit, die wir am Mond erblicken, ist nichts anders als der Schatten von unserer eigenen Erde, und ein solches Exempel am Mond kann nur im Voll-Licht statuiert werden. Alle diese Finsternisse nun, die einzig von der Bewegung des Monds und der Erde herrühren, wissen wir Sternseher und Kalendermacher ein ganzes Jahr und, wers verlangt, weiter hinaus vorherzusagen, und der Hausfreund gibt jetzt wenig gute Worte mehr, wenn einer kommt, der nicht glauben will, was bisher von den Himmelslichtern gesagt worden ist und ferner soll gesagt werden. »Woher wißt Ihr«, fragt der vorsichtige Leser, »daß die Sonne und der Mond so groß ist oder so, so weit oder nahe, und daß sich die Erde und der Mond auch ganz gewiß so bewegen, wie es Euch vorkommt? Wer ist dort gewesen und hats gemessen?« Antwort: Wenn wir das nicht gewiß wüßten und auf das Haar, so könnten wir nicht auf ein ganzes Jahr und, wers verlangt, auf weiter hinaus eine Finsternis voraussagen, auf welchen

Tag, ja auf welche Minute sie anfängt, und wie tief sie sich in den Mond oder in die Sonne hineinfrißt. Oder sagts auch voraus, wenn Ihr könnt, und warum sucht Ihr es im Kalender, wenn Ihr meint, wir fallieren?

Siebentens, und wenn der Mond in seinem vollen Licht am Himmel erscheint, sieht er bei allem dem kurios aus mit seinem trüben Gesicht und mit seinen hellern und blassern Flecken. Denn bekanntlich ist die Helle nicht gleichmäßig über ihn verbreitet, sondern ungleichmäßig. Damit hat er die Gelehrten lange Zeit vexiert und ihnen weisgemacht, die hellern Teile seien Land, von welchem die Lichtstrahlen wieder zurückprellen, und die dunklern seien Wasser, welches die Lichtstrahlen verschluckt. Allein mit einem Perspektiv, wie es in vorigen Zeiten keine gab, hat ein rechtschaffener Sternseher, namens Schröter, ganz andere Dinge auf dem Monde entdeckt als Land und Wasser, nämlich auch Land, aber kein Wasser, sondern weite Ebenen, hohe Berge und tiefe Abgründe von wunderbarer Gestalt und Verbindung. Hat er nicht ihren Schatten sogar beobachtet, und wie er sich von Abend gegen Morgen bewegt, verkürzt und verlängert? Hat er nicht zuletzt sogar aus dem Schatten der Berge ihre Höhe ausgerechnet, gleichsam aus der Regeldetri? Die höchsten Berge auf dem Mond sind höher als die höchsten auf der Erde, nämlich fünfundzwanzigtausend Fuß. Der Hausfreund hat Respekt vor dem Sternseher und der göttlichen Allmacht, die einem schwachen Menschenkind den Verstand und die Geschicklichkeit geben kann, auf fünfzigtausend Meilen weit Berge auszumessen, die unsereiner (der geneigte Leser ist gemeint) gar nicht sieht. Fragt man nun noch

Achtens und letztens, was denn eigentlich der Mond am Himmel zu verrichten hat? – Antwort: Was die Erde. Er hat ebensoviel Recht dazusein als wir. Soviel ist gewiß: er erhellt durch sein mildes Licht, welches der Widerschein von seinem Sonnenschein ist, unsere Nächte und sieht zu, wie die Knaben die Mägdlein küssen. Er ist der eigentliche Hausfreund und erste Kalendermacher unserer Erde und der oberste Generalnachtwächter, wenn die andern schlafen. Hinwiederum scheint die Erde mit ihrem Sonnenglanz in wechselndem Licht an die finstere Halbkugel des Mondes und erhellt ihre lange, lange Nacht. Was will der geneigte Leser sagen! Sieht man nicht in den ersten Tagen des Neulichts, wenn der Mond noch wie eine krumme Sichel am Himmel steht, sieht man nicht auch den übrigen dunkeln Teil seiner Scheibe oder seine Nacht durch einen schwachen grünlichen Schimmer erhellt? Das ist eine Wirkung des Sonnenscheins, der von der erleuchteten Halbkugel unserer Erde auf den Mond fällt, oder ist der Erdschein im Mond.

Zudem hat der Mond einen großen Einfluß auf die Luft und Witterung der Erde und durch sie auf Gewächs, Tiere und Menschen. Jedermann weiß, daß sich am liebsten um die Zeit der Mondwechsel das Wetter ändert und bricht. Wenn wir Kalendermacher den Mond nicht hätten, wir könnten nicht jahraus, jahrein und, wers verlangt, von Tag zu Tag das Wetter also voraussagen, daß es manchmal wunderbarlich eintrifft. Ja, wer schon auf dem Meere gewesen oder in einer Seestadt in Arbeit gestanden oder in Garnison gelegen ist, weiß, was Flut und Ebbe heißt, wenn das Meer von sechs zu sechs Stunden gegen das Ufer anlauft und wieder zurücktritt. Diese Wasserkunst kommt größtenteils auch vom Mond her. Ja, der Hausfreund getraut sich zu behaupten, daß noch andere und ganz kuriose Veränderungen auf dem Erdball vorgehen könnten, wenn einmal der Mond rebellisch werden und nimmer kommen wollte.

Zudem ist es endlich gar wohl möglich, daß auch dieser Weltkörper allerlei vernünftige und unvernünftige Geschöpfe von seltsamen Gestalten und Eigenschaften beherbergt, die uns alles besser sagen könnten, und die sich in ihrer Nacht auch über den milden Erdschein freuen. Vielleicht glauben die einfältigen Leute dort auch lange her, die Erde gehe um den Mond herum und sei bloß wegen ihnen da, und wir könntens ihnen auch besser sagen.

Hans Christian Andersen

Der Schneemann

»Es ist prächtig kalt heute!« sagte der Schneemann. »Es knirscht und knackt durch meinen ganzen Körper! Dieser schneidende Wind packt einen ordentlich an, und wie mich die Glühende dort drüben anglotzt!«

Damit meinte er die Sonne, die eben unterging.

»Oh, ich werde gewiß nicht blinzeln, ich kann meine Stücke schon noch festhalten!«

An Stelle der Augen hatte er nämlich zwei große, dreieckige Dachziegelstücke, und sein Mund bestand aus einer alten Harke, so daß er sogar Zähne hatte.

Der Schneemann war unter dem Hurrarufen der Knaben geboren und gleich mit Schellengeläute und Peitschenknall begrüßt worden. Die Sonne ging unter; der Vollmond ging auf; rund und groß, klar und schön segelte er durch die blaue Luft dahin.

»Da haben wir sie wieder von einer anderen Seite!« sagte der Schneemann. Er meinte, es sei die Sonne, die sich aufs neue zeige.

»Aber ich habe ihr das Glühen und Glotzen abgewöhnt! Nun kann sie dort oben hängen und so hell scheinen, daß ich mich selbst sehen kann. Wenn ich nur wüßte, was man tun muß, um vom Fleck zu kommen! Ich möchte mich so gern ein wenig bewegen!

Wenn ich es könnte, würde ich jetzt aufs Eis hinuntergehen und darüber hingleiten, wie ich es die Knaben tun sah. Aber ich kann eben nicht laufen, ich weiß nicht, wie man es macht.«

»Weg, weg!« bellte der Kettenhund. Er konnte nicht mehr recht bellen und war immer heiser, seit er kein Stubenhund mehr war und nicht mehr unter dem Kachelofen lag. »Die Sonne wird dich schon laufen lehren! Das sah ich im vorigen Winter bei deinem Vorgänger. Weg, weg! und weg sind alle!«

»Ich verstehe dich nicht«, sagte der Schneemann. »Soll mich vielleicht die da oben laufen lehren?« – Er meinte den Mond. – »Vorhin lief sie freilich fort, als ich sie fest ansah, aber jetzt schleicht sie wieder von einer anderen Seite herbei.«

»Du weißt gar nichts«, sagte der Kettenhund, »aber du bist allerdings auch erst vor kurzem aufgerichtet worden. Das, was du jetzt siehst, ist der Mond, und das, was unterging, war die Sonne. Sie kommt morgen wieder und wird dich dann sicherlich in den Wallgraben hinunterlaufen lehren. Wir bekommen anderes Wetter. Ich spüre es schon in meinem linken Hinterbein; es zieht und sticht gewaltig. Ja, das Wetter schlägt um.«

»Ich verstehe ihn gar nicht«, sprach der Schneemann bei sich selbst, »aber ich habe das Gefühl, daß er mir etwas Unangenehmes ankündigt. Sie, die mich so anstarrte und dann fortlief, und die er Sonne nennt, ist auch nicht meine Freundin, das ahne ich schon!«

»Weg, weg!« bellte der Kettenhund, drehte sich dreimal im Kreise um sich selbst und legte sich dann in sein Haus, um zu schlafen.

Das Wetter schlug wirklich um. Gegen Morgen legte sich ein dicker, feuchter Nebel über die ganze Gegend, und kurz vor Sonnenaufgang erhob sich ein eisiger Wind, so daß die Kälte durch und durch drang. Aber welch ein herrlicher Anblick bot sich dar, als dann die Sonne aufging. Alle Bäume und Sträucher waren mit Reif überzogen, und die Gegend glich einem ganzen Wald von weißen Korallen.

Es schien, als ob alle Zweige mit strahlend weißen Blüten übersät wären. Die unendlich vielen feinen Verzweigungen, die man im Sommer nicht bemerken kann, traten nun einzeln deutlich hervor, und zwar so blendend weiß, als ob aus jedem einzelnen Zweig ein weißer Glanz ströme. Die Trauerweide bewegte sich im Wind; es war Leben in ihr, gerade wie in den Bäumchen zur Sommerszeit. Ach, es war unvergleichlich schön, und als dann die Sonne schien, wie funkelte und blitzte es rundherum, als sei alles mit Diamantstaub überstreut und als funkelten große Brillanten auf der weiten Schneedecke! Oder man hätte auch meinen können, es seien unzählige kleine Lichtlein, die noch heller als der weiße Schnee flimmerten.

»Es ist eine wunderbare Pracht!« sagte ein junges Mädchen, das mit einem jungen Mann in den Garten hinaustrat. Sie blieben gerade neben dem Schneemann stehen und betrachteten die schimmernden

Bäume. »Selbst im Sommer gibt es nichts Schöneres!« und dabei strahlte ihr Auge.

»Und so einen Kerl wie diesen hier hat man im Sommer erst recht nicht!« entgegnete der junge Mann und deutete auf den Schneemann. »Er ist ausgezeichnet!«

Das Mädchen lächelte, nickte dem Schneemann freundlich zu, und dann gingen die beiden über den knirschenden Schnee weiter.

»Wer war denn das?« fragte der Schneemann den Kettenhund. »Du bist schon länger auf dem Hofe, kennst du sie?«

»Natürlich!« sagte der Kettenhund, »sie hat mich ja gestreichelt, und er hat mir schon ab und zu einen Knochen gegeben; die beiße ich nicht.«

»Aber was sind sie denn?« fragte der Schneemann.

»Brautleute«, erwiderte der Kettenhund, »sie wollen zusammen in eine Hundehütte ziehen und an Knochen nagen. Weg, weg!«

»Sind die beiden dasselbe wie wir?« fragte der Schneemann.

»Ach nein, sie gehören ja zur Herrschaft!« antwortete der Kettenhund. »Man weiß aber doch wirklich recht wenig, wenn man erst einen Tag alt ist; das merke ich an dir. Ich aber bin alt und besitze Kenntnisse und kenne alles hier auf dem Hofe, ja, ich habe eine Zeit gekannt, wo ich hier nicht in der Kälte und an der Kette lag. Weg, weg!«

»Die Kälte ist herrlich!« sagte der Schneemann.

»Oh, bitte, erzähle! Aber du darfst nicht so mit deiner Kette rasseln, sonst knackt es immerfort in mir.«

»Weg, weg!« bellte der Kettenhund. »Ein junges Hündchen bin ich gewesen, ganz klein und niedlich, so sagte man damals. Ich lag auf einem Samtfauteuil drinnen im Schlosse, ja, sogar auf dem Schoße der Herrschaft. Auf das Schnäuzchen wurde ich geküßt, und man wischte mir die Pfoten mit einem gestickten Taschentuche ab. Ich hieß ›Bello‹ und auch ›Schnuteken‹. Später wurde ich ihnen zu groß, und man gab mich der Haushälterin. Nun kam ich in die Kellerwohnung; du kannst von dort, wo du stehst, gerade hineinsehen. Das ist die Kammer, worin *ich* die Herrschaft gewesen bin, denn das war ich bei der Haushälterin. Wohl war es ein geringerer Ort als oben, aber desto behaglicher, denn hier wurde ich nicht immer von den Kindern gezerrt und herumgetragen, bekam mein ebenso gutes Futter wie zuvor, nur viel mehr. Auch hatte ich mein eigenes Kissen und außerdem war dort ein Ofen, und das ist um diese Jahreszeit das Schönste auf der Welt. Ich kroch völlig unter den Ofen hinunter, so daß ich ganz verschwand. Oh, von ihm träume ich noch jetzt. Weg, weg!«

»Sieht denn ein Ofen gar so schön aus?« fragte der Schneemann. »Sieht er mir gleich?«

»O nein, ganz im Gegenteil! Kohlschwarz ist er und hat einen langen Hals mit einer Messingtrommel. Er frißt Brennholz, so daß ihm das Feuer aus dem Munde sprüht. Man muß neben ihm liegen oder oben darauf oder auch unter ihm, dann ist es unaussprechlich behaglich. Du mußt von dort, wo du stehst, zum Fenster hineinsehen können.«

Der Schneemann sah hin und gewahrte wirklich einen schwarzen, glänzenden Gegenstand mit einer Messingtrommel, aus dem das Feuer unten herausstrahlte. Dem Schneemann wurde es dabei ganz sonderbar zumute. Er hatte eine Empfindung, über die er sich selbst nicht klar werden konnte. Es überkam ihn ein Gefühl, wie er es noch nie gehabt hatte, was aber alle Menschen, wenn sie überhaupt Menschen sind, recht wohl kennen.

»Und warum verließest du sie denn?« fragte der Schneemann. Sein Gefühl sagte ihm, daß ein Ofen ein hübsches, weibliches Wesen sein müsse. »Wie mochtest du nur einen solchen Ort verlassen?«

»Ich mußte wohl oder übel«, sagte der Kettenhund. »Man warf mich einfach hinaus und legte mich an die Kette. Ich hatte nämlich den jüngsten Junker ins Bein gebissen, weil er mir einen Knochen, woran ich nagte, wegstieß. Aber bei mir heißt es: Bein um Bein! Das nahm jedoch die Herrschaft sehr krumm, und seither muß ich hier an der Kette liegen und habe mit der Zeit auch meine helle Stimme verloren. Höre nur, wie heiser ich bin: Weg, weg! Das war das Ende vom Liede.«

Der Schneemann hörte nicht mehr auf das, was der Hund sagte; er schaute immer noch in die Kellerwohnung der Haushälterin, wo der Ofen auf seinen vier eisernen Füßen stand und mindestens ebenso groß war wie der Schneemann.

»Es knackt so eigentümlich in mir!« sagte dieser. »Werde ich wohl nie dort hineinkommen? Das ist doch ein unschuldiger Wunsch, und unsere unschuldigen Wünsche müßten eigentlich in Erfüllung gehen. Ach, es ist mein höchster, mein einziger Wunsch, und es wäre beinahe ungerecht, wenn er nicht befriedigt würde! Ich muß hinein, ich muß mich an sie anlehnen und müßte ich auch das Fenster eindrücken!«

»Da kommst du nie hinein«, sagte der Kettenhund, »und kämest du auch wirklich bis zum Kachelofen, dann wärest du bald weg, weg!«

»Ich bin jetzt schon so gut wie weg«, sagte der Schneemann, »ich glaube, ich breche zusammen.«

Den ganzen Tag stand der Schneemann da und sah zum Fenster hinein. In der Dämmerung wurde die Stube noch einladender. Aus dem Ofen leuchtete es so freundlich und mild, wie weder Sonne noch Mond zu leuchten vermögen, sondern nur allein ein Kachelofen, wenn er etwas zu verzehren hat. Sooft die Türe aufging, schlug die Flamme unten heraus; das war so ihre Gewohnheit. Des Schneemanns weißes Antlitz und die ganze Brust wurde dann von einer flammenden Röte übergossen.

»Ich kann es nicht mehr aushalten!« sagte er. »Wie gut ihr das steht, wenn sie die Zunge herausstreckt!«

Die Nacht war recht lang, aber dem Schneemann kam sie gar nicht lang vor. Er stand in angenehme Gedanken versunken da und diese gefroren, daß sie knackten.

Am Morgen waren die Kellerfenster zugefroren.

Sie zeigten die schönsten Eisblumen, die ein Schneemann nur verlangen kann; allein sie verbargen leider den Ofen. Die Scheiben wollten nicht auftauen, und so konnte er sie, in die er sich verliebt hatte – nämlich den Ofen – nicht mehr sehen. Der Schnee knackte und knirschte, es war ein richtiges Frostwetter, eine wahre Freude für einen Schneemann.

Dieser aber freute sich nicht. Er hätte sich glücklich fühlen sollen, aber er war nicht glücklich: er litt an der Ofensehnsucht.

»Das ist eine schlimme Krankheit für einen Schneemann«, sagte der Kettenhund. »Ich habe auch einmal an derselben Krankheit gelitten, habe sie aber jetzt überstanden. Weg, weg! Wir bekommen anderes Wetter!«

Ja, es wurde anderes Wetter – Tauwetter. Das Tauwetter nahm zu – der Schneemann nahm ab. Er sagte nichts; er klagte nicht; das ist das echte Zeichen.

Eines Morgens brach er zusammen und da, wo er gestanden hatte, ragte nun etwas einem Besenstiele Ähnliches in die Höhe; das hatten die Knaben in die Erde gesteckt und den Schneemann darum aufgebaut. »Jetzt verstehe ich seine Sehnsucht«, sagte der Kettenhund. »Der Schneemann hatte ein Schüreisen im Leib, und das hat sich in ihm bewegt. Jetzt hat er es überstanden. Weg, weg!«

Und bald nachher war auch der Winter überstanden.

»Weg, weg!« bellte der Kettenhund. Aber das kleine Mädchen sang auf dem Hofe:

»Hervor, ihr Blümlein auf der Au,
Ihr Weidenkätzchen silbergrau!
Herbei, du frohe Vogelschar,
Schon ist der letzte Februar.
Wir singen mit: Kuckuck, Quivit!
Komm, liebe Sonne, säume nit!«

Nun denkt niemand mehr an den Schneemann.

Adelbert von Chamisso

Adelberts Fabel

Adelbert merkte, als er erwachte, er müsse lange geschlafen haben; er rieb sich die Augen, die sich nicht recht dem Lichte öffnen wollten, und den Kopf, der ihm ganz wüste war; er besann sich endlich doch der Absicht, die er gehabt hatte: auf die weite, mühselige Wanderung auszugehen, um die Welt zu erschauen, sich selbst in ihr, sodann nachzudenken und zu begreifen, falls er's vermöchte; denn diese Dinge reizten ihn. Er sah den weißen Wanderstab neben sich liegen, wollte den ergreifen, sich aufraffen und unverdrossen weiterziehen; aber der Winter war angebrochen, und es war kalt; er hatte gefroren während seines Schlafes, und so fand er, daß sein Stab und seine Kleider und er selbst fest angefroren waren an dem Boden, so daß er sich nicht zu regen vermochte; die Hände nur, die auf seiner Brust geruht hatten, waren ihm frei geblieben. Durch die Zweige des Baumes, unter dem er lag, die nackt waren und ihres grünen Schmuckes beraubt, ging ein düstrer Nebelwind, daß sie unholden Klanges aneinander rauschten; – es ist doch seltsam, dachte Adelbert, und er schlummerte wieder ein.

Adelbert schlummerte ein und ward wach, und schlummerte wieder und ermunterte sich aufs neue; hinter ihm (er lag gegen Norden hingestreckt) ging die Sonne auf und ging nieder, und es wechselten die Monde, und die Jahre vergingen: er aber lag immer noch fest angefroren an dem Boden, und über seinem Haupte rauschten blätterlos die dürren, windgeschlagenen Äste des Baumes. – Auch hatten sich rings um ihn, so weit er sehen konnte, Mauern aus Eis getürmt, die ihn umfingen und sich eng und enger um ihn drängten, gleich Mauern eines Kerkers, eines Grabes. Es ist doch seltsam, dachte Adelbert, und eine Beschwerde auf der Reise, und er dachte viel Törichtes, und wenig, das es nicht war; wie es denn manchem auf seiner Reise zu gehen pflegt.

Er dachte: man muß die Notwendigkeit männlich ertragen, und murren gegen das Verhängte ist töricht. Gibt es einmal Gott, daß es Tauwetter werde, so erlang ich vielleicht wohl einmal noch meine Freiheit wieder und setze dann meine Reise fort und benutze klug, was ich alles sehe; und unter solchen Gedanken pflegt' er jedesmal wieder einzuschlafen.

Er war durch gründliches Nachforschen, zu dem er auch vollkommen Zeit hatte, nun dahintergekommen, wie das Wesen des Winters so sehr bösartig sei, und er hegte einen herben Haß gegen den Frost. Die einzige Lust, die er übrigens genoß, war, durch die Eisrinde, die ihn umschloß, zu den Sternen hinzuschauen, wann sie am nächtlichen Himmel prangten, und an dem ruhigen Kreislauf des himmlischen Wagens um den Polarstern lernt' er nach Zeiten erkennen, wann wieder ein Jahr verstrichen war.

Da er eines Mittags zum ruhigen Nachdenken die

Augen geschlossen hatte und sodann entschlummert war, ward ihm, wie er die Augen wieder aufschloß, eine wundersame Erscheinung. Es stand vor ihm da in herrlicher Größe eine hohe weibliche Gestalt, nicht aber einem irdischen Weibe zu vergleichen. Sie schien in Schmerz versunken; mit langem Trauergewande war sie angetan, und ihr schwarzes Haar floß in nächtlichen Wellen von ihrer leuchtenden Stirne über ihr Antlitz herab zu den regen Lilien ihrer Brüste und umgoß ihre schönen Glieder. Sie teilte mit einer Hand die Locken vor ihren Augen, und er sah ihr in das Angesicht; sein Herz erbebte in seiner Brust. Sie schritt näher zu ihm und neigte sich über ihn und heftete die ernsten Blicke ihrer finsterflammenden Augen auf seine Blicke: sie sprach geheimnisreich die mächtigen Klänge ihres nichtirdischen Namens aus, wie nicht Töne von Menschenzungen sie nachzusprechen vermögen; dann schnitt sie und nahm mit sich fort eine Locke von seinem Haupte und warf auf ihn eine Locke von ihrem eignen Haar, die sie durch einen Ring zog, den sie von ihrem Finger streifte; dann ward sie durch eine strenge Macht von ihm entfernt, und ihr ward ein Schweigenschleier übergeworfen, und sie hüllte sich in den Schleier, und häufig rückwärts blickend nach ihm, wallte sie rasch nach Norden hin.

Umsonst raffte Adelbert, der besinnungslos und erstarrt lag wie das Eis selbst, das ihn hielt, schnell seine Lebensgeister zusammen und schrie ihr nach, flehend um Erbarmen, und weinte laut und streckte seine Hände nach ihr – sie war entrückt, und es standen nur noch vor ihm da die düstern, kalten Eismauern, die ihn umfingen. – Er vergoß viele Tränen, steckte den Ring an seinen Finger, die Locke auf seiner Brust, und nachdem er sein Herz gesättigt mit seinen Tränen, entschlummerte er wieder aufs neue. Aber auch den Träumen seines Schlafes erschien das wundervolle Bild des Weibes und quälte Adelberten mit Blicken, Schweigen und Entweichen; er erwachte und überdachte wieder das seltsame Ereignis und schlummerte wieder ein, um zu träumen von dem Weibe. – Sein Herz war zu ihr entbrannt in Liebe, und er fühlte, sie sei ihm und seinem Schicksal alles. Er flehte zu ihr mit Inbrunst und hoffte und glaubte nur von ihr Rettung von seiner Pein und seiner Schmach. – Aber ihm erschien keine Rettung – also hielt er noch viele Monden aus. –

Endlich besann er sich eines Nützlicheren. Er hub an, den Ring mit angestrengtem Fleiße zu betrachten, welchen er annoch nur geküßt und an sein Herz gedrückt hatte, ob nicht etwa Zeichen in diesen Talisman eingegraben wären, und er wurde wirklich eingegrabene Zeichen an dem Ring gewahr – noch aber konnte er sie nicht lesen, es fehlte ihm das Verständnis.

Die Deutung nun der Zeichen zu erforschen, waren alle seine Geisteskräfte geschäftig rege, und er versuchte es, angestrengt und ermüdet, auf allen Wegen und war schlummerlos; noch zwar, so schien es, wollte ihm das Werk nicht gelingen; aber er verzweifelte nicht, er weinte nur Tränen der Seelenangst.

Und in einer Nacht, da er wieder das wunderbare Bild geträumt und scharf es angeschaut, da fuhr es wie ein Blitzstrahl durch seine Seele; er zog rasch den Ring hervor, und beim Schimmer des Polarsternes, der heller leuchtete, las er leicht und schnell das mächtige Wort: *ΘΕΛΕΙΝ. Θέλειν!* Wollen also?

»Sei's! Ich will's!« rief er mit Macht aus und sprang im Zorn auf, und die Bande des Eises, die ihn gehalten, waren zerschellt worden, leicht und rasch, wie ein Gedanke fleugt. – Er ergriff seinen Wanderstab: auch den gab das Eis willig los. – Jetzt erhob sich die Sonne im Osten und übergoß mit blutigem Scheine die Wände des eisigen Burgverlieses, in dem er, sich umschauend, bemerkte zu sein. Er steckte den Ring an den Zeigefinger seiner Rechten und ballte die Faust und schritt zu der östlichen Wand und tat einen gewaltigen Schlag, und mit donnerndem Schall erkrachte und stürzte zusammen das starre Gebäude und lag in Trümmern um ihn. Und also stand er da und überblickte nur einmal noch die Merkmale seiner langen Schmach und weinte nicht und lachte auch nicht auf; sondern er war ruhig ernst, bereit, Liebe im Busen, Kraft in den Gliedern, die vorgehabte Wanderung anzutreten.

Und die Sonne erhob sich flammend zu ihrem Mittage, und plötzlich schmolzen vor ihren Blicken die zerstreuten Trümmer der Eisburg. Da schwang sich ungestüm um Adelbert der Quell des lebendigen Wassers und umkreiste ihn in wilder, wirbelnder Strömung, da ward um ihn entfaltet ein unabsehbares Meer, das brandend aufbrauste mit drohendem Getöne, und die Wellen, die rings sich türmten, schienen im Zorne gegen ihn erregt, sich ineinanderreißen zu wollen, auf daß sie ihn verschlängen. – Und ein Sturm erhob sich vom Meere mit entgegenstreitenden Winden, die alle Wolken über sein Haupt häuften. Er stand allein inmitten der Schrecken.

Und ein Windstoß stürmte zu ihm heran, daß er ihn niederwerfe – er stand fest – mit seinen Kleidern nur spielte der Sturm, aber die geheimnisvolle Locke, die er in seinem Busen verwahrte, ward ihm entrissen, und der Wind trieb sie über die Flut hin. Da warf er sich beherzt in die drohende Flut, und siehe! sanft ward er von den Wogen getragen, vor ihm ebnete sich das Meer und legten sich die getürmten Wellen, die Orkane schwiegen vor seinem Nahen, und nur ein milder Hauch des Windes trieb ihn der windgetragenen Locke nach, die er mit unermüdlichem Auge verfolgte, ringend selber, sie zu erreichen. Aber aus der dunkeln Locke erblühte vor seinen Blicken die ambrosische Gestalt selbst des geheimnisvollen, verschleierten Weibes, die, geflügelten Fußes und nicht berührend die Flut, dahinwallte vor dem Strebenden, lenkend gegen Norden und gegen Süden und gegen Westen seine eifernde Verfolgung.

Also vollbracht er viel des Weges, es war aber keine Zeit, die Sonne stand am südlichen Himmel;

im Norden glänzte ernst und hell der Polarstern; die Rötin Aurora prangte im Osten, und im Westen waren ergossen die reichsten Gluten des Abends. Die Gestirne ordneten sich am Firmament zu wunderbaren Schicksalsfiguren; Azur war die Luft und Azur das Gewässer, dessen Schaum Rosen waren und Schmerzensblumen.

Und nach ungemessenem, langem, beharrendem Bestreben sah er die flüchtige, schwebende Gestalt zu einem Lande, das zwischen Norden und Süden mit hohen Gebirgen erschien, ihren Flug lenken, und sie schaute nun häufiger und mit seltsameren Blicken nach ihm zurück. Und er spannte seine Kräfte mehr an und schlug zum Schwimmen das Wasser mit erhöhter Macht, und nun wallte das Bild über das Ufer dahin und erhob sich zu dem Gebirge; auch Adelbert erreichte das Land, und sein Fuß ruhte auf dem Festen; er begann den Lauf zu den Gebirgen hinan, immer verfolgend. Hinter ihm empörte sich die Flut, und landeinwärts verfolgte ihn die drohende Brandung; die stürmischen Wellen brachen sich hinter seinen Fersen und riefen ihn mit Drohen und mit Klagen. Er schaute nur vor sich hin nach dem flüchtigen Ziele. Das führte ihn in ein Bergtal, das mehr und mehr sich vor ihm engte und dessen überhängende Felsenwände das Getöse der steigenden Brandung donnernd nachhallten: und die Gestalt war jetzt vor ihm verschwunden. Das Tal, worin er war, endigte in einen jähen Felsspalt, an dessen Eingange er nun stand. Verfolgt vom Meere, preßte er sich in diese enge Pforte und befand sich in einem unterirdischen, lichtlosen Gange, und es drang kein Klang mehr zu seinem Ohre: das Herz ergrauste ihm in dem Busen.

Er verfolgte lange mit Beharrlichkeit diesen Pfad, und harrte, getaucht in Finsternis, mutig vorwärts dringend, des Ausgangs. Und tiefer abwärts neigte sich der Gang, und immer nach der Tiefe zu führte er ihn, und er schien in unendliche Tiefe hinab sich zu senken.

Er war auf diese Weise lang hinabgestiegen, als ein fernes Leuchten durch die Finsternis zu dämmern anfing; da erweiterten sich die Felsenwände, und der Gang wölbte sich höher über seinem Haupte; ferne Harmonien bewegten leise die Luft; er atmete freier und verdoppelte den Schritt, immer vorwärts dringend; und hell und heller ward es vor ihm und tönender; aber zu dem Quell des Zentrums, dem er nahte, zu gelangen, mußt er noch lange und zu unermeßlicher Tiefe hinabsteigen.

Da spähte er wundersame Gesichte! In unübersehbarem, unterirdischem Geschoß waren Webstühle ohne Zahl, an deren jeglichem zwo sich gleiche Gestalten im Gegenkampfe woben. Nur dies waren ihre Zeichen, daß man sie unterschiede: die einen trugen Karfunkel auf ihren Häuptern, die ihnen widerstreitenden aber eiserne Kronen, und wie die Macht von jenen siegend obwaltete, ward auch erhöhet die Helle des Steines, den sie trugen, und einzig den Steinen entquoll die Lichtluft dieses Fabelreiches, durch welche mächtige Harmonien wogten.

Aber die Weberinnen an dem Webestuhle, dem er am nächsten war, erkannte er wohl, wie er sie schaute, und wie jenes wunderbare Weib waren sie, in Schmerz versunken, mit langem Trauergewande angetan und das schwarze Haar ergossen von der leuchtenden Stirne über das Antlitz herab zu den regen Lilien der Brüste und den schönen Gliedern. Die eine trug den Karfunkel, die eiserne Krone die andere; beide hefteten ernst die Augen auf ihn, Licht blickend jene und diese Finsternis, und sie rangen angestrengt und woben: und er trat zu dem Webestuhle und schaute, und das Gewebe, das sie woben, war – sein eigenes Leben.

Ich habe euch erkannt, euch, meine Schicksalsgenien, rief Adelbert; Karfunkel du meiner innern Selbstmacht und du, finstrer Widerstreit der äußern Weltmächte; aber Macht und Helle werden dir, dir köstlichem Karfunkel!

Es ward ihm die Antwort: Schaue auf! Dem Aufschauenden aber ward dies andere Gesicht:

Er sah mitten im Raume, in hehrer Majestät, auf erhabenem Throne einen Alten sitzen; der trug auf seiner Stirn seinen Namen, und dieser Name ist (ob auch tausendzüngig anders ausgesprochen): ΑΝΑΓΚΗ. Sein weites Gewand war gestirnter Azur, die Harfe ruhte in seiner Linken, und mit seiner Rechten griff er in die Saiten, denen ewiglich alle Harmonien entquollen. Und wie er in die Saiten griff, bewegten sich die Sterne seines Gewandes und ordneten sich nach seinen Akkorden, und wie sich ordneten die Sterne und wie die Macht war der Akkorde, die er griff, wogte auch der Kampf der webenden Gestalten. Und ihre Bewegungen, ihr Sinken, ihr Steigen und all ihr Weben und aller Glanz, den die Karfunkel sprühten, waren die Töne, die er griff. Aber die gesamten, vielfarbigen Gewebe waren vor ihm ein einiges Gewebe, ein Akkord.

Und auf dem Altare vor dem Throne des Alten sah Adelbert die Locke seines Haupthaars mit jener andern Locke vereint; er zog den Ring von seinem Finger, las das Wort, las nun: ΞΥΝΘΕΛΕΙΝ. Er fiel nieder in Anbetung vor dem Throne. Da erwachte er; und er hatte das Antlitz gewendet gegen die im Osten aufsteigende Sonne.

Heinrich Heine

Neuer Frühling

Unterm weißen Baume sitzend,
Hörst du fern die Winde schrillen,
Siehst, wie oben stumme Wolken
Sich in Nebeldecken hüllen;

Siehst, wie unten ausgestorben
Wald und Flur, wie kahl geschoren; –
Um dich Winter, in dir Winter,
Und dein Herz ist eingefroren.

Plötzlich fallen auf dich nieder
Weiße Flocken, und verdrossen
Meinst du schon, mit Schneegestöber
Hab der Baum dich übergossen.

Doch es ist kein Schneegestöber,
Merkst es bald mit freudgem Schrecken;
Duftge Frühlingsblüten sind es,
Die dich necken und bedecken:.

Welch ein schauersüßer Zauber!
Winter wandelt sich in Maie,
Schnee verwandelt sich in Blüten,
Und dein Herz es liebt aufs neue.

Theodor Storm

Die Regentrude

Einen so heißen Sommer wie nun vor hundert Jahren hat es seitdem nicht wieder gegeben. Kein Grün fast war zu sehen; zahmes und wildes Getier lag verschmachtet in den Feldern.

Es war an einem Vormittag. Die Dorfstraßen standen leer; was nur konnte, war ins Innerste der Häuser geflüchtet; selbst die Dorfkläffer hatten sich verkrochen. Nur der dicke Wiesenbauer stand breitspurig in der Torfahrt seines stattlichen Hauses und rauchte im Schweiße seines Angesichts aus seinem großen Meerschaumkopfe. Dabei schaute er schmunzelnd einem mächtigen Fuder Heu entgegen, das eben von seinen Knechten auf die Diele gefahren wurde. – Er hatte vor Jahren eine bedeutende Fläche sumpfigen Wiesenlandes um geringen Preis erworben, und die letzten dürren Jahre, welche auf den Feldern seiner Nachbarn das Gras versengten, hatte ihm die Scheuern mit duftendem Heu und den Kasten mit blanken Krontalern gefüllt.

So stand er auch jetzt und rechnete, was bei den immer steigenden Preisen der Überschuß der Ernte für ihn einbringen könne. »Sie kriegen alle nichts«, murmelte er, indem er die Augen mit der Hand beschattete und zwischen den Nachbarsgehöften hindurch in die flimmernde Ferne schaute; »es gibt gar keinen Regen mehr in der Welt.« Dann ging er an den Wagen, der eben abgeladen wurde, er zupfte eine Handvoll Heu heraus, führte es an seine breite Nase und lächelte so verschmitzt, als wenn er aus dem kräftigen Duft noch einige Krontaler mehr herausriechen könnte.

In demselben Augenblicke war eine etwa fünfzigjährige Frau ins Haus getreten. Sie sah blaß und leidend aus, und bei dem schwarzseidenen Tuche, das sie um den Hals gesteckt trug, trat der bekümmerte Ausdruck ihres Gesichtes nur noch mehr hervor. »Guten Tag, Nachbar«, sagte sie, indem sie dem Wiesenbauer die Hand reichte, »ist das eine Glut, die Haare brennen einem auf dem Kopfe!«

»Laß brennen, Mutter Stine, laß brennen!« erwiderte er, »seht nur das Fuder Heu an! Mir kann's nicht zu schlimm werden!«

»Ja, ja, Wiesenbauer, Ihr könnt schon lachen; aber was soll aus uns andern werden, wenn das so fortgeht!«

Der Bauer drückte mit dem Daumen die Asche in seinen Pfeifenkopf und stieß ein paar mächtige Dampfwolken in die Luft. »Seht Ihr«, sagte er, »das kommt von der Überklugheit. Ich hab's ihm immer gesagt; aber Euer Seliger hat's alleweg besser verstehen wollen. Warum mußte er all sein Tiefland vertauschen! Nun sitzt Ihr da mit den hohen Feldern, wo Eure Saat verdorrt und Euer Vieh verschmachtet.«

Die Frau seufzte.

Der dicke Mann wurde plötzlich herablassend.

»Aber Mutter Stine«, sagte er, »ich merke schon, Ihr seid nicht von ungefähr hiehergekommen; schießt nur immer los, was Ihr auf dem Herzen habt!«

Die Witwe blickte zu Boden. »Ihr wißt wohl«, sagte sie, »die fünfzig Taler, die Ihr mir geliehen, ich soll sie auf Johanni zurückzahlen und der Termin ist vor der Tür.«

Der Bauer legte seine fleischige Hand auf ihre Schulter. »Nun macht Euch keine Sorge, Frau! Ich brauche das Geld nicht; ich bin nicht der Mann, der aus der Hand in den Mund lebt. Ihr könnt mir Eure Grundstücke dafür zum Pfande einsetzen; sie sind zwar nicht von den besten, aber mir sollen sie diesmal gut genug sein. Auf den Sonnabend könnt Ihr mit mir zum Gerichtshalter fahren.«

Die bekümmerte Frau atmete auf. »Es macht zwar wieder Kosten«, sagte sie, »aber ich danke Euch doch dafür.«

Der Wiesenbauer hatte seine kleinen klugen Augen nicht von ihr gelassen. »Und«, fuhr er fort, »weil wir hier einmal beisammen sind, so will ich Euch auch sagen, der Andrees, Euer Junge, geht nach meiner Tochter!«

»Du lieber Gott, Nachbar, die Kinder sind ja miteinander aufgewachsen!«

»Das mag sein, Frau; wenn aber der Bursche meint, er könne sich hier in die volle Wirtschaft einfreien, so hat er seine Rechnung ohne mich gemacht!«

Die schwache Frau richtete sich ein wenig auf und

sah ihn mit fast zürnenden Augen an. »Was habt Ihr denn an meinem Andrees auszusetzen?« fragte sie.

»Ich an Eurem Andrees, Frau Stine? – Auf der Welt gar nichts! Aber« – und er strich sich mit der Hand über die silbernen Knöpfe seiner roten Weste – »meine Tochter ist eben meine Tochter und des Wiesenbauers Tochter kann es besser belaufen.«

»Trotzt nicht zu sehr, Wiesenbauer«, sagte die Frau milde, »ehe die heißen Jahre kamen –!«

»Aber sie sind gekommen und sind noch immer da, und auch für dies Jahr ist keine Aussicht, daß Ihr eine Ernte in die Scheuer bekommt. Und so geht's mit Eurer Wirtschaft immer weiter rückwärts.«

Die Frau war in tiefes Sinnen versunken; sie schien die letzten Worte kaum gehört zu haben. »Ja«, sagte sie, »Ihr mögt leider recht behalten, die Regentrude muß eingeschlafen sein; aber – sie kann geweckt werden!«

»Die Regentrude?« wiederholte der Bauer hart. »Glaubt Ihr auch an das Gefasel?«

»Kein Gefasel, Nachbar!« erwiderte sie geheimnisvoll. »Meine Urahne, da sie jung gewesen, hat sie selber einmal aufgeweckt. Sie wußte auch das Sprüchlein noch und hat es mir öfters vorgesagt; aber ich habe es seither längst vergessen.«

Der dicke Mann lachte, daß ihm die silbernen Knöpfe auf seinem Bauche tanzten. »Nun, Mutter Stine, so setzt Euch hin und besinnt Euch auf Euer Sprüchlein. Ich verlasse mich auf mein Wetterglas und das steht seit acht Wochen auf beständig Schön!«

»Das Wetterglas ist ein totes Ding, Nachbar; das kann doch nicht das Wetter machen!«

»Und Eure Regentrude ist ein Spukeding, ein Hirngespinst, ein Garnichts!«

»Nun, Wiesenbauer«, sagte die Frau schüchtern, »Ihr seid einmal einer von den Neugläubigen!«

Aber der Mann wurde immer eifriger. »Neu- oder altgläubig!« rief er, »geht hin und sucht Eure Regenfrau und sprecht Euer Sprüchlein, wenn Ihr's noch beisammenkriegt! Und wenn Ihr binnen heut und vierundzwanzig Stunden Regen schafft, dann –!« Er hielt inne und paffte ein paar dicke Rauchwolken vor sich hin.

»Was dann, Nachbar?« fragte die Frau.

»Dann – – dann, – zum Teufel, ja, dann soll Euer Andrees meine Maren freien!«

In diesem Augenblick öffnete sich die Tür des Wohnzimmers und ein schönes schlankes Mädchen mit rehbraunen Augen trat zu ihnen auf die Durchfahrt hinaus. »Topp, Vater!« rief sie, »das soll gelten!« Und zu einem ältlichen Mann gewandt, der eben von der Straße her ins Haus trat, fügte sie hinzu: »Ihr habt's gehört, Vetter Schulze!«

»Nun, nun Maren«, sagte der Wiesenbauer, »du brauchst keine Zeugen gegen deinen Vater aufzurufen; von meinem Wort da beißt dir keine Maus auch nur ein Titelchen ab.«

Der Schulze schaute indes, auf seinen langen Stock gestützt, eine Weile in den freien Tag hinaus; und hatte nun sein schärferes Auge in der Tiefe des glühenden Himmels ein weißes Pünktchen schwimmen sehen oder wünschte er es nur und glaubte es deshalb gesehen zu haben, aber er lächelte hinterhältig und sagte: »Mög's Euch bekommen, Vetter Wiesenbauer, der Andrees ist allewege ein tüchtiger Bursch!«

Bald darauf, während der Wiesenbauer und der Schulze in dem Wohnzimmer des ersteren über allerlei Rechnungen beisammensaßen, trat Maren an der andern Seite der Dorfstraße mit Mutter Stine in deren Stübchen.

»Aber Kind«, sagte die Witwe, indem sie ihr Spinnrad aus der Ecke holte, »weißt du denn das Sprüchlein für die Regenfrau?«

»Ich?« fragte das Mädchen, indem sie erstaunt den Kopf zurückwarf.

»Nun, ich dachte nur, weil du so keck dem Vater vor die Füße tratst.«

»Nicht doch, Mutter Stine, mir war nur so um's Herz, und ich dachte auch, Ihr selber würdet's wohl noch beisammen bekommen. Räumt nur ein bissel auf in Eurem Kopfe, es muß ja noch irgendwo verkramet liegen.«

Frau Stine schüttelte den Kopf. »Die Urahne ist mir früh gestorben. Das aber weiß ich noch wohl, wenn wir damals große Dürre hatten, wie eben jetzt, und uns dabei mit der Saat oder dem Viehzeug Unheil zuschlug, dann pflegte sie wohl ganz heimlich zu sagen: ›Das tut der Feuermann uns zum Schabernack, weil ich einmal die Regenfrau geweckt habe!‹«

»Der Feuermann?« fragte das Mädchen, »wer ist denn das nun wieder?« Aber ehe sie noch eine Antwort erhalten konnte, war sie schon ans Fenster gesprungen und rief: »Um Gott, Mutter, da kommt der Andrees; seht nur, wie bestürzt er aussieht!«

Die Witwe erhob sich von ihrem Spinnrade: »Freilich Kind«, sagte sie niedergeschlagen, »siehst du denn nicht, was er auf dem Rücken trägt? Da ist schon wieder eins von den Schafen verdurstet.«

Bald darauf trat der junge Bauer ins Zimmer und legte das tote Tier vor den Frauen auf den Estrich. »Da habt ihr's!« sagte er finster, indem er sich mit der Hand den Schweiß von der heißen Stirn strich.

Die Frauen sahen mehr in sein Gesicht als auf die tote Kreatur. »Nimm dir's nicht so zu Herzen, Andrees!« sagte Maren. »Wir wollen die Regenfrau wecken und dann wird alles wieder gut werden.«

»Die Regenfrau!« wiederholte er tonlos. »Ja Maren, wer die wecken könnte! – Es ist aber auch nicht wegen dem allein; es ist mir etwas widerfahren draußen.« –

Die Mutter faßte zärtlich seine Hand. »So sag es von dir, mein Sohn«, ermahnte sie, »damit es dich nicht siech mache!«

»So hört denn!« erwiderte er. – »Ich wollte nach unsern Schafen sehen und ob das Wasser, das ich gestern abend für sie hinaufgetragen, noch nicht verdunstet sei. Als ich aber auf den Weideplatz kam, sah ich sogleich, daß es dort nicht seine Richtigkeit habe; der Wasserzuber war nicht mehr, wo ich ihn hingestellt, und auch die Schafe waren nicht zu sehen. Um sie zu suchen, ging ich den Rain hinab bis an den Riesenhügel. Als ich auf die andere Seite kam, da sah ich sie alle liegend, keuchend, die Hälse lang auf die Erde gestreckt; die arme Kreatur hier war schon krepiert. Daneben lag der Zuber umgestürzt und schon gänzlich ausgetrocknet. Die Tiere konnten das nicht getan haben; hier mußte eine böswillige Hand im Spiele sein!«

»Kind, Kind!« unterbrach ihn die Mutter, »wer sollte einer armen Witwe Leides zufügen!«

»Hört nur zu, Mutter, es kommt noch weiter. Ich stieg auf den Hügel und sah nach allen Seiten über die Ebene hin; aber kein Mensch war zu sehen, die sengende Glut lag wie alle Tage lautlos über den Feldern. Nur neben mir auf einem der großen Steine, zwischen denen das Zwergenloch in den Hügel hinabgeht, saß ein dicker Molch und sonnte seinen häßlichen Leib. Als ich noch so halb ratlos, halb ingrimmig um mich her starrte, hörte ich auf einmal hinter mir von der andern Seite des Hügels her ein Gemurmel, wie wenn einer eifrig mit sich selber redet, und als ich mich umwende, sehe ich ein knorpsiges Männlein im feuerroten Rock und roter Zipfelmütze unten zwischen dem Heidekraute auf und ab stapfen. – Ich erschrak mich, denn wo war es plötzlich hergekommen! – Auch sah es gar so arg und mißgeschaffen aus. Die großen braunroten Hände hatte es auf dem Rücken gefaltet und dabei spielten die krummen Finger wie Spinnenbeine in der Luft. – Ich war hinter den Dornbusch getreten, der neben den Steinen aus dem Hügel wächst, und konnte von hier aus alles sehen, ohne selbst bemerkt zu werden. Das Unding drunten war noch immer in Bewegung; es bückte sich und riß ein Bündel versengten Grases aus dem Boden, daß ich glaubte, es müsse mit seinem Kürbiskopf vornüber schießen, aber es stand schon wieder auf seinen Spindelbeinen und, indem es das dürre Kraut zwischen seinen großen Fäusten zu Pulver rieb, begann es so entsetzlich zu lachen, daß auf der andern Seite des Hügels die halbtoten Schafe aufsprangen und in wilder Flucht an dem Rain hinunterjagten. Das Männlein aber lachte noch gellender, und dabei begann es von einem Bein aufs andere zu springen, daß ich fürchtete, die dünnen Stäbchen müßten unter seinem klumpigen Leibe zusammenbrechen. Es war grausenvoll anzusehen, denn es funkte ihm dabei ordentlich aus seinen kleinen schwarzen Augen.«

Die Witwe hatte leise des Mädchens Hand gefaßt.

»Weißt du nun, wer der Feuermann ist!« sagte sie. Maren nickte.

»Das Allergrausenhafteste aber«, fuhr Andrees fort, »war seine Stimme. ›Wenn sie es wüßten, wenn sie es wüßten!‹ schrie er, ›die Flegel, die Bauerntölpel!‹ Und dann sang er mit seiner schnarrenden, quäkenden Stimme ein seltsames Sprüchlein; immer von vorn nach hinten, als könne er sich gar daran nicht ersättigen. Wartet nur, ich bekomm's wohl noch beisammen!«

Und nach einigen Augenblicken fuhr er fort:

»Dunst ist die Welle,
Staub ist die Quelle!«

Die Mutter ließ plötzlich ihr Spinnrad stehen, das sie während der Erzählung eifrig gedreht hatte, und sah ihren Sohn mit gespannten Augen an. Der aber schwieg wieder und schien sich zu besinnen.

»Weiter!« sagte sie leise.

»Ich weiß nicht weiter, Mutter; es ist fort und ich hab's mir unterwegs doch wohl hundertmal vorgesagt.«

Als aber Frau Stine mit unsicherer Stimme selbst fortfuhr:

»Stumm sind die Wälder,
Feuermann tanzet über die Felder!«

da setzte er rasch hinzu:

»Nimm dich in Acht!
Eh du erwacht,
Holt dich die Mutter
Heim in die Nacht!«

»Das ist das Sprüchlein der Regentrude!« rief Frau Stine; »und nun rasch noch einmal! und da, Maren, merk wohl auf, damit es nicht wiederum verloren geht!«

Und nun sprachen Mutter und Sohn noch einmal zusammen und ohne Anstoß:

»Dunst ist die Welle,
Staub ist die Quelle!

Stumm sind die Wälder,
Feuermann tanzet über die Felder!

Nimm dich in Acht!
Eh du erwacht,
Holt dich die Mutter
Heim in die Nacht!«

»Nun hat alle Not ein Ende!« rief Maren; »nun wekken wir die Regentrude; morgen sind alle Felder wieder grün, und übermorgen gibt's Hochzeit!« Und mit fliegenden Worten und glänzenden Augen erzählte sie ihrem Andrees, welches Versprechen sie dem Vater abgewonnen habe.

»Kind«, sagte die Witwe wieder, »weißt du denn auch den Weg zur Regentrude?«

»Nein, Mutter Stine, wißt Ihr denn auch den Weg nicht mehr?«

»Aber Maren, es war ja die Urahne, die bei der Regentrude war; von dem Wege hat sie mir niemals was erzählt.«

»Nun, Andrees«, sagte Maren und faßte den Arm

des jungen Bauern, der währenddes mit gerunzelter Stirn vor sich hingestarrt hatte, »so sprich du! Du weißt ja sonst doch immer Rat!«

»Vielleicht weiß ich auch jetzt wieder einen!« entgegnete er bedächtig. »Ich muß heute mittag den Schafen noch Wasser hinauftragen. Vielleicht daß ich den Feuermann noch einmal hinter dem Dornbusch belauschen kann! Hat er das Sprüchlein verraten, wird er auch noch den Weg verraten; denn sein dicker Kopf scheint überzulaufen von diesen Dingen.«

Und bei diesem Entschluß blieb es. So viel sie auch hin und wider redeten, sie wußten keinen bessern aufzufinden.

Bald darauf fand sich Andrees mit seiner Wassertracht droben auf dem Weideplatze. Als er in die Nähe des Riesenhügels kam, sah er den Kobold schon von weitem auf einem der Steine am Zwergloch sitzen. Er strählte sich mit seinen fünf ausgespreizten Fingern den roten Bart; und jedesmal wenn er die Hand herauszog, löste sich ein Häufchen feuriger Flocken ab und schwebte in dem grellen Sonnenschein über die Felder dahin.

»Da bist du zu spät gekommen«, dachte Andrees, »heute wirst du nichts erfahren«, und wollte seitwärts, als habe er gar nichts gesehen, nach der Stelle abbiegen, wo noch immer der umgestürzte Zuber lag. Aber er wurde angerufen. »Ich dachte, du hätt'st mit mir zu reden!« hörte er die Quäkstimme des Kobolds hinter sich.

Andrees kehrte sich um und trat ein paar Schritte zurück. »Was hätte ich mit Euch zu reden«, erwiderte er, »ich kenne Euch ja nicht.«

»Aber du möchtest den Weg zur Regentrude wissen?«

»Wer hat Euch denn das gesagt?«

»Mein kleiner Finger, und der ist klüger als mancher große Kerl.«

Andrees nahm all seinen Mut zusammen und trat noch ein paar Schritte näher zu dem Unding an den Hügel hinauf. »Euer kleiner Finger mag schon klug sein«, sagte er, »aber den Weg zur Regenfrau wird er doch nicht wissen, denn den wissen auch die allerklügsten Menschen nicht.«

Der Kobold blähte sich wie eine Kröte und fuhr ein paarmal mit seiner Klaue durch den Feuerbart, daß Andrees vor der herausströmenden Glut einen Schritt zurücktaumelte. Plötzlich aber, den jungen Bauer mit dem Ausdruck eines überlegenen Hohns aus seinen bösen kleinen Augen anstarrend, schnarrte er ihn an: »Du bist zu einfältig, Andrees; wenn ich dir auch sagte, daß die Regentrude hinter dem großen Walde wohnt, so würdest du doch nicht wissen, daß hinter dem Walde eine hohle Weide steht!«

»Hier gilt's den Dummen spielen!« dachte Andrees; denn obschon er sonst ein ehrlicher Bursche war, so hatte er doch auch seine gute Portion Bauernschlauheit mit auf die Welt bekommen. »Da habt Ihr recht«, sagte er und riß den Mund auf, »das würde ich freilich nicht wissen!«

»Und«, fuhr der Kobold fort, »wenn ich dir auch sagte, daß hinter dem Walde die hohle Weide steht, so würdest du doch nicht wissen, daß in dem Baum eine Treppe zum Garten der Regenfrau hinabführt.«

»Wie man sich doch verrechnen kann!« rief Andrees. »Ich dachte, man könnte nur so gradeswegs hineinspazieren.«

»Und wenn du auch gradeswegs hineinspazieren könntest«, sagte der Kobold, »so würdest du immer noch nicht wissen, daß die Regentrude nur von einer reinen Jungfrau geweckt werden kann.«

»Nun freilich«, meinte Andrees, »da hilft's mir nichts; da will ich mich nur gleich wieder auf den Heimweg machen.«

Ein arglistiges Lächeln verzog den breiten Mund des Kobolds. »Willst du nicht erst dein Wasser in den Zuber gießen?« fragte er; »das schöne Viehzeug ist ja schier verschmachtet.«

»Da habt Ihr zum vierten Mal recht!« erwiderte der Bursche und ging mit seinen Eimern um den Hügel herum. Als er aber das Wasser in den heißen Zuber goß, schlug es zischend empor und verprasselte in weißen Dampfwolken in die Luft. »Auch gut!« dachte er, »meine Schafe treibe ich mit mir heim und morgen mit dem frühesten geleite ich Maren zu der Regentrude. Die soll sie schon erwecken!«

Auf der andern Seite des Hügels aber war der Kobold von seinen Steinen aufgesprungen. Er warf seine rote Mütze in die Luft und kollerte sich mit wieherndem Gelächter den Berg hinab. Dann sprang er wieder auf seine dürren Spindelbeine, tanzte wie toll umher und schrie dabei mit seiner Quäkstimme einmal übers andere: »Der Kindskopf, der Bauernlümmel dachte mich zu übertölpeln und weiß noch nicht, daß die Trude sich nur durch das rechte Sprüchlein wecken läßt. Und das Sprüchlein weiß keiner als Ekkeneckepenn, und Eckeneckepenn das bin ich!« –

Der böse Kobold wußte nicht, daß er am Vormittag das Sprüchlein selbst verraten hatte.

Auf die Sonnenblumen, die vor Marens Kammer im Garten standen, fiel eben der erste Morgenstrahl, als sie schon das Fenster aufstieß und ihren Kopf in die frische Luft hinausstreckte. Der Wiesenbauer, welcher nebenan im Alkoven des Wohnzimmers schlief, mußte davon erwacht sein; denn sein Schnarchen, das noch eben durch alle Wände drang, hatte plötzlich aufgehört. »Was treibst du, Maren?« rief er mit schläfriger Stimme. »Fehlt's dir denn wo?«

Das Mädchen fuhr sich mit dem Finger an die Lippen, denn sie wußte wohl, daß der Vater, wenn er ihr Vorhaben erführe, sie nicht aus dem Hause lassen würde. Aber sie faßte sich schnell. »Ich habe nicht schlafen können, Vater«, rief sie zurück, »ich will mit den Leuten auf die Wiese; es ist so hübsch frisch heute morgen.«

»Hast das nicht nötig, Maren«, erwiderte der Bauer, »meine Tochter ist kein Dienstbot.« Und nach einer Weile fügte er hinzu: »Na, wenn's dir Pläsier macht! Aber sei zur rechten Zeit wieder heim, eh die große Hitze kommt. Und vergiß mein Warmbier nicht!« Damit warf er sich auf die andere Seite, daß die Bettstelle krachte, und gleich darauf hörte auch das Mädchen wieder das wohlbekannte abgemessene Schnarchen.

Behutsam drückte sie ihre Kammertür auf. Als sie durch die Torfahrt ins Freie ging, hörte sie eben den Knecht die beiden Mägde wecken. »Es ist doch schnöd«, dachte sie, »daß du so hast lügen müssen, aber« – und sie seufzte dabei ein wenig – »was tut man nicht um seinen Schatz!«

Drüben in seinem Sonntagsstaat stand schon Andrees ihrer wartend. »Weißt du dein Sprüchlein noch?« rief er ihr entgegen.

»Ja, Andrees! Und weißt du noch den Weg?« Er nickte nur.

»So laß uns gehen!« – Aber eben kam noch Mutter Stine aus dem Hause und steckte ihrem Sohne ein mit Met gefülltes Fläschchen in die Tasche. »Der ist noch von der Urahne«, sagte sie, »sie tat allezeit sehr geheim und kostbar damit, der wird euch gut tun in der Hitze!«

Dann gingen sie im Morgenschein die stille Dorfstraße hinab und die Witwe stand noch lange und schaute nach der Richtung, wo die jungen kräftigen Gestalten verschwunden waren.

Der Weg der beiden führte hinter der Dorfmark über eine weite Heide. Danach kamen sie in den großen Wald. Aber die Blätter des Waldes lagen meist verdorrt am Boden, so daß die Sonne überall hindurchblitzte, sie wurden fast geblendet von den wechselnden Lichtern. – Als sie eine geraume Zeit zwischen den hohen Stämmen der Eichen und Buchen fortgeschritten waren, faßte das Mädchen die Hand des jungen Mannes.

»Was hast du, Maren?« fragte er.

»Ich hörte unsere Dorfuhr schlagen, Andrees.«

»Ja, mir war es auch so.«

»Es muß sechs Uhr sein!« sagte sie wieder. »Wer kocht denn dem Vater nur sein Warmbier? Die Mägde sind alle auf dem Felde.«

»Ich weiß nicht, Maren; aber das hilft nun doch weiter nicht!«

»Nein«, sagte sie, »das hilft nun weiter nicht. Aber weißt du denn auch noch unser Sprüchlein?«

»Freilich, Maren!

Dunst ist die Welle,
Staub ist die Quelle!«

Und als er einen Augenblick zögerte, sagte sie rasch:

»Stumm sind die Wälder,
Feuermann tanzet über die Felder.«

»Oh!« rief sie, »wie brannte die Sonne!«

»Ja«, sagte Andrees und rieb sich die Wange, »es hat auch mir ordentlich einen Stich gegeben.«

Endlich kamen sie aus dem Walde und dort, ein paar Schritte vor ihnen, stand auch schon der alte Weidenbaum. Der mächtige Stamm war ganz gehöhlt und das Dunkel, das darin herrschte, schien tief in den Abgrund der Erde zu führen. Andrees stieg zuerst allein hinab, während Maren sich auf die Höhlung des Baumes lehnte und ihm nachzublicken suchte. Aber bald sah sie nichts mehr von ihm, nur das Geräusch des Hinabsteigens schlug noch an ihr Ohr. Ihr begann angst zu werden, oben um sie her war es so einsam und von unten hörte sie endlich auch keinen Laut mehr. Sie steckte den Kopf tief in die Höhlung und rief: »Andrees, Andrees!« Aber es blieb alles still, und noch einmal rief sie: »Andrees!« – Da nach einiger Zeit war es ihr, als höre sie es von unten wieder heraufkommen, und allmählich erkannte sie auch die Stimme des jungen Mannes, der ihren Namen rief, und faßte seine Hand, die er ihr entgegenstreckte. »Es führt eine Treppe hinab«, sagte er, »aber sie ist steil und ausgebröckelt und wer weiß wie tief nach unten zu der Abgrund ist.«

Maren erschrak. »Fürchte dich nicht«, sagte er, »ich trage dich, ich habe einen sichern Fuß.« Dann hob er das schlanke Mädchen auf seine breite Schulter; und als sie die Arme fest um seinen Hals gelegt hatte, stieg er behutsam mit ihr in die Tiefe. Dichte Finsternis umgab sie; aber Maren atmete doch auf, während sie so Stufe um Stufe wie in einem gewundenen Schneckengange hinabgetragen wurde; denn es war kühl hier im Innern der Erde. Kein Laut von oben drang zu ihnen herab; nur einmal hörten sie dumpf aus der Ferne die unterirdischen Wasser brausen, die vergeblich zum Lichte emporarbeiteten.

»Was war das?« flüsterte das Mädchen.

»Ich weiß nicht, Maren.«

»Aber hat's denn noch kein Ende?«

»Es scheint fast nicht.«

»Wenn dich der Kobold nur nicht betrogen hat!«

»Ich denke nicht, Maren.«

So stiegen sie tiefer und tiefer. Endlich spürten sie wieder den Schimmer des Sonnenlichts unter sich, das mit jedem Tritte leuchtender wurde; zugleich aber drang auch eine erstickende Hitze zu ihnen herauf.

Als sie von der untersten Stufe ins Freie traten, sahen sie eine gänzlich unbekannte Gegend vor sich. Maren sah befremdet umher. »Die Sonne scheint aber doch dieselbe zu sein!« sagte sie endlich.

»Kälter ist sie wenigstens nicht«, meinte Andrees, indem er das Mädchen zur Erde hob.

Von dem Platze, wo sie sich befanden, auf einem breiten Steindamm, lief eine Allee von alten Weiden in die Ferne hinaus. Sie bedachten sich nicht lange; sondern gingen, als sei ihnen der Weg gewiesen, zwischen den Reihen der Bäume entlang. Wenn sie nach der einen oder andern Seite blickten, so sahen sie in ein ödes unabsehbares Tiefland, das so von aller Art Rinnen und Vertiefungen zerrissen war, als bestehe es nur aus einem endlosen Gewirre verlassener See- und Strombetten. Dies schien auch dadurch bestätigt zu werden, daß ein beklemmender Dunst, wie von vertrocknetem Schilf, die Luft erfüllte. Dabei lagerte zwischen den Schatten der einzelnstehenden Bäume eine solche Glut, daß es den beiden Wanderern war, als sähen sie kleine weiße Flammen über den staubigen Weg dahinfliegen. Andrees mußte an die Flokken aus dem Feuerbarte des Kobolds denken. Einmal war es ihm sogar, als sähe er zwei dunkle Augenringe in dem grellen Sonnenschein; dann wieder glaubte er deutlich neben sich das tolle Springen der kleinen Spindelbeine zu hören. Bald war es links, bald rechts an seiner Seite. Wenn er sich aber wandte, vermochte er nichts zu sehen; nur die glutheiße Luft zitterte flirrend und blendend vor seinen Augen. »Ja«, dachte er, indem er des Mädchens Hand erfaßte und beide mühsam vorwärts schritten, »sauer machst du's uns; aber recht behältst du heute nicht!«

Weiter und weiter gingen sie, der eine nur auf das immer schwerere Atmen des andern hörend. Der einförmige Weg schien kein Ende zu nehmen; neben ihnen unaufhörlich die grauen, halb entblätterten Weiden, seitwärts hüben und drüben unter ihnen die unheimlich dunstende Niederung.

Plötzlich blieb Maren stehen und lehnte sich mit geschlossenen Augen an den Stamm einer Weide. »Ich kann nicht weiter«, murmelte sie; »die Luft ist lauter Feuer.«

Da gedachte Andrees des Metfläschchens, das sie

bis dahin unberührt gelassen hatten. – Als er den Stöpsel abgezogen, verbreitete sich ein Duft, als seien die Tausende von Blumen noch einmal zur Blüte auferstanden, aus deren Kelchen vor vielleicht mehr als hundert Jahren die Bienen den Honig zu diesem Tranke zusammengetragen hatten. Kaum hatten die Lippen des Mädchens den Rand der Flasche berührt, so schlug sie schon die Augen auf. »Oh«, rief sie, »auf welcher schönen Wiese sind wir denn?«

»Auf keiner Wiese, Maren; aber trink nur, es wird dich stärken!«

Als sie getrunken hatte, richtete sie sich auf und schaute mit hellen Augen um sich her. »Trink auch einmal, Andrees«, sagte sie, »ein Frauenzimmer ist doch nur ein elendiglich Geschöpf!«

»Aber das ist ein echter Tropfen!« rief Andrees, nachdem er auch gekostet hatte. »Mag der Himmel wissen, woraus die Urahne den gebraut hat!«

Dann gingen sie gestärkt und lustig plaudernd weiter. Nach einer Weile aber blieb das Mädchen wieder stehen. »Was hast du, Maren?« fragte Andrees.

»Oh, nichts; ich dachte nur!«

»Was denn, Maren?«

»Siehst du, Andrees! Mein Vater hat noch sein halbes Heu draußen auf den Wiesen; und ich gehe da aus und will Regen machen!«

»Dein Vater ist ein reicher Mann, Maren; aber wir andern haben unser Fetzchen Heu schon längst in der Scheuer und unsere Frucht noch alle auf den dürren Halmen.«

»Ja, ja, Andrees, du hast wohl recht; man muß auch an die andern denken!« Im stillen bei sich selber aber setzte sie nach einer Weile hinzu: »Maren, Maren, mach dir keine Flausen vor; du tust ja doch alles nur von wegen deinem Schatz!«

So waren sie wieder eine Zeitlang fortgegangen, als das Mädchen plötzlich rief: »Was ist denn das? Wo sind wir denn? Das ist ja ein großer ungeheuerer Garten!«

Und wirklich waren sie, ohne zu wissen wie, aus der einförmigen Weidenallee in einen großen Park gelangt. Aus der weiten, jetzt freilich versengten Rasenfläche erhoben sich überall Gruppen hoher prachtvoller Bäume. Zwar war ihr Laub zum Teil gefallen oder hing dürr oder schlaff an den Zweigen, aber der kühne Bau ihrer Äste strebte noch in den Himmel und die mächtigen Wurzeln griffen noch weit über die Erde hinaus. Eine Fülle von Blumen, wie die beiden sie nie zuvor gesehen, bedeckte hier und da den Boden; aber alle diese Blumen waren welk und düftelos und schienen mitten in der höchsten Blüte von der tödlichen Glut getroffen zu sein.

»Wir sind am rechten Orte, denk ich!« sagte Andrees.

Maren nickte. »Du mußt nun hier zurückbleiben, bis ich wiederkomme.«

»Freilich«, erwiderte er, indem er sich in dem Schatten einer großen Eiche ausstreckte. »Das übrige ist nun deine Sach! Halt nur das Sprüchlein fest und verred dich nicht dabei!« – –

So ging sie denn allein über den weiten Rasen und unter den himmelhohen Bäumen dahin, und bald sah der Zurückbleibende nichts mehr von ihr. Sie aber schritt weiter und weiter durch die Einsamkeit. Bald hörten die Baumgruppen auf, und der Boden senkte sich. Sie erkannte wohl, daß sie in dem ausgetrockneten Bette eines Gewässers ging; weißer Sand und Kiesel bedeckten den Boden, dazwischen lagen tote Fische und blinkten mit ihren Silberschuppen in der Sonne. In der Mitte des Beckens sah sie einen grauen fremdartigen Vogel stehen; er schien ihr einem Reiher ähnlich zu sein, doch war er von solcher Größe, daß sein Kopf, wenn er ihn aufrichtete, über den eines Menschen hinwegragen mußte; jetzt hatte er den langen Hals zwischen den Flügeln zurückgelegt und schien zu schlafen. Maren fürchtete sich. Außer dem regungslosen unheimlichen Vogel war kein lebendes Wesen sichtbar, nicht einmal das Schwirren einer Fliege unterbrach hier die Stille; wie ein Entsetzen lag das Schweigen über diesem Orte. Einen Augenblick trieb sie die Angst, nach ihrem Geliebten zu rufen, aber sie wagte es wiederum nicht, denn den Laut ihrer eigenen Stimme in dieser Öde zu hören, dünkte sie noch schauerlicher als alles andere.

So richtete sie denn ihre Augen fest in die Ferne, wo sich wieder dichte Baumgruppen über den Boden zu erheben schienen, und schritt weiter, ohne rechts oder links zu sehen. Der große Vogel rührte sich nicht, als sie mit leisem Tritt an ihm vorüberging, nur für einen Augenblick blitzte es schwarz unter der weißen Augenhaut hervor. – Sie atmete auf. – Nachdem sie noch eine weite Strecke hingeschritten, verengte sich das Seebette zu der Rinne eines mäßigen Baches, der unter einer breiten Lindengruppe durchführte. Das Geäste dieser mächtigen Bäume war so dicht, daß ungeachtet des mangelhaften Laubes kein Sonnenstrahl hindurchdrang. Maren ging in dieser Rinne weiter; die plötzliche Kühle um sie her, das hohe dunkle Gewölbe der Wipfel über ihr; es schien ihr fast, als gehe sie durch eine Kirche. Plötzlich aber wurden ihre Augen von einem blendenden Lichte getroffen; die Bäume hörten auf und vor ihr erhob sich ein graues Gestein, auf das die grellste Sonne niederbrannte.

Maren selbst stand in einem leeren, sandigen Bekken, in welches sonst ein Wasserfall über die Felsen hinabgestürzt sein mochte, der dann unterhalb durch die Rinne seinen Abfluß in den jetzt verdunsteten See gehabt hatte. Sie suchte mit den Augen, wo wohl der Weg zwischen den Klippen hinaufführe. Plötzlich aber schrak sie zusammen. Denn das dort auf der halben Höhe des Absturzes konnte nicht zum Gestein gehören; wenn es auch ebenso grau war und starr wie dieses in der regungslosen Luft lag, so erkannte sie doch bald, daß es ein Gewand sei, welches in Falten eine ruhende Gestalt bedeckte. – Mit verhaltenem Atem stieg sie näher. Da sah sie es deutlich; es war eine schöne mächtige Frauengestalt. Der Kopf lag tief aufs Gestein zurückgesunken; die blonden Haare, die bis zur Hüfte hinabflossen, waren voll

Staub und dürren Laubes. Maren betrachtete sie aufmerksam. »Sie muß sehr schön gewesen sein«, dachte sie, »ehe diese Wangen so schlaff und diese Augen so eingesunken waren. Ach, und wie bleich ihre Lippen sind! Ob es denn wohl die Regentrude sein mag? – Aber die da schläft nicht; das ist eine Tote! Oh, es ist entsetzlich einsam hier!«

Das kräftige Mädchen hatte sich indessen bald gefaßt. Sie trat ganz dicht herzu, und niederkniend und zu ihr hingebeugt legte sie ihre frischen Lippen an das marmorblasse Ohr der Ruhenden. Dann all ihren Mut zusammennehmend, sprach sie laut und deutlich:

»Dunst ist die Welle,
Staub ist die Quelle;
Stumm sind die Wälder,
Feuermann tanzet über die Felder!«

Da rang sich ein tiefer klagender Laut aus dem bleichen Munde hervor; doch das Mädchen sprach immer stärker und eindringlicher:

»Nimm dich in Acht!
Eh du erwacht,
Holt dich die Mutter
Heim in die Nacht!«

Da rauschte es sanft durch die Wipfel der Bäume und in der Ferne donnerte es leise von einem Gewitter. Zugleich aber, und, wie es schien, von jenseits des Gesteins kommend, durchschnitt ein greller Ton die Luft, wie der Wutschrei eines bösen Tieres. Als Maren emporsah, stand die Gestalt der Trude hoch aufgerichtet vor ihr. »Was willst du?« fragte sie.

»Ach, Frau Trude«, antwortete das Mädchen noch immer kniend. »Ihr habt so grausam lang geschlafen, daß alles Laub und alle Kreatur verschmachten will!«

Die Trude sah sie mit weit aufgerissenen Augen an, als mühe sie sich, aus schweren Träumen zu kommen.

Endlich fragte sie mit tonloser Stimme: »Stürzt denn der Quell nicht mehr?«

»Nein, Frau Trude«, erwiderte Maren.

»Kreist denn mein Vogel nicht mehr über dem See?«

»Er steht in der heißen Sonne und schläft.«

»Weh!« wimmerte die Regenfrau. »So ist es hohe Zeit. Steh auf und folge mir, aber vergiß nicht den Krug, der dort zu deinen Füßen liegt!«

Maren tat wie ihr geheißen, und beide stiegen nun an der Seite des Gesteins hinauf. – Noch mächtigere Baumgruppen, noch wunderbarere Blumen waren hier der Erde entsprossen, aber auch hier war alles welk und düftelos. – Sie gingen an der Rinne des Baches entlang, der hinter ihnen seinen Abfall vom Gestein gehabt hatte. Langsam und schwankend schritt die Trude dem Mädchen voran, nur dann und wann die Augen traurig umherwendend. Dennoch meinte

Maren, es bleibe ein grüner Schimmer auf dem Rasen, den ihr Fuß betreten, und wenn die grauen Gewänder über das dürre Gras schleppten, da rauschte es so eigen, daß sie immer darauf hinhören mußte. »Regnet es denn schon, Frau Trude?« fragte sie.

»Ach nein, Kind, erst mußt du den Brunnen aufschließen!«

»Den Brunnen? Wo ist denn der?«

Sie waren eben aus einer Gruppe von Bäumen herausgetreten. »Dort!« sagte die Trude, und einige tausend Schritte vor ihnen sah Maren einen ungeheueren Bau emporsteigen. Er schien von grauem Gestein zackig und unregelmäßig aufgetürmt; bis in den Himmel, meinte Maren; denn nach oben hinauf war alles wie in Duft und Sonnenglanz zerflossen. Am Boden aber wurde die in riesenhaften Erkern vorspringende Fronte überall von hohen spitzbogigen Tor- und Fensterhöhlen durchbrochen, ohne daß jedoch von Fenstern oder Torflügeln selbst etwas zu sehen gewesen wäre.

Eine Weile schritten sie gerade darauf zu, bis sie durch den Uferabsturz eines Stromes aufgehalten wurden, der den Bau rings zu umgeben schien. Auch hier war jedoch das Wasser bis auf einen schmalen Faden, der noch in der Mitte floß, verdunstet; ein Nachen lag zerborsten auf der trockenen Schlammdecke des Strombettes.

»Schreite hindurch!« sagte die Trude. »Über dich hat er keine Gewalt. Aber vergiß nicht, von dem Wasser zu schöpfen; du wirst es bald gebrauchen!«

Als Maren, dem Befehl gehorchend, von dem Ufer herabtrat, hätte sie fast den Fuß zurückgezogen, denn der Boden war hier so heiß, daß sie die Glut durch ihre Schuhe fühlte. »Ei was, mögen die Schuhe verbrennen!« dachte sie und schritt rüstig mit ihrem Kruge weiter. Plötzlich aber blieb sie stehen; der Ausdruck des tiefsten Entsetzens trat in ihre Augen. Denn neben ihr zerriß die trockene Schlammdecke und eine große braunrote Faust mit krummen Fingern fuhr daraus hervor und griff nach ihr.

»Mut!« hörte sie die Stimme der Trude hinter sich vom Ufer her.

Da stieß sie einen lauten Schrei aus und der Spuk verschwand.

»Schließe die Augen!« hörte sie wiederum die Trude rufen. – Da ging sie mit geschlossenen Augen weiter; als sie aber das Wasser ihren Fuß berühren fühlte, bückte sie sich und füllte ihren Krug. Dann stieg sie leicht und ungefährdet am andern Ufer wieder hinauf.

Bald hatte sie das Schloß erreicht und trat mit klopfendem Herzen durch eines der großen offenen Tore. Drinnen aber blieb sie staunend an dem Eingange stehen. Das ganze Innere schien nur ein einziger unermeßlicher Raum zu sein. Mächtige Säulen von Tropfstein trugen in beinahe unabsehbarer Höhe eine seltsame Decke; fast meinte Maren, es seien nichts als graue riesenhafte Spinngewebe, die überall in Bauschen und Spitzen zwischen den Knäufen der Säulen herabhingen. Noch immer stand sie wie verloren an derselben Stelle und blickte bald vor sich hin, bald nach einer und der andern Seite, aber diese ungeheueren Räume schienen außer nach der Fronte zu, durch welche Maren eingetreten war, ganz ohne Grenzen zu sein; Säule hinter Säule erhob sich, und wie sehr sie sich auch anstrengte, sie konnte nirgends ein Ende absehen. Da blieb ihr Auge an einer Vertiefung des Bodens haften. Und siehe! Dort, unweit von ihr, war der Brunnen; auch den goldenen Schlüssel sah sie auf der Falltür liegen.

Während sie darauf zuging, bemerkte sie, daß der Fußboden nicht etwa, wie sie es in ihrer Dorfkirche gesehen, mit Steinplatten, sondern überall mit vertrockneten Schilf- und Wiesenpflanzen bedeckt war. Aber es nahm sie jetzt schon nichts mehr wunder.

Nun stand sie am Brunnen und wollte eben den Schlüssel ergreifen; da zog sie rasch die Hand zurück. Denn deutlich hatte sie es erkannt: der Schlüssel, der ihr in dem grellen Lichte eines von außen einfallenden Sonnenstrahls entgegenleuchtete, war von Glut und nicht von Golde rot. Ohne Zaudern goß sie ihren Krug darüber aus, daß das Zischen des verdampfenden Wassers in den weiten Räumen widerhallte. Dann schloß sie rasch den Brunnen auf. Ein frischer Duft stieg aus der Tiefe, als sie die Falltür zurückgeschlagen hatte, und erfüllte bald alles mit einem feinen feuchten Staube, der wie ein zartes Gewölk zwischen den Säulen emporstieg.

Sinnend und in der frischen Kühle aufatmend ging Maren umher. Da begann zu ihren Füßen ein neues Wunder. Wie ein Hauch rieselte ein lichtes Grün über die verdorrte Pflanzendecke, die Halme richteten sich auf und bald wandelte das Mädchen durch eine Fülle sprießender Blätter und Blumen. Am Fuße der Säulen wurde es blau von Vergißmeinnicht; dazwischen blühten gelbe und braunviolette Iris auf und verhauchten ihren zarten Duft. An den Spitzen der Blätter klommen Libellen empor, prüften ihre Flügel und schwebten dann schillernd und gaukelnd über den Blumenkelchen, während der frische Duft, der fortwährend aus dem Brunnen stieg, immer mehr die Luft erfüllte und wie Silberfunken in den hereinfallenden Sonnenstrahlen tanzte.

Indessen Maren noch des Entzückens und Bestaunens kein Ende finden konnte, hörte sie hinter sich ein behagliches Stöhnen wie von einer süßen Frauenstimme. Und wirklich, als sie ihre Augen nach der Vertiefung des Brunnens wandte, sah sie auf dem grünen Moosrande, der dort emporgekeimt war, die ruhende Gestalt einer wunderbar schönen blühenden Frau. Sie hatte ihren Kopf auf den nackten glänzenden Arm gestützt, über den das blonde Haar wie in seidenen Wellen herabfiel, und ließ ihre Augen oben zwischen den Säulen an der Decke wandern.

Auch Maren blickte unwillkürlich hinauf. Da sah sie nun wohl, daß das, was sie für große Spinngewebe gehalten, nichts anderes sei als die zarten Florgewebe der Regenwolken, die durch den aus dem Brunnen aufsteigenden Duft gefüllt und schwer und schwerer wurden. Eben hatte sich ein solches Gewölk in der Mitte der Decke abgelöst und sank leise schwebend herab, so daß Maren das Gesicht der schönen Frau am Brunnen nur noch wie durch einen grauen Schleier leuchten sah. Da klatschte diese in die Hände, sogleich schwamm die Wolke der nächsten Fensteröffnung zu und floß durch dieselbe ins Freie hinaus.

»Nun!« rief die schöne Frau. »Wie gefällt dir das?« Und dabei lächelte ihr roter Mund und ihre weißen Zähne blitzten.

Dann winkte sie Maren zu sich, und diese mußte sich neben ihr ins Moos setzen; und als eben wieder ein Duftgewebe von der Decke niederrieselte, sagte sie: »Nun klatsch in deine Hände!« Und als Maren das getan und auch diese Wolke, wie die erste, ins Freie hinausgezogen war, rief sie: »Siehst du wohl, wie leicht das ist! Du kannst es besser noch als ich!«

Maren betrachtete verwundert die schöne übermütige Frau. »Aber«, fragte sie, »wer seid Ihr denn so eigentlich?«

»Wer ich bin? Nun Kind, bist du aber einfältig!«

Das Mädchen sah sie noch einmal mit ungewissen Augen an; endlich sagte sie zögernd: »Ihr seid doch nicht gar die Regentrude?«

»Und wer sollte ich denn anders sein?«

»Aber verzeiht! Ihr seid ja so schön und lustig jetzt!«

Da wurde die Trude plötzlich ganz still: »Ja«, rief sie, »ich muß dir dankbar sein. Wenn du mich nicht geweckt hättest, wäre der Feuermann Meister geworden, und ich hätte wieder hinab müssen zu der Mutter unter die Erde.« Und indem sie ein wenig wie vor innerem Grauen die weißen Schultern zusammenzog, setzte sie hinzu: »Und es ist ja doch so schön und grün hier oben!«

Dann mußte Maren erzählen, wie sie hierher gekommen und die Trude legte sich ins Moos zurück und hörte zu. Mitunter pflückte sie eine der Blumen, die neben ihr emporsproßten, und steckte sie sich oder dem Mädchen ins Haar. Als Maren von dem mühseligen Gange auf dem Weidendamme berichtete, seufzte die Trude und sagte: »Der Damm ist einst von euch Menschen selbst gebaut worden; aber es ist schon lange, lange her! Solche Gewänder, wie du sie trägst, sah ich nie bei ihren Frauen. Sie kamen damals öfters zu mir, ich gab ihnen Keime und Körner zu neuen Pflanzen und Getreiden, und sie brachten mir zum Dank von ihren Früchten. Wie sie meiner nicht vergaßen, so vergaß ich ihrer nicht, und ihre Felder waren niemals ohne Regen. Seit lange aber sind die Menschen mir entfremdet, es kommt niemand mehr zu mir. Da bin ich denn vor Hitze und Langeweile eingeschlafen, und der tückische Feuermann hätte fast den Sieg erhalten.«

Maren hatte sich währenddessen ebenfalls mit geschlossenen Augen auf das Moos zurückgelegt, es taute so sanft um sie her, und die Stimme der schönen Trude klang so süß und traulich.

»Nur einmal«, fuhr diese fort, »aber das ist auch

schon lange her, ist noch ein Mädchen gekommen, sie sah fast aus wie du und trug fast ebensolche Gewänder. Ich schenkte ihr von meinem Wiesenhonig, und das war die letzte Gabe, die ein Mensch aus meiner Hand empfangen hat.«

»Seht nur«, sagte Maren, »das hat sich gut getroffen! Jenes Mädchen muß die Urahne von meinem Schatz gewesen sein, und der Trank, der mich heute so gestärkt hat, war gewiß von Eurem Wiesenhonig!«

Die Regenfrau dachte wohl noch an ihre junge Freundin von damals; denn sie fragte: »Hat sie denn noch so schöne braune Löckchen an der Stirn?«

»Wer denn, Frau Trude?«

»Nun, die Urahne, wie du sie nennst!«

»O nein, Frau Trude«, erwiderte Maren, und sie fühlte sich in diesem Augenblick ihrer mächtigen Freundin fast ein wenig überlegen – »die Urahne ist ja ganz steinalt geworden!«

»Alt?« fragte die schöne Frau. Sie verstand das nicht, denn sie kannte nicht das Alter.

Maren hatte große Mühe, ihr es zu erklären. »Merket nur«, sagte sie endlich, »graues Haar und rote Augen und häßlich und verdrießlich sein! Seht, Frau Trude, das nennen wir alt!«

»Freilich«, erwiderte diese, »ich entsinne mich nun; es waren auch solche unter den Frauen der Menschen; aber die Urahne soll zu mir kommen, ich mache sie wieder froh und schön.«

Maren schüttelte den Kopf. »Das geht ja nicht, Frau Trude«, sagte sie, »die Urahne ist ja längst unter der Erde.«

Die Trude seufzte. »Arme Urahne.«

Hierauf schwiegen beide, während sie noch immer behaglich ausgestreckt im weichen Moose lagen. »Aber Kind!« rief plötzlich die Trude, »da haben wir über all dem Geplauder ja ganz das Regenmachen vergessen. Schlag doch nur die Augen auf! Wir sind ja unter lauter Wolken ganz begraben; ich sehe dich schon gar nicht mehr!«

»Ei, da wird man ja naß wie eine Katze!« rief Maren, als sie die Augen aufgeschlagen hatte.

Die Trude lachte. »Klatsch nur ein wenig in die Hände, aber nimm dich in acht, daß du die Wolken nicht zerreißt!«

So begannen beide leise in die Hände zu klopfen; und alsbald entstand ein Gewoge und Geschiebe, die Nebelgebilde drängten sich nach den Öffnungen und schwammen, eins nach dem anderen, ins Freie hinaus. Nach kurzer Zeit sah Maren schon wieder den Brunnen vor sich und den grünen Boden mit den gelben und violetten Irisblüten. Dann wurden auch die Fensterhöhlen frei, und sie sah weithin über den Bäumen des Gartens die Wolken den ganzen Himmel überziehen. Allmählich verschwand die Sonne. Noch ein paar Augenblicke, und sie hörten es draußen wie einen Schauer durch die Blätter der Bäume und Gebüsche wehen, und dann rauschte es hernieder, mächtig und unablässig.

Maren saß aufgerichtet mit gefalteten Händen. »Frau Trude, es regnet«, sagte sie leise.

Diese nickte kaum merklich mit ihrem schönen blonden Kopfe; sie saß wie träumend.

Plötzlich aber entstand draußen ein lautes Prasseln und Heulen, und als Maren erschrocken hinausblickte, sah sie aus dem Bette des Umgebungsstromes, den sie kurz vorher überschritten hatte, sich ungeheuere weiße Dampfwolken stoßweise in die Luft erheben. In demselben Augenblicke fühlte sie sich auch von den Armen der schönen Regenfrau umfangen, die sich zitternd an das neben ihr ruhende junge Menschenkind schmiegte. »Nun gießen sie den Feuermann aus«, flüsterte sie, »horch nur, wie er sich wehrt! Aber es hilft ihm doch nichts mehr.«

Eine Weile hielten sie sich so umschlossen; da wurde es stille draußen und es war nun nichts zu hören, als das sanfte Rauschen des Regens. – Da standen sie auf und die Trude ließ die Falltür des Brunnens herab und verschloß sie.

Maren küßte ihre weiße Hand und sagte: »Ich danke Euch, liebe Frau Trude, für mich und alle Leute in unserm Dorfe! Und« – setzte sie ein wenig zögernd hinzu – »nun möchte ich wieder heimgehen!«

»Schon gehen?« fragte die Trude.

»Ihr wißt ja, mein Schatz wartet auf mich; er mag schon wacker naß geworden sein.«

Die Trude erhob den Finger. »Wirst du ihn auch später niemals warten lassen?«

»Gewiß nicht, Frau Trude!«

»So geh, mein Kind; und wenn du wiederkommst, so erzähle den anderen Menschen von mir, daß sie meiner fürder nicht vergessen. – Und nun komm! Ich werde dich geleiten.«

Draußen unter dem frischen Himmelstau war schon überall das Grün des Rasens und an Baum und Büschen das Laub hervorgesprossen. – Als sie an den Strom kamen, hatte das Wasser sein ganzes Bette wieder ausgefüllt, und als erwarte er sie, ruhte der Kahn, wie von unsichtbarer Hand wiederhergestellt, schaukelnd an dem üppigen Grase des Uferrandes. Sie stiegen ein und leise glitten sie hinüber, während die Tropfen spielend und klingend in die Flut fielen. Da, als sie eben an das andere Ufer traten, schlugen neben ihnen die Nachtigallen ganz laut aus dem Dunkel des Gebüsches. »Oh«, sagte die Trude und atmete so recht aus Herzensgrunde, »es ist noch Nachtigallenzeit, es ist noch nicht zu spät!«

Da gingen sie an dem Bache entlang, der zu dem Wasserfalle führte. Der stürzte sich schon wieder tosend über die Felsen und floß dann strömend in der breiten Rinne unter den dunklen Linden fort. Sie mußten, als sie hinabgestiegen waren, an der Seite unter den Bäumen hingehen. Als sie wieder ins Freie traten, sah Maren den fremden Vogel in großen Kreisen über einem See schweben, dessen weites Becken sich zu ihren Füßen dehnte. Bald gingen sie unten längs dem Ufer hin, fortwährend die süßesten Düfte atmend und auf das Anrauschen der Wellen horchend, die über glänzende Kiesel an dem Strande hinaufströmten. Tausende von Blumen blühten überall; auch Veilchen und Maililien bemerkte Maren und andere Blumen, deren Zeit eigentlich längst vorüber war, die aber wegen der bösen Glut nicht hatten zur Entfaltung kommen können. »Die wollen auch nicht zurückbleiben«, sagte die Trude, »das blüht nun alles durcheinander hin.«

Mitunter schüttelte sie ihr blondes Haar, daß die Tropfen wie Funken um sie her sprühten oder sie schränkte ihre Hände zusammen, daß von ihren vollen weißen Armen das Wasser wie in eine Muschel hinabfloß. Dann wieder riß sie die Hände auseinander, und wo die hingesprühten Tropfen die Erde berührten, da stiegen neue Düfte auf und ein Farbenspiel von frischen, nie gesehenen Blumen drängte sich leuchtend auf dem Rasen.

Als sie um den See herum waren, blickte Maren noch einmal auf die weite, bei dem niederfallenden Regen kaum übersehbare Wasserfläche zurück; es schauerte sie fast bei dem Gedanken, daß sie am Morgen trockenen Fußes durch die Tiefe gegangen sei. Bald mußte sie dem Platze nahe sein, wo sie ihren Andrees zurückgelassen hate. Und richtig! Dort unter den hohen Bäumen lag er mit aufgestütztem Arm; er schien zu schlafen. Als aber Maren auf die schöne Trude blickte, wie sie mit dem roten lächelnden Munde so stolz neben ihr über den Rasen schritt, erschien sie sich plötzlich in ihren bäuerischen Kleidern so plump und häßlich, daß sie dachte: »Ei, das tut nicht gut, die braucht der Andrees nicht zu sehen!« Laut aber sprach sie: »Habt Dank für Euer Geleite, Frau Trude, ich finde mich nun schon selber!«

»Aber ich muß doch deinen Schatz noch sehen!«

»Bemüht Euch nicht, Frau Trude«, erwiderte Maren, »es ist eben ein Bursch, wie die andern auch und just gut genug für ein Mädel vom Dorf.«

Die Trude sah sie mit durchdringenden Augen an. »Schön bist du, Närrchen!« sagte sie und erhob drohend ihren Finger: »Bist du denn aber auch in deinem Dorf die Allerschönste?«

Da stieg dem hübschen Mädchen das Blut ins Gesicht, daß ihr die Augen überliefen. Die Trude aber lächelte schon wieder. »So merk denn auf!« sagte sie; »weil nun doch alle Quellen wieder springen, so könnt ihr einen kürzern Weg haben. Gleich unten links am Weidendamm liegt ein Nachen. Steigt getrost hinein; er wird euch rasch und sicher in eure Heimat bringen! – Und nun leb wohl!« rief sie und legte ihren Arm um den Nacken des Mädchens und küßte sie. »Oh, wie süß frisch doch solch ein Menschenmund!«

Dann wandte sie sich und ging unter den fallenden Tropfen über den Rasen dahin. Dabei hub sie an zu singen; das klang süß und eintönig; und als die schöne Gestalt zwischen den Bäumen verschwunden war, da wußte Maren nicht, hörte sie noch immer aus der Ferne den Gesang, oder war es nur das Rauschen des niederfallenden Regens.

Eine Weile noch blieb das Mädchen stehen; dann, wie in plötzlicher Sehnsucht, streckte sie ihre Arme aus. »Lebt wohl, schöne, liebe Regentrude, lebt wohl!« rief sie. – Aber keine Antwort kam zurück; sie erkannte es nun deutlich, es war nur noch der Regen, der herniederrauschte.

Als sie hierauf langsam dem Eingange des Gartens zuschritt, sah sie den jungen Bauer hoch aufgerichtet unter den Bäumen stehen. »Wonach schaust du denn so?« fragte sie, als sie näher gekommen war.

»Alle Tausend! Maren«, rief Andrees, »was war denn das für ein schönes Weibsbild?«

Das Mädchen aber ergriff den Arm des Burschen und drehte ihn mit einem derben Ruck herum. »Guck dir nur nicht die Augen aus!« sagte sie, »das ist keine für dich; das war die Regentrude!«

Andrees lachte. »Nun, Maren«, erwiderte er, »daß du sie richtig aufgeweckt hattest, das hab ich hier schon merken können; denn so naß, mein ich, ist der Regen noch nimmer gewesen, und so etwas von Grünwerden hab ich auch all mein Lebtag noch nicht gesehen! – Aber nun komm! Wir wollen heim, und dein Vater soll uns sein Wort einlösen.«

Unten am Weidendamm fanden sie den Nachen und stiegen ein. Das ganze weite Tiefland war schon überflutet; auf dem Wasser und in der Luft lebte es von aller Art Gevögel; die schlanken Seeschwalben schossen schreiend über ihnen hin und tauchten die Spitzen ihrer Flügel in die Flut, während die Silbermöwe majestätisch neben ihrem fortschießenden

Kahne dahinschwamm; auf den grünen Inselchen, an denen sie hier und dort vorbeikamen, sahen sie die Bruushähne mit den goldenen Kragen ihre Kampfspiele halten.

So glitten sie rasch dahin. Noch immer fiel der Regen, sanft, doch unablässig. Jetzt aber verengte sich das Wasser und bald war es nur noch ein mäßig breiter Bach.

Andrees hatte schon eine Zeitlang mit der Hand über den Augen in die Ferne geblickt. »Sieh doch, Maren«, rief er, »ist das nicht meine Roggenkoppel?«

»Freilich, Andrees; und prächtig grün ist sie geworden! Aber siehst du denn nicht, daß es unser Dorfbach ist, auf dem wir fahren?«

»Richtig, Maren; aber was ist denn dort? Das ist ja alles überflutet!«

»Ach du lieber Gott!« rief Maren, »das sind ja meines Vaters Wiesen! Sieh nur, das schöne Heu, es schwimmt ja alles.«

Andrees drückte dem Mädchen die Hand. »Laß nur, Maren!« sagte er, »der Preis ist, denk ich, nicht zu hoch, und meine Felder tragen ja nun um desto besser.«

Bei der Dorflinde legte der Nachen an. Sie traten ans Ufer, und bald gingen sie Hand in Hand die Straße hinab. Da wurde ihnen von allen Seiten freundlich zugenickt; denn Mutter Stine mochte in ihrer Abwesenheit doch ein wenig geplaudert haben.

»Es regnet!« riefen die Kinder, die unter den

Tropfen durch über die Straße liefen. »Es regnet!« sagte der Vetter Schulze, der behaglich aus seinem offenen Fenster schaute und den beiden mit kräftigem Drucke die Hand schüttelte. »Ja, ja, es regnet!« sagte auch der Wiesenbauer, der wieder mit der Meerschaumpfeife in der Torfahrt seines stattlichen Hauses stand. »Und du, Maren, hast mich heute morgen wacker angelogen. Aber kommt nur herein, ihr beiden! Der Andrees, wie der Vetter Schulze sagt, ist allewege ein guter Bursch, seine Ernte wird heuer auch noch gut, und wenn es etwan wieder drei Jahre Regen geben sollte, so ist es am Ende doch so übel nicht, wenn Höhen und Tiefen beieinanderkommen. Drum geht hinüber zu Mutter Stine, da wollen wir die Sache allfort in Richtigkeit bringen!«

Mehrere Wochen waren seitdem vergangen. Der Regen hatte längst wieder aufgehört und die letzten schweren Erntewagen waren mit Kränzen und flatternden Bändern in die Scheuern eingefahren; da schritt im schönsten Sonnenschein ein großer Hochzeitszug der Kirche zu. Maren und Andrees waren die Brautleute; hinter ihnen gingen Hand in Hand Mutter Stine und der Wiesenbauer. Als sie fast bei der Kirchentür angelangt waren, daß sie schon den Choral vernahmen, den drinnen zu ihrem Empfang der alte Kantor auf der Orgel spielte, zog plötzlich ein weißes Wölkchen über ihnen am blauen Himmel auf und ein paar leichte Regentropfen fielen der Braut auf ihren Kranz. – »Das bedeutet Glück!« riefen die Leute, die auf dem Kirchhof standen. »Das war die Regentrude!« flüsterten Braut und Bräutigam und drückten sich die Hände.

Dann trat der Zug in die Kirche; die Sonne schien wieder, die Orgel aber schwieg und der Priester verrichtete sein Werk.

Die Jahreszeiten in den Bauernregeln

Der Frühling

Noch heute gilt das Osterfest als das Frühlingsfest schlechthin. Verschiedene Osterbräuche, auch wenn sie heidnischen Ursprungs sind, bleiben bis heute unausrottbar. Auch ist Ostern ein wichtiges Datum zur Wetterbestimmung. Allerdings gelten die entsprechenden Vorhersagen als unzuverlässig, verschiebt sich doch das Osterfest von Jahr zu Jahr. Ostern fällt auf den ersten Sonntag nach dem ersten Frühlingsvollmond. Dabei sind sowohl das alt-ägyptisch-römische Sonnenjahr (mit der Verteilung der Wochentage) als auch das orientalisch-jüdische Mondjahr (mit den Mondphasen) an der Bestimmung des Ostertermins beteiligt. Der früheste Ostertag tritt ein, wenn der erste Frühlingstag, der 21. März, Vollmond hat und ein Samstag ist. Dann wird Ostern am 22. März gefeiert. Spätestens fällt Ostern auf den 25. April, nämlich dann, wenn der erste Vollmond nach dem 21. März 35 Tage später, am 18. April, zu sehen ist.

Nach dem Ostertermin richten sich andere bewegliche Feste, wie zum Beispiel Pfingsten, Himmelfahrt und Fronleichnam.

Im Frühjahr gilt:

Um eine Erbse solle der Bauer vom Pferd steigen.

Ackern und Düngen
ist besser als Beten und Singen.

Im Frühjahr sagt man:
Fuhrmann, halt inne,
morgen wird's besser.
Im Herbst sagt man:
Fuhrmann, fahr zu,
morgen wird's schlimmer.

Ist der Frühling trocken,
gibt's einen nassen Sommer.

Der Schnee, den der Lenz entfernt,
der verspricht eine reiche Ernte.

Viel Nebel im Frühjahr,
viel Gewitter im Sommer.

Wenn es im Frühling früh donnert,
gibt es noch späten Schnee.

Der Sommer

Mit zwei Witterungsbesonderheiten wartet der Sommer auf, nämlich mit den Hundstagen und dem Jungweibersommer mit den Ebereschennächten. Sie verlaufen von Jahr zu Jahr verschieden. Schon die Römer und Griechen kannten die »dies caniculares«, die Hundstage mit der größten Hitze. Ihr Name hat nichts mit den Vierbeinern zu tun; der auffallende Stern Sirius, der »Hundstern«, leuchtet in diesen Tagen als Haupt der Sterngruppe »der Hund«. Vom 24. Juli bis 23. August korrespondiert der Sirius mit der Sonne. Bauernregeln auf die Hundstage begegnen uns in der Literatur sehr häufig; sprichwörtlich sind sie schon lange.

Die Hundstage finden eine abgeschwächte Fortsetzung im »Jungweibersommer«. Der Volksmund sagt, daß er zwischen dem »Frauentag« im Sommer (Mariä Himmelfahrt, 15. August) und Mariä Geburt (8. September) liegt. Zusammen mit dem Jungweibersommer verlaufen die »Ebereschennächte«, ein Begriff der Jägersprache. Die hellroten Büschel der Eberesche locken die Haselhühner an, die als besondere Delikatesse gelten.

Wer im Sommer nicht will schneiden,
muß im Winter Hunger leiden.

Sind die Hundstage heiß,
kostet's dem Bauern viel Schweiß.

Hundstage heiß,
Winter lange weiß.

Was die Hundstage gießen,
muß der Winter büßen.

Hundstage hell und klar,
deuten auf ein gutes Jahr,
tut der Regen sie begleiten,
kommen aber schlechte Zeiten.

Sommer für alte Weiber,
ist des Sommers letzter Verbreiter.

Wer im Heu nicht gabelt,
im Schnitt nicht zappelt,
im Herbst nicht früh aufsteht,
seh zu, wie es im Winter geht.

Heißer Sommer – guter Wein,
langer Sommer – kurzer Herbst.

Es ist Sommer –
man gewöhnt sich an Mücken und Donner.

Nassen Sommer kann auch der Herbst nicht trocknen.

Heiße Sommer und kalte Winter
sind keine bösen Kinder.

Wer im Sommer tut gammeln,
kann im Winter nicht sammeln.

Was der Sommer nicht kocht,
wird der Herbst nicht braten.

Der Herbst

Astronomisch beginnt der Herbst auf der nördlichen Halbkugel mit der Tag-und-Nacht-Gleiche am 23. September (dem Herbst-Äquinoktium) und endet am 22. Dezember. Auf der südlichen Halbkugel herbstet es vom 21. März bis zum 22. Juni. Der Begriff Äquinoktium ist in unserer Volkssprache unverständlich. Übersetzt bedeutet er die Nachtgleiche und stammt noch aus jener vorchristlichen Zeit, in der man orientalisch die Tage nach Nächten zählte und unsern heutigen Tag früh um 6 Uhr beginnen ließ. Am Herbstbeginn steigt die Sonne ab 6 Uhr früh; Nachtlänge und Taglänge sind gleich.

Für die beruflich mit Acker, Wiese und Wald verbundene Bevölkerung gibt es zur Herbstdatierung jedoch noch andere Varianten, die sich aus jeweiligen Erntezeiten und verschiedenen katholischen Feiertagen errechnen. Die herbstliche Schönwetterperiode Ende September bis Anfang Oktober bringt den Herbstanfang zusätzlich durcheinander. Diese Periode – im Volksmund Altweibersommer genannt – wird charakterisiert durch das Auftreten von Spinnfäden, an denen sich meist junge Spinnen vom Wind wegtragen lassen. Der Volksglaube knüpfte an diese herbstliche Erscheinung die Vorstellung von Elfen, mythischen Spinnerinnen (Frau Holle!) oder der Jungfrau Maria (»Marienseide«, »Liebfrauenfäden«). So entstand der Name Altweibersommer.

Auf einen Herbst warm und klar
folgt ein fruchtbares Jahr.

Wenn im Herbst auf den Bäumen das Laub rot wird, darf man auf einen guten Herbst rechnen.

Wenn das Laub auf den Stöcken bleibt,
gibt es einen guten Herbst.

Fällt das Laub zu bald,
wird der Herbst nicht alt.

Hat der Herbst ein dichtes Fell,
kümmre dich um Brennholz schnell.

Viel Nebel im Herbst deutet auf einen schneereichen Winter.

Auf warmen Herbst folgt meistens ein langer Nachwinter.

Wenn die Blätter spät fallen,
kommen sie wieder früh.

Fällt im Wald das Laub sehr schnell,
ist der Winter früh zur Stell.

Der Winter

Zwei Tage vor Heilig Abend beginnt der kalendarische Winter. Das Weihnachtsfest wird somit zum Winterfest schlechthin, auch wenn statistisch die »Weiße Weihnacht« seltener ist als nebliges, feuchtes, kaltes Wetter. Das Weihnachtsfest ist eines der ältesten Feste im Abendland; nach dem Sieg Konstantins in Rom wurde im Jahr 313 zu Mailand das Edikt zum Schutze der Christen erlassen. 50 Jahre später legte dann der Papst Damasus I. das Datum von Christi Geburt auf den 25. Dezember, den Tag der Wintersonnenwende. Damit kam er den Germanen entgegen, die an diesem Tag die Umkehr des feurigen Sonnenrades, ihr Julfest, feierten.

Die universelle Bedeutung dieses Festes hat natürlicherweise Brauchtum, Bauernregeln und christliche Tradition eng miteinander verknüpft. So werden insbesondere die Witterungen dieser Tage als Vorhersagen des kommenden Frühlings gedeutet; die Ruhe in der Natur erscheint als wichtige Pause zur Erholung von Mensch und Tier. Wenn diese Erholung durch das Wetter empfindlich gestört wird, so läuten die Alarmglocken der Bauern. Das schlägt sich in zahlreichen Bauernweisheiten nieder.

Ist der Winter warm,
wird der Bauer arm.

Die Erde muß ein Bettuch haben,
soll sie der Winterschlummer laben.

Bleiben die Schwalben lange,
sei um den Winter nicht bange.

Bleibt der Vorwinter aus,
kommt der Nachwinter mit Graus.

Bleibt der Winter fern,
so nachwintert es gern.

Der Frost soll klirren,
dann macht der Sommer keine Wirren.

Donner im Winter,
steckt viel Kälte dahinter.

Ein Winter ohne Schnee,
tut den Bäumen weh.

Fällt der erste Schnee in Dreck,
bleibt der ganze Winter weg.

Hat die Eiche viele Eicheln,
wird der Winter streng uns streicheln.

Ist schon rauh des Hasen Fell,
ist der Winter bald zur Stell.

Wenn's nicht fest wintert,
gibt's kein gutes Jahr.

Wenn es nicht wintert,
sommert es auch nicht.

Adalbert Stifter

Der Hagelsturm

Der Vater erlaubte den Kindern gerne, daß sie auf den hohen Nußberg gingen, sagte aber, daß sie dem fremden Kinde nichts zu Leide tun sollten. Wenn sie oben waren, kam das Kind, blieb an dem Rande der Gebüsche stehen, und sah zu. Es lächelte recht freundlich, wenn man zu ihm sprach, antwortete aber nicht. Wenn man fortging, ging es hinterher bis an das Ende der Gebüsche.

Einmal erschien es auch mit einer weißen abgeschälten Haselrute, wie die Kinder hatten, und hielt die Rute hoch empor.

Ein anderes Mal, da die Kinder herab gingen und es hinter ihnen ging, und die Kinder etwas langsamer gingen, näherte es sich ihnen immer mehr, und berührte endlich Blondköpfchen mit der Rute.

Nach und nach legte es sich auch in das Gras, wenn die Großmutter erzählte, es stützte den braunen Arm auf den Ellbogen, das Haupt auf die Hand, und richtete die schwarzen Augen auf die Großmutter. Es verstand die Worte, weil es in dem Angesichte die Empfindungen ausdrückte. Die Kinder hatten es recht lieb. Sie brachten ihm Spielzeug und Äpfel, legten sie zu ihm in das Gras, und es nahm dieselben und steckte sie zu sich.

Da es nach und nach tief in den Herbst gegangen

war, da keine Nüsse mehr an den Zweigen hingen, da die Zweige sich schon mit Gelb färbten, die geackerten Felder der Ferne schon das Grün der Wintersaaten angenommen hatten und die Tage kürzer waren, daß man bald nach Hause gehen mußte, war einmal ein gar heißer, schöner Herbsttag, wie kaum seit Menschengedenken einer gewesen sein mochte. Die Kinder saßen wieder auf dem hohen Nußberge, das braune Mädchen saß in dem Grase, und die Großmutter saß auf einem Steine.

Es war ihnen wohl, in der späten warmen Sonne sitzen zu können. Die Züge der alten Frau waren beleuchtet, die Steine glänzten, an den Zacken und Hervorragungen hingen gespannte silberne Fäden, und die roten Bänder des braunen Mädchens schimmerten, wenn sie die Sonne an einer Stelle traf, und sie hingen herab wie glühende Streifen.

Die Großmutter erzählte wieder von einer schönen Gräfin, die auf dem Walle gestanden war und sich allein gegen die Bauern im Bauernkriege verteidigte, als dieselben mit Gabeln, Dreschflegeln, Morgensternen und anderen Dingen das Schloß erbrechen und anzünden wollten, bis endlich von fernen Landen ihr Mann kam und wie ein Sturmwind die Aufrührer zerschmetterte und vertilgte.

An dem Himmel, da sie sprach, standen Wolken, die eine Wand machten und mit den Bergen verschmolzen, daß alles in einem lieblichen Dufte war, und die Stoppelfelder noch heller und glänzender schimmerten und leuchteten.

Die Kinder blieben auf dem Berge. Sie spielten und hatten dem fremden Mädchen liebliche Dinge mitgebracht.

Die Wolken aber wurden nach und nach immer deutlicher, und an ihren oberen Rändern waren sie von der Sonne beschienen und glänzten, als ob geschmolzenes Silber herab flösse.

Die Hitze wurde immer größer, und weil man in ihr im Herbste müder wird als im Sommer, so blieben sie noch immer auf dem Berge sitzen.

Die Großmutter schaute nach den Wolken. Wenn es Sommer gewesen wäre, würde sie gedacht haben, daß ein Gewitter kommen könnte; aber in dieser Jahreszeit war das nicht möglich, und es war daran nicht zu denken. Das braune Mädchen sah auch nach den Wolken.

Wenn im üblen Falle ein leichter Herbststaubregen käme, dachte die Großmutter, so macht das nichts, da die Kinder gewohnt seien, naß zu werden, und da dies ihrer Gesundheit eher zuträglich ist.

Aber bald sollte sie anders denken. Man hörte aus den Wolken schwach donnern.

Man wartete noch ein Weilchen, und der Donner wiederholte sich.

Die Großmutter überlegte nun, was zu tun sei. Zwischen dem hohen Nußberge und dem Hofe ihres Sohnes war kein Haus und keine Hütte, man konnte also nirgends eine Unterkunft finden. In dem Walde könnten wohl die Bäume einen Schutz vor dem Regen gewähren, aber dafür waren sie desto gefährlicher wegen des Blitzes, und man durfte dort keine Zuflucht suchen. Ob sie mit den Kindern noch vor Ausbruch des Gewitters nach Hause kommen könnte, war zweifelhaft. Aber sie dachte, wenn auch das Gewitter erschiene, so könne es auf keinen Fall in der späten Jahreszeit stark sein, der Regen werde nicht in Strömen herabfließen wie im Sommer, und so würde er leicht zu überstehen sein.

Indessen hatte sich die Gestalt der Wolken verändert. Sie bildeten eine dunkle Wand, und auf dem Grunde dieser Wand zeigten sich weißliche, leichte Flocken, die dahin zogen. Es wurden auch schon Blitze in den Wolken gesehen, aber die Donner, die ihnen folgten, waren noch so ferne, als wären sie hinter den Bergen. Die Sonne schien noch immer auf den hohen Nußberg und die umringende Gegend.

Die Kinder fürchteten sich nicht. Sie hatten schon starke Gewitter gesehen, wie sie in ihrem Hügellande vorkommen, und da Vater und Mutter ihre Geschäfte ruhig fort taten, so waren ihnen Gewitter nicht entsetzlich.

Das braune Mädchen war in der Nähe der Stelle, auf welcher sie gesessen waren, hin und her gegangen. Es hatte unter manche Haselbüsche hinein gesehen, es hatte unter Wurzelgeflechte geblickt, oder in kleine Erdhöhlungen geschaut.

Die Wolken hatten nach und nach die Sonne verschlungen. Die vielen Haseln auf dem Berge lagen im Schatten, die anstoßende Gegend war im Schatten, und nur noch die fernen Stoppeln gegen Morgen waren beleuchtet und schimmerten.

»Ich weiß nicht, liebe Kinder«, sagte die Großmutter, »ob es nun auch wirklich wahr ist, was meine Mutter oft erzählt hat, daß die heilige Mutter Maria, als sie zu ihrer Base Elisabeth über das Gebirge ging, unter einer Haselstaude untergestanden sei, und daß deshalb der Blitz niemals in eine Haselstaude schlage; aber wir wollen uns doch eine dichte Haselstaude suchen, deren Zweige gegen Morgen hängen und ein Überdach bilden, und deren Stämme gegen Abend stehen und den von daher kommenden Regen abhalten. Unter derselben wollen wir sitzen, so lange der Regen dauert, daß er uns nicht so schaden kann, und daß wir nicht zu naß werden. Dann gehen wir nach Hause.«

»Ja, so tun wir, Großmutter«, riefen die Kinder, »so tun wir.«

Sie gingen nun daran, eine solche Staude zu suchen. Das braune Mädchen aber schoß in die Büsche und lief davon.

Nach einem Weilchen kam es wieder, und trug ein Reisigbündel in den Händen, wie man sie aus dünnern und dickern Zweigen und Stäben macht, aufschlichtet, trocken werden läßt, und gegen den Winter zum Brennen nach Hause bringt.

Es lief nun wieder fort, und brachte zwei Bündel. Und so fuhr es mit großer Schnelligkeit fort, daß die braun-blassen Wangen glühten und der Schweiß von der Stirne rann.

Während das braune Mädchen die Bündel trug, und die Kinder und die Großmutter eine Haselstaude suchten, waren die Wolken, die früher so langsam gewesen waren, nun viel schneller näher gekommen, und der Donner rollte klarer und deutlicher.

Das braune Mädchen hörte endlich mit dem Herbeitragen von Bündeln auf, und begann aus denselben gleichsam ein Häuschen zu bauen. Es suchte eine Stelle aus, die gegen Abend mit dichten Haseln umstanden war, stellte Bündel gleichsam als Säulen auf, legte quer darüber Stangen und Stäbe, die es von dem Bündelstoße herbei getragen hatte, bedeckte dieselben wieder mit Bündeln, und häufte immer mehr und mehr Bündel auf, daß im Innern eine Höhlung war, die Unterstand bot.

Da es fertig war, und da die Großmutter und die Kinder auch bereits eine taugliche Haselstaude gefunden hatten, unter derselben saßen und auf das Gewitter warteten, ging es zu ihnen hin und sagte etwas, das sie nicht verstanden. Darauf machte es ein Zeichen, weil es die Sache nicht mit Worten sagen konnte: es hielt die linke Hand flach auf, hob die rechte hoch, machte eine Faust, und ließ dieselbe auf die geöffnete Hand niederfallen. Dann schaute es auf die Großmutter, und zeigte auf die Wolken.

Die Großmutter ging unter der Haselstaude hervor, und stellte sich auf den Platz, wo sie die Wolken sehen konnte. Dieselben waren grünlich und fast weißlich licht, aber trotz dieses Lichtes war unter ihnen auf den Hügeln eine Finsternis, als wollte die Nacht anbrechen. So wogten sie näher, und bei der Stille des Nußberges hörte man in ihnen ein Murmeln, als ob tausend Kessel sötten.

»Heiliger Himmel, Hagel!« schrie die Großmutter.

Sie begriff nun sogleich, was das Mädchen wollte, sie begriff die Kenntnis und Vorsicht des braunen Mädchens, die es mit den Reisigbündeln gezeigt hatte, sie lief gegen die Haselstaude, riß die Kinder hervor, bedeutete ihnen zu folgen, das fremde Mädchen lief voran, die Großmutter eilte mit den Kindern hinterher, sie kamen zu den Bündeln, das Mädchen zeigte, daß man hineinkriechen sollte, Sigismund wurde zuerst hinein getan, dann folgte Clementia, dann folgten Emma und die Großmutter nebeneinander, und am äußersten Rande schmiegte sich das braune Mädchen an, und hielt die blonden Locken Emmas in der Hand.

Die Kinder hatten kaum Zeit gehabt, sich unter die Bündel zu legen, und eben wollten sie lauschen, was geschehen würde, als sie in den Haselstauden einen Schall vernahmen, als würde ein Stein durch das Laub geworfen. Sie hörten später das noch einmal, dann nichts mehr. Endlich sahen sie wie ein weißes, blinkendes Geschoß einen Hagelkern vor ihrem Bündelhause auf das Gras nieder fallen, sie sahen ihn hoch empor springen und wieder nieder fallen und weiter kollern. Dasselbe geschah in der Nähe mit einem zweiten. Im Augenblicke kam auch der Sturm, er faßte die Büsche, daß sie rauschten, ließ einen Atemzug lang nach, daß alles totenstill stand, dann faßte er die Büsche neuerdings, legte sie um, daß das Weiße der Blätter sichtbar wurde und jagte den Hagel auf sie nieder, daß es wie weiße herabsausende Blitze war. Es schlug auf das Laub, es schlug gegen das Holz, es schlug gegen die Erde, die Körner schlugen gegen einander, daß ein Gebrülle wurde, daß man die Blitze sah, welche den Nußberg entflammten, aber keinen Donner zu hören vermochte. Das Laub wurde herab geschlagen, die Zweige wurden herab geschlagen, die Äste wurden abgebrochen, der Rasen wurde gefurcht, als wären eiserne Eggenzähne über ihn gegangen. Die Hagelkörner waren so groß, daß sie einen erwachsenen Menschen hätten töten können. Sie zerschlugen auch die Haseln, die hinter den Bündeln waren, daß man ihren Schlag auf die Bündel vernahm.

Und auf den ganzen Berg und auf die Täler fiel es so nieder. Was Widerstand leistete, wurde zermalmt, was fest war, wurde zerschmettert, was Leben hatte, wurde getötet. Nur weiche Dinge widerstanden, wie die durch die Schloßen zerstampfte Erde und die Reisigbündel. Wie weiße Pfeile fuhr das Eis in der finstern Luft gegen die schwarze Erde, daß man ihre Dinge nicht mehr erkennen konnte.

Was die Kinder fühlten, weiß man nicht, sie wußten es selber nicht. Sie lagen enge aneinander gedrückt, und drückten sich noch immer enger aneinander, die Bündel waren bereits durch den Hagelfall nieder gesunken und lagen auf den Kindern, und die Großmutter sah, daß bei jedem heftigeren Schlag, den eine Schloße gegen die Bündel tat, ihre leichten Körperchen zuckten. Die Großmutter betete. Die Kinder schwiegen, und das braune Mädchen rührte sich nicht.

Die Stumpfen der Haselnußstauden, die hinter den Bündeln waren, machten, daß der Wind nicht in die Bündel fahren und sie auseinander werfen konnte.

Nach längerer Zeit hörte es ein wenig auf, daß man den Donner wieder hören konnte, der jetzt als ein mildes Rollen erschien. Die Schloßen fielen dichter, waren aber kleiner, und endlich kam ein Regen, der ein Wolkenbruch war. Er fiel nicht wie gewöhnlich in Tropfen oder Schnüren, sondern es war, als ob ganze Tücher von Wasser nieder gingen. Dasselbe drang durch die Fugen und Zwischenräume der Bündel auf die Kinder hinein.

Nach und nach milderte es sich, der Wind wurde leichter, und der Donner war entfernter zu hören. Das braune Mädchen kroch aus den Bündeln hervor, stand auf, und sah mit den schwarzen Augen unter die Bündel hinein.

Die Großmutter stand auch auf, und sah nach dem Himmel. Die Wolken hatten sich gegen Aufgang gezogen, dort war es finster, und man hörte das Niederfallen des Wassers und Eises herüber. Aber auf den Bergen gegen Untergang war es lichter, lichtere, graue Wolken zogen herüber und zeigten, daß der Hagel nicht mehr zurückkehren werde.

Die Großmutter zog nun zuerst Blondköpfchen hervor, dann Schwarzköpfchen, dann Braunköpfchen.

Die nassen Kinder gingen unter den Bündeln hervor, und die Kleider klebten an ihren Körpern. Das braune Mädchen hatte auch sein schönes Gewand verdorben, es war naß und beschmutzt an seinem Körper. Das Mädchen blutete an dem nackten rechten Arme. Weil es sich nicht ganz unter dem Reisig hatte hinein legen können, so war es von einem Eisstücke gestreift und geritzt worden. Da die Kinder hinzu gingen, um es zu betrachten, da die Großmutter es untersuchen wollte, wandte es sich ab, und machte eine Bewegung, als ob es sagen wollte, daß die Sache keiner Mühe wert sei.

Man richtete sich zum Fortgehen.

Die Großmutter nahm die zwei Körbchen der Mädchen und das Ledertäschchen des Knaben, band alles mit einem nassen Tuche zusammen, und trug es selber, damit die Kinder leichter wären, damit sie sich beim Fortgehen an sie anhalten und ihre Kleidchen aufheben konnten. Sie hielt sie bei sich, daß sie nicht auf der nassen Erde und in den Hagelkörnern ausgleiten und fallen könnten. Das braune Mädchen ging mit ihnen.

Die Kinder sahen, wie der Wind das dürre Gras, die Blätter und andere Dinge in die Stämme der Haseln hinein geblasen hatte, sie sahen, wie keine Büsche mehr auf dem Berge standen, sondern nur lauter dicke Strünke, sie sahen, wie schier kein Gras war, sondern nur beinahe schwarze Erde, die mit dem Wasser einen Brei machte. Und wo die Erde nicht zu sehen war, dort lagen lauter weiße Haufen von Schloßen, wie im Frühlinge die Schneelehnen liegen, wenn er auf den sonnigeren Stellen schon weggeschmolzen war. Wenn die Kinder eine Schloße anrührten, war sie sehr kalt, und wenn sie dieselbe genau ansahen, war sie so schön wie eine Glaskugel und hatte im Innern eine kleine Flocke von Schnee. Auf allen Seiten des Berges rannen die Wasser des Regens nieder.

Die Großmutter gab sehr acht, daß die Kinder nicht gleiteten.

Der Regen hatte aufgehört, und es fiel nur mehr ein nasser Staub von dem Himmel.

Sie kamen an den Rand des hohen Nußberges, und das braune Mädchen ging dieses Mal mit ihnen auf den grauen Rasen hinaus.

Aber es war kein grauer Rasen mehr. Er war zerschlagen worden, und war schwarze Erde, so wie die Steine, die durch den Regen naß geworden waren, schwarz erschienen. Da lagen große weiße Strecken vom Hagel.

Als sie zu dem Bächlein gekommen waren, war kein Bächlein da, in welchem die grauen Fischlein schwimmen, und um welche die Wasserjungfern flattern, sondern es war ein großes, schmutziges Wasser, auf welchem Hölzer und viele, viele grüne Blätter und Gräser schwammen, die von dem Hagel zerschlagen worden waren. Es standen sonst immer kleine Gesträuche an dem Bache, die im Sommer rote Blüten hatten, und dann, wenn die Blüten abgefallen waren, schöne weiße Kätzchen bekamen. Von diesen Gesträuchen schauten die Spitzen aus dem Wasser.

Die Großmutter ging zu dem kleinen steinernen Brücklein, allein dasselbe war nicht zu sehen, und man konnte die Stelle nicht erkennen, an welcher es sei.

Da die Großmutter zauderte und sich bemühte, den Platz des Brückleins aufzufinden, zeigte das braune Mädchen auf eine Stelle, und als man noch immer zögerte, ging es ruhig und entschlossen gegen das Wasser. Es ging in dasselbe hinein, ging durch dasselbe hindurch, und ging wieder zurück, gleichsam um den sichtbaren Beweis zu geben, daß man hindurch gelangen könne. Weil ihm das Wasser nur gegen die Hüfte reichte, sah man deutlich, daß es auf dem Brücklein gehe.

Da es zurück gekommen war, bückte es sich sanft und freundlich gegen Sigismund und streckte ihm die Arme entgegen. Der Knabe verstand die Bewegung, er ließ die Hand der Großmutter los und begab sich in den Schutz des braunen Mädchens. Dieses nahm ihn auf den Arm, er schlug beide Ärmchen um den Hals desselben, und es trug ihn fest und sicher schreitend auf das jenseitige Ufer.

Die Großmutter hatte Schwarzköpfchen auf den Arm genommen, hatte Blondköpfchen fest an der Hand gefaßt, und ging hinter dem braunen Mädchen. Sie empfand bald an den Füßen, daß sie das Brücklein unter sich habe, und kam auch an das andere Ufer.

Als das fremde Mädchen Sigismund und die Großmutter Schwarzköpfchen auf die Erde gestellt hatten, mußten sie weiter gehen. Sie sahen auf das Wasser zurück. Die Spitzen der Gesträuche waren nicht mehr zu sehen, und das Wasser war viel breiter geworden. Es eilte mit dem Holze, mit dem Laube und mit den fremden schwarzen Dingen, die auf ihm schwammen, dahin.

Sie gingen nun auf dem Rasen aufwärts gegen den Wald. Sie mußten den weißen Haufen von Schloßen ausweichen, sie mußten den Wässern ausweichen, die in den Vertiefungen standen, und sie mußten den Bächen ausweichen, die überall herab flossen. Daher mußten sie öfter von einem Steine auf den andern springen, um fort zu kommen, und öfter durch ein fließendes Wässerlein gehen. Die Großmutter ließ ihre eigenen Gewänder dem Wasser und dem Schmutze der Erde preis, um die der Kinder zu wahren, und zu helfen, daß die Kleinen leichter fortkommen würden. Das braune Mädchen ging mit.

Als sie in die Nähe des Waldes kamen, sahen sie aus demselben Männer heraus treten und über den Rasen herab eilen. Da dieselben gegen sie heran kamen, erkannten sie den Vater, der an der Spitze aller seiner Knechte und Männer daher kam. Sie trugen Stangen, Stricke und trockene Kleider.

Als der Vater näher kam, rief er: »Da sind ja die

Kinder, Gott sei gedankt, sie leben. Mutter, wo habt Ihr sie denn geborgen?«

»Unter Bündeln dürren Reisigs«, antwortete die Großmutter.

Schwarzköpfchen und Braunköpfchen gingen in ihrem durch und durch nassen Anzuge zu ihm hin, wie sie es am Morgen vor ihrem Frühmahle zu tun gewohnt waren, und küßten ihm die Hand. Blondköpfchen blieb stehen, weil es schon begriff, daß das sich hier nicht schickte.

Der Vater nahm die Kinder zu sich, küßte sie auf die Wangen, untersuchte sie und sagte: »Ihr armen Dinge!«

Das fremde Mädchen stand in der Ferne, wie es sonst an dem Rande der Haselbüsche zu stehen gewohnt war, aufrecht und steif.

»Mutter«, sagte der Vater, »wir haben geglaubt, daß ihr in dem Walde hinter einem dicken Stamme oder hinter einem Holzstoße werdet Sicherheit gesucht haben. Darum gingen wir gleich nach dem Hagel in den Wald, wir hatten trockene Kleider in einem Bündel mit, um die Kinder umzukleiden, und suchten auch an allen Stellen neben dem Wege, und riefen nach euch. Da wir euch nicht fanden, und da keine Stimme antwortete, sandte ich schnell einige Knechte um Stangen und Stricke zurück, weil ich dachte, ihr könntet etwa jenseits des Baches sein, der bei solchen Anlässen immer sehr anschwillt, und wir könnten die Werkzeuge zum Durchdringen des Wassers brauchen. Da die Knechte gekommen waren, gingen wir weiter. Ich hatte große Angst, aber ich hatte auch große Hoffnung zu Euch, liebe Mutter, daß Ihr werdet eine Stelle gefunden haben, euch alle zu sichern.«

»Ich werde dir gleich erzählen, wie es gekommen ist«, sagte die Mutter, »aber laß uns weiter gehen. Die Kinder können hier nicht umgekleidet werden, und in diesen nassen Kleidern dürfen sie nicht stehen bleiben. Wenn sie gehen, wird ihnen wärmer, und die Nässe schadet nicht.«

»Und auch Ihr seid durchnäßt, liebe Mutter«, sagte der Vater.

»Ich bin ein Weib aus den alten Bergen unsres Landes«, antwortete die Großmutter, »mir schadet die Nässe nicht. Ich bin naß geworden, mein Kind, da ich kaum einige Jahre zählte, ich bin durchnäßt gewesen, da ich ein Mädchen war, und wie oft habe ich Tage lang nasse Kleider gehabt, da ich schaffen mußte, weil du noch klein warst, und der Vater schon kränkelte. Aber schicke sogleich einen Knecht ab, daß er laufe, was er kann, und die arme Frau zu Hause beruhige, die um die Kinder in Angst vergehen wird.«

Der Vater tat es sogleich. Die Knechte waren bisher in einem dichten Kreise um den Vater, die Kinder um die Großmutter gestanden. Nachdem einer abgeschickt worden war, setzte man sich in Bewegung. Der Vater, die Kinder und die Großmutter gingen voran, dann folgten die Knechte. Der Vater führte Blondköpfchen und Braunköpfchen an der Hand, die Großmutter Schwarzköpfchen. Sie erzählte ihm nun, was sich auf dem Nußberge begeben hatte, und wie sie bis zu der Stelle gelangt seien, an der er sie gefunden habe.

»Aber du bist ja selber ganz naß«, schloß sie.

»Weil wir während des Wolkenbruches in den Wald hinauf gegangen sind«, antwortete er, »da nur einmal der Hagel nachgelassen hatte.«

Sie kamen nun in den Wald, und hier sah es zum Erschrecken aus.

Wie man eine Streu aus Tannenreisern macht, wenn in einem Jahre wegen Dürre oder andern Unglücksfällen die Halme nicht geraten, so lagen auf dem ganzen Boden die Tannenzweige gehäuft, mancher starke Ast lag mehrere Male getroffen und also gebrochen darunter, an den Stämmen waren Risse der Rinde sichtbar, daß hie und da das weiße Holz hervor stand, und durch den Wald war ein feiner Harzgeruch verbreitet, wie er ist, wenn Nadelholz gesägt oder gespalten wird. Die Schloßen lagen mit der Tannenstreu untermischt und von ihr bedeckt, und hauchten eine unsägliche Kälte unter den Stämmen aus, welche im Freien draußen nicht so empfunden worden war. Der Vater und die Knechte mußten den Weg suchen, weil er mit Streu bedeckt und nicht zu sehen war.

Aus dem Walde kam man wieder in das Freie, und ging bis zu den Felsen nieder, von denen aus man das Haus und die Felder sehen konnte.

Der Garten war verschwunden, nur einzelne Stämme mit verstümmelten Armen standen empor.

Das Grün war dahin, und die Felder jenseits des Gartens sahen aus, als wären sie schlecht geeggt worden.

Der Vater ging mit den Kindern in der Sandlehne nieder.

Da sahen sie, daß alle Fenster der Glashäuser zerstört waren, und daß im Innern an der Stelle, wo die Blumen in Töpfchen und Kübeln gestanden waren, weiße Haufen von Schloßen lagen. Die Fenster des Hauses, welche gegen Abend schauten, waren zertrümmert, die Ziegeldächer und die Schindeldächer waren zerschlagen, daß sie teils wie ein Sieb aussahen, teils große aufgebrochene Stellen hatten, durch die das innere Bauholz hervor sah. Die Verzierungen und der Anwurf der Mauern waren an der Wetterseite herunter geschlagen, daß die Mauern nicht etwa wie neu, ehe der Anwurf geschieht, sondern wie mit Hämmern ausgeschlagen da standen.

Als sie gegen das Ende der Sandlehne kamen, sahen sie eine weiße Gestalt durch den ehemaligen Garten eilen, durch nasses Gras, durch Schloßen über die herab gestürzten Baumäste laufen und ihnen an der Ecke der Glashäuser begegnen.

Es war die Mutter.

Sie lief gegen die Kinder und sah sie an.

Auf den Wangen der Kinder war durch das Gehen ein schöner rosiger Hauch erblüht, und ihre Haare lagen wohl naß und zusammengeklebt, aber wunderschön um ihr Antlitz.

»Vater, Vater«, schrie sie, »du hast sie mir gebracht.«

»Ja, ohne Makel, ohne Beschädigung«, erwiderte er.

»Mein Gott, mein Gott, du bist gütig, daß du sie mir gegeben hast. O Clementia, o Emma, o Sigismund!« rief die Frau.

Sie riß die Kinder an sich, sie drückte sie, herzte sie, und hatte alle drei in ihren Armen.

»Mutter, wir haben keine Nüsse gebracht«, sagte der Knabe.

»Aber dich selbst, du kleines, unvernünftiges Kind«, sagte die Mutter, »das mir lieber ist als goldene Nüsse.«

»Schauerlich war es und beinahe prächtig«, sagte Emma.

»Lasse mir das Bild nicht vor die Augen, Vater, ich bitte dich, – was hätte werden können!« sagte die Mutter.

»Sie lagen unter Reisigbündeln«, antwortete der Vater, »aber lasse uns in das Haus gehen, ich werde dir alles erzählen, gib ihnen trockene Kleider und etwas zu essen, daß ihr Blut wieder in gleichmäßige Bewegung komme.«

»So kommt, ihr Kinder«, sagte die Mutter.

Sie wendete sich, um durch den Garten in das Haus zu gehen. Die Kinder schlossen sich an. Sie führte alle drei, so weit dies möglich war, an der Hand. Dann folgte die Großmutter und der Vater, dann die Knechte.

Als man zu dem Haupteingange des Hauses gekommen war, wandte sich der Vater zu den Knechten um, dankte ihnen, entließ sie, sagte, sie sollten das, was sie tragen, an die rechte Stelle tun, sollen sich umkleiden, sollen alle Arbeit ruhen lassen, und er werde ihnen ein Glas Wein zu ihrem Abendessen senden.

»Und ich danke euch auch«, sagte die Mutter, die mit den Kindern bei den Worten ihres Gatten vor dem Hause stehen geblieben war und sich umwendete, »ich danke euch auch, und werde es euch gewiß vergelten.«

»Es ist nicht nötig«, sagte der Altknecht, »wir haben nichts Besonderes getan, als was unsere Schuldigkeit gewesen ist.«

Die Knechte fingen nun an sich zu zerstreuen.

Als sie auseinander gegangen waren, und man die Aussicht auf den Weg hatte, auf dem man her gekommen war, sah man das braune Mädchen in einiger Entfernung im Garten stehen.

Man hatte es bei dem ersten Anblicke des Vaters und bei seinem Empfange, da man von den Knechten umstanden war, nicht beachtet, man hatte es im Nachhausegehen, da die Knechte gerade hinter dem Vater, den Kindern und der Großmutter gingen, nicht gesehen, und hatte geglaubt, daß es nach seiner Art schon längstens umgekehrt sein werde. Als die Kinder es sahen, ließen sie von den Händen der Mutter los, hatten große Freude, daß das fremde Kind in ihrem Garten stehe, liefen zu ihm hin und sprachen zu ihm.

Die Mutter aber fragte: »Wer ist denn das?«

Der Vater sagte ihr, daß es das braune Mädchen von dem hohen Nußberge sei, und erzählte ihr, was es heute zu dem Schutze der Großmutter und der Kinder getan habe.

Dann wendete er sich zu der Gruppe der Kinder und sagte: »Komm her, du liebes Kind, wir werden dir sehr viel Gutes tun.«

Das Mädchen zog sich bei diesen Worten langsam von den Kindern zurück, und da es ein Stückchen entfernt war, fing es zu laufen an, es lief durch den Garten zurück, es lief um die Glashäuser herum, und in dem nächsten Augenblicke sah man es schon in der Sandlehne empor laufen.

Iwan Turgenjew

Wald und Steppe

Und ganz allmählich zog es und doch stark
Zurück aufs Land hin, in den dunklen Park,
Wo Lindenbäume groß und schattig stehen,
Der Maienglöckchen keusche Düfte wehen,
Wo runde Weiden sich zum Wasser neigen
Vom Damm des Reichs hinab in stillem Reigen,
Wo Eichen ragen überm grünen Hag,
Wo es nach Hanf und Nesseln riechen mag ...
Dahin, dahin, wo freies Feld sich weitet
Und sich wie Samt die schwarze Erde breitet,
Wo Roggen wogt, so weit die Augen reichen,
Wenn sanfte Windeswellen drüber streichen,
Wo schwer in goldnem Strahl das Sonnenlicht
Aus schimmerndweißen, runden Wolken bricht;
Dort ist es schön ...

Aus einem Gedicht,
das den Flammen übergeben wurde

Dem Leser sind meine Aufzeichnungen vielleicht schon langweilig geworden; ich beeile mich daher, ihn mit dem Versprechen zu trösten, mich auf die bereits abgedruckten Abschnitte zu beschränken, aber da ich nun von ihm Abschied nehme, kann ich es nicht unterlassen, noch einige Worte über die Jagd zu sagen.

Die Jagd mit Flinte und Hund ist an und für sich

etwas Herrliches; aber nehmen wir an, Sie seien nicht zum Jäger geboren: Dennoch lieben Sie aber die Natur und die Freiheit; folglich können Sie nicht anders als unsereinen beneiden ... Hören Sie zu.

Wissen Sie zum Beispiel, was für ein Genuß es ist, im Frühling vor Sonnenaufgang auszufahren? Sie treten auf die Freitreppe hinaus ... Am dunkelgrauen Himmel flimmern hier und da Sterne; ein feuchter Windhauch wird bisweilen wie eine leichte Welle herangetragen; man hört das verhaltene, undeutliche Raunen der Nacht; die Bäume rauschen leise, von Schatten umflutet. Nun breitet man einen Teppich in den Wagen und stellt zu Füßen den Kasten mit dem Samowar hinein. Die Seitenpferde schaudern, schnauben und treten tänzelnd von einem Fuß auf den anderen. Ein Paar eben erst aufgewachter weißer Gänse überquert stumm und langsam die Straße. Im Garten hinter dem Flechtzaun schnarcht friedlich der Wächter; jeder Laut bleibt in der erstarrten Luft gleichsam stehen, bleibt stehen und erstirbt nicht. Nun haben Sie Platz genommen; die Pferde ziehen mit einem Ruck an, laut rattert der Wagen ... Sie fahren. Sie fahren an der Kirche vorbei, dann bergab nach rechts, über den Damm ... Der Teich beginnt schwach zu dampfen. Ihnen ist ein wenig kalt, Sie schlagen den Mantelkragen vor das Gesicht; Sie werden schläfrig. Die Pferde patschen geräuschvoll mit den Hufen durch die Pfützen; der Kutscher pfeift vor sich hin. Aber nun haben Sie schon vier Werst zurückgelegt ... Der Himmelsrand rötet sich; in den Birken erwachen die Dohlen und fliehen schwerfällig von einem Baum zum andern; die Spatzen schilpen bei den dunklen Heuschobern. Die Luft wird heller, die Straße besser sichtbar, der Himmel klarer, die Wolken werden weiß, die Felder grün. In den Bauernstuben brennt mit rotem Licht der Kienspan, hinter den Hoftoren hört man verschlafene Stimmen. Unterdessen entzündet sich das Morgenrot; schon ziehen sich goldene Streifen über den Himmel; in den Schluchten ballen sich Nebel; die Lerchen singen hell, der Morgenwind weht, und still taucht die purpurrote Sonne empor. In mächtigem Strom flutet das Licht dahin; das Herz im Leibe erschauert wie ein Vogel. Frisch, lustig, angenehm ist es draußen! Weit kann man rundum sehen. Dort hinter dem Gehölz liegt ein Dorf, etwas entfernter ein anderes mit einer weißen Kirche, dort, auf einer Anhöhe, ein Birkenwäldchen, dahinter ersteckt sich das Moor, wohin Sie fahren ... Schneller, ihr Pferde, schneller! In scharfem Trab vorwärts! Es sind noch drei Werst, mehr nicht. Die Sonne steigt rasch höher, der Himmel ist wolkenlos ... Das Wetter wird herrlich. Aus dem Dorf zieht uns eine Herde entgegen. Sie haben eine Anhöhe erstiegen. Was für eine Aussicht! Der Fluß windet sich wohl zehn Werst weit hin, trübe schimmert sein Blau durch den Nebel; dahinter liegen wäßrig-grüne Wiesen, hinter den Wiesen sanfte Hügel; fern hinter dem Moor schlagen Kiebitze schreiend ihre Bogen; durch den feuchten Glanz, der die Luft erfüllt, tritt die Ferne klar hervor ... nicht so wie im Sommer. Wie frei atmet die Brust, wie unbeschwert bewegen sich die Glieder, wie kräftig fühlt sich der ganze Mensch, wenn ihn der frische Atem des Frühlings umfängt! ...

Aber nun ein Morgen im Sommer, im Juli! Wer außer dem Jäger hat erfahren, was für eine Freude es ist, im Morgenrot durch die Büsche zu streifen? Als grünes Band legt sich die Spur Ihrer Füße auf das tauige, weiß schimmernde Gras. Sie biegen einen nassen Strauch auseinander – und schon umgibt Sie der aufgespeicherte warme Duft der Nacht; die Luft ist ganz durchtränkt mit der frischen Bitterkeit des Wermuts, mit dem Honig des Buchweizens und des Wiesenklees; in der Ferne steht wie eine Mauer der Eichenwald und glänzt und rötet sich in der Sonne; es ist noch kühl, aber man spürt schon die nahende Hitze. Man wird schwindlig im Kopf und ganz benommen vom Überfluß der Wohlgerüche. Der Buschwald nimmt kein Ende ... Höchstens in der Ferne leuchtet hier und da das Gelb des reifenden Roggens und in schmalen Streifen das Rot des Buchweizens. Da knarrt ein Wagen; ein Bauer kommt im Schritt gefahren; er stellt sein Pferd beizeiten in den Schatten ... Sie wechseln einen Gruß mit ihm und gehen weiter; hinter Ihnen erklingt das helle Klirren der Sense. Höher und höher steigt die Sonne. Rasch trocknet das Gras. Nun ist es schon heiß geworden. Es vergeht eine Stunde, eine zweite ... Der Himmel färbt sich am Rande dunkel; in stechender Glut brütet die unbewegte Luft.

»Wo könnte man hier trinken, Bruder?« fragen Sie einen Schnitter.

»Dort in der Schlucht ist ein Born.«

Durch dichte Haselnußbüsche, die durch Schlingpflanzen wirr miteinander verflochten sind, steigen Sie auf den Grund der Schlucht hinunter. Richtig: Unterhalb eines Steilhanges verbirgt sich eine Quelle; ein Eichenbusch hat seine knorrigen Äste gierig über dem Wasser ausgestreckt; große silberne Blasen steigen schwankend vom Grunde auf, der mit zartem, samtigem Moos überzogen ist. Sie werfen sich auf den Erdboden; Sie trinken sich satt, aber Sie sind zu träge, sich zu rühren. Sie liegen im Schatten, Sie atmen die duftgeschwängerte Feuchtigkeit ein; Ihnen ist wohl, aber drüben in der Sonne glühen die Sträucher und scheinen zu gilben. Doch was ist das? Ein Windstoß ist plötzlich herangebraust und vorbeigejagt; ringsum erzittert die Luft: Hat es etwa gedonnert? Sie verlassen die Schlucht ... Was ist das für ein bleifarbener Streifen am Horizont? Hat sich die Glut noch verdichtet? Zieht da eine Wolke herauf? ... Da zuckt auch schon schwach ein Blitz ... Oh, das ist ein Gewitter! Ringsum scheint noch hell die Sonne: Man kann noch jagen. Aber die Wolke wächst: Ihr vorderer Rand streckt sich aus wie ein Arm, er beugt sich. Die Kräuter, die Büsche, alles hat sich mit einemmal verdunkelt ... Nun aber schnell fort! Dort drüben scheint eine Heuscheune zu sein ... Schneller ... Sie haben sie erreicht, sind eingetreten. So ein Regen! Solche Blitze! Hier und da tropft durch das Strohdach Wasser auf das duftende Heu ... Aber da fängt die Sonne schon wieder an zu spielen. Das Gewitter ist vorüber; Sie treten hinaus ins Freie. Mein Gott, wie fröhlich alles ringsum funkelt, wie frisch und rein die Luft ist, wie es nach Erdbeeren und Pilzen riecht! ...

Aber nun bricht der Abend an. Das Abendrot ist aufgelodert wie ein Brand und hat den halben Himmel ergriffen. Die Sonne geht unter. Die Luft in der Nähe erscheint besonders durchsichtig, wie Glas; in der Ferne lagert sich ein weicher, anscheinend warmer Dunst; zugleich mit dem Tau fällt ein blutroter Glanz auf die Waldwiesen, die eben noch von Strömen flüssigen Goldes überflutet waren; von den Bäumen, von den Sträuchern, von den hohen Heuschobern laufen lange Schatten fort ... Die Sonne ist untergegangen; ein Stern blinkt auf und zittert im feurigen Meer des Sonnenuntergangs ... Nun verblaßt die Glut; der Himmel wird tiefblau; die einzelnen Schatten verschwinden, Dunkelheit durchdringt die Luft. Es ist Zeit heimzukehren ins Dorf, in das Bauernhaus, in dem Sie übernachten. Die Flinte über die Schulter geworfen, gehen Sie schnell, trotz der Müdigkeit ... Unterdessen bricht die Nacht herein; keine zwanzig Schritt weit kann man sehen; die Hunde erkennt man kaum noch als helle Flecke in der Finsternis. Drüben, über den schwarzen Büschen, steht noch ein trüber heller Schein am Himmelssaum ... Was ist das? Eine Feuersbrunst? ... Nein, da geht der Mond auf. Und dort unten, rechts, blinken schon die Lichter des Dorfes ... Hier ist endlich auch Ihr Bauernhaus. Durchs Fenster sehen Sie den Tisch, der mit einem weißen Tuch gedeckt ist, eine brennende Kerze, das Abendbrot ...

Oder Sie lassen die Laufdroschke anspannen und fahren in den Wald, um Haselhühner zu jagen. Es ist ein Vergnügen, auf schmalem Wege zwischen zwei Wänden hohen Roggens hindurchzufahren! Ähren streichen Ihnen leise übers Gesicht, Kornblumen bleiben an Ihren Füßen hängen, die Wachteln schnarren in der Runde, das Pferd läuft in trägem Trab. Da ist der Wald. Schatten und Stille. Schlanke Espen lispeln hoch über Ihnen; die langen, hängenden Zweige der Birken bewegen sich kaum; eine mächtige Eiche steht wie ein alter Kämpe neben einer schönen Linde. Sie fahren auf einem grünen, mit Schatten gesprenkelten Waldweg dahin; große gelbe Fliegen hängen regungslos in der goldenen Luft und schwirren plötzlich davon; Mückenschwärme tanzen in Säulen, die im Schattten hell, in der Sonne dunkel wirken; friedlich singen die Vögel. Das goldene Stimmchen des Rotkehlchens ertönt in unschuldiger, plauderhafter Freude; es paßt gut zum Duft der Maiglöckchen. Weiter geht es, weiter, tiefer in den Wald hinein ... Der Wald wird zur Wildnis ... Eine unaussprechliche Stille senkt sich in die Seele; und auch ringsum ist es so schläfrig und still.

Aber da erhebt sich ein Wind, die Wipfel rauschen auf wie brandende Wellen. Durch das braune vorjährige Laub sind hier und da hohe Kräuter hindurchgewachsen; vereinzelt stehen Pilze unter ihren Hüten. Plötzlich springt ein Schneehase auf, der Hund jagt mit Gebell hinter ihm her ...

Und wie schön ist dieser selbe Wald im Spätherbst, wenn die Waldschnepfen ziehen! Sie halten sich nicht drin im Dickicht auf: Man muß sie am Waldrand suchen. Es weht kein Wind, es scheint keine Sonne, es gibt kein Licht, keinen Schatten, keine Bewegung, kein Geräusch; die milde Luft ist erfüllt von Herbstduft, der dem Duft des Weines gleicht; ein dünner Nebel steht fern über den gelben Feldern. Durch das kahle, graubraune Geäst der Bäume schimmert blaß und still der unbewegte Himmel; hier und da hängen an den Linden noch die letzten goldenen Blätter. Die feuchte Erde gibt unter den Füßen nach; die hohen trockenen Grashalme regen sich nicht; lange Spinnfäden schimmern im vergilbten Gras. Ruhig atmet die Brust, aber das Herz befällt eine seltsame Unruhe. Man geht am Waldrand entlang, blickt nach dem Hund, und dabei kommen einem liebe Bilder, liebe Gesichter, tote und lebende, in den Sinn; unerwartet erwachen längst in den Schlaf des Vergessens gesunkene Eindrücke; die Phantasie regt ihre Flügel und schwebt davon wie ein Vogel, und so klar und deutlich steht und bewegt sich alles vor dem Auge. Bald erbebt das Herz, hämmert und stürmt leidenschaftlich vorwärts, bald versinkt es unwiederbringlich in Erinnerungen. Das ganze Leben rollt sich leicht und schnell auf wie eine Schriftrolle; seine ganze Vergangenheit, all seine Gefühle und Kräfte, seine ganze Seele hat der Mensch dann in seiner Hand. Und nichts rundum stört ihn – es ist keine Sonne da, kein Wind, kein Geräusch . . .

Und dann ein klarer, etwas kalter Herbsttag mit Frühfrost, wenn sich die Birke, gleich einem Märchenbaum ganz in Gold, schön gegen den blaßblauen Himmel abzeichnet; wenn die niedrigstehende Sonne nicht mehr wärmt, aber heller strahlt als im Sommer; wenn der kleine Espenhain, ganz von Licht durchflutet, funkelt und glitzert, als sei es für ihn eine Freude und ein leichtes, so nackt dazustehen; wenn der Rauhreif noch weiß auf den Talsohlen liegt und ein frischer Wind die abgefallenen verdorrten Blätter leise bewegt und vor sich hertreibt; wenn blaue Wellen fröhlich über den Fluß eilen und die verstreuten Gänse und Enten im Gleichmaß auf und nieder schaukeln. In der Ferne klappert eine Mühle, von Weidengebüsch halb verdeckt, und über ihr ziehen, bunt schillernd in der hellen Luft, Tauben schnell ihre Kreise . . .

Schön sind auch die nebligen Sommertage, obwohl die Jäger sie nicht lieben. An solchen Tagen kann man nicht schießen: Der Vogel, der vor Ihren Füßen aufflattert, verschwindet sofort in der weißlichen

Dämmerung des unbewegten Nebels. Aber wie still, wie unaussprechlich still ist alles ringsum! Alles ist wach, und alles schweigt. Sie gehen an einem Baum vorüber – er rührt sich nicht: Er gibt sich mit Behagen der Ruhe hin. In dem feinen Dunst, der die Luft erfüllt, taucht vor Ihnen verschwommen ein langer schwärzlicher Streifen auf. Sie halten ihn für den nahen Wald; Sie gehen darauf zu – der Wald verwandelt sich in Reihen hoher Wermutstauden, die an einem Feldrain stehen. Über Ihnen, um Sie herum – überall ist Nebel ... Aber nun erhebt sich ein leichter Wind – ein Fetzen blaßblauen Himmels tritt undeutlich durch den dünner werdenden, gleichsam verdampfenden Dunst, ein goldgelber Sonnenstrahl bricht plötzlich durch, flutet in langem Strom herab, trifft auf die Felder, stößt auf den Hain – und gleich darauf ist wieder alles verschleiert. Lange währt dieser Kampf, aber wie unsagbar prächtig und klar wird der Tag, wenn das Licht endlich triumphiert und die letzten Wellen des erwärmten Nebels bald sich senken und ausbreiten wie weiße Tücher, bald aufwärts schweben und in den Tiefen der zart leuchtenden Höhe verschwinden ...

Nun aber haben Sie sich in ein weit abliegendes Jagdgebiet aufgemacht, in die Steppe. An die zehn Werst haben Sie auf Feldwegen zurückgelegt – da ist endlich die große Landstraße. Vorbei an endlosen Fuhrwagenzügen, vorbei an kleinen Gasthöfen mit dem zischenden Samowar unter dem Vordach, mit sperrangelweit offenem Tor und einem Ziehbrunnen, von einem Dorf zum anderen, durch unübersehbare Felder, an grünen Hanfpflanzungen entlang – lange, lange fahren Sie so. Elstern fliegen von Weidenbaum zu Weidenbaum; Bäuerinnen mit langen Rechen in den Händen schlendern aufs Feld; ein Wandersmann in abgetragenem Nankingrock, den Reisesack auf dem Rücken, schleppt sich müden Schrittes weiter; die schwere, plumpe Kutsche eines Gutsbesitzers, mit sechs großen abgetriebenen Pferden bespannt, schwankt Ihnen entgegen. Aus dem Fenster ragt der Zipfel eines Kissens heraus, und auf dem hinteren Trittbrett hockt seitlings auf einem Sack ein über und über mit Schmutz bespritzter Lakai in einem Mantel und hält sich an einem Strick fest. Da ist das Kreisstädtchen mit den krummen und schiefen Holzhäuschen, den endlosen Zäunen, den unbewohnten Steingebäuden der Kaufleute und der altertümlichen Brücke über der tiefen Schlucht ... Weiter, immer weiter! ... Jetzt kommen Steppengegenden. Von einer Anhöhe aus hält man Umschau – welche Aussicht! Runde, niedrige Hügel, bis oben hin beackert und besät, laufen in breiten Wellen auseinander; mit Buschwerk überwucherte Schluchten winden sich zwischen ihnen dahin; wie längliche Inseln liegen kleine Wäldchen verstreut; von Dorf zu Dorf laufen schmale Wege; Kirchen schimmern weiß; zwischen Weidenbüschen blinkt ein Flüßchen, das an vier Stellen von Stauwehren aufgehalten wird; weit draußen im Feld ziehen Trappen im Gänsemarsch; ein altes Herrenhaus hat sich mit seinen Wirtschaftsgebäuden, seinem Obstgarten und der Tenne an einem kleinen Teich niedergelassen. Aber Sie fahren weiter, weiter. Die Hügel werden immer niedriger, es ist fast kein Baum mehr zu sehen. Da ist sie endlich, die grenzenlose, unübersehbare Steppe! ...

Und an einem Wintertag durch hohe Schneewehen auf die Hasenjagd zu gehen, die scharfe Frostluft einzuatmen, unwillkürlich zu blinzeln, geblendet von dem feinen Glitzern des weichen Schnees, sich an der grünen Farbe des Himmels über dem rötlichen Walde zu freuen! ... Und die ersten Frühlingstage, wenn ringsum alles glänzt und sich auflöst, wenn es durch den schweren Dunst des tauenden Schnees schon nach erwärmter Erde riecht, wenn auf den vom Schnee befreiten Stellen unter den schrägen Strahlen der Sonne vertrauensvoll die Lerchen singen und mit fröhlichem Rauschen sich Schmelzwasserströme wirbelnd von Schlucht zu Schlucht ergießen ...

Jedoch – es ist Zeit zu schließen. Gerade im rechten Augenblick habe ich vom Frühling gesprochen: Im Frühling fällt das Abschiednehmen leicht, im Frühling zieht es auch den Glücklichen in die Ferne ... Leben Sie wohl, mein Leser, ich wünsche Ihnen ein stetes Wohlergehen.

William H. Jones

Gegen Sturm und Eis um Kap Hoorn

Vorbemerkung: *British Isles*, einer der letzten großen Segler, begann am 7. August 1905 seine denkwürdige, zweiundfünzig Tage dauernde Fahrt um Kap Hoorn, um vom Atlantischen in den Stillen Ozean zu gelangen.

Wie wir die Größe eines Mißgeschicks einschätzen, das hängt mehr oder weniger von Stimmung und Wünschen jedes einzelnen ab. Jetzt aber ereignete sich eine wahrhafte Tragödie, die unsere Besatzung noch weiter entmutigte.

Am 14. August – der Sturm wütete sechs Tage ohne Unterbrechung – zerfetzte eine Orkanbö das Marssegel am Kreuzmast. Was übriggeblieben, wurde aufgegeit. Dann enterte ich mit der Wache nach oben, um die Reste festzumachen. Wir legten auf der Rah nach beiden Seiten aus und kämpften zwei Stunden lang mit der hartgefrorenen Leinwand. Immer wieder ließ die Gewalt des Windes sie steif auswehen. Lange blieb unsere Mühe umsonst, auch nur eine Falte zu schlagen, um wenigstens etwas Griffiges für unsere Hände zu haben. Als es vorübergehend abflaute, gelang es endlich, das Segel auf die Rah zu zerren, wo wir es mit dem Gewicht der Körper und Arme zusammenpreßten, während die Zeisinge herumgenommen wurden.

Matrose Davidson war ein feiner Kerl, der seine Arbeit still und geschickt verrichtete. Jetzt arbeitete er dicht am Mast und lehnte sich gerade weit über die Rah, um die Bauchzeising aufzufangen, die ihm von einem auf dem Peerd unter der Rah hockenden Mann zugeworfen wurde.

In diesem Augenblick fiel eine neue Bö ein und riß den in Luv arbeitenden Leuten die Leinwand wieder aus den Händen. Mit donnerähnlichem Krachen bauschte sich das, was vom Segel noch übrig war. Davidson, der mit dem halben Körper frei in der Luft gehangen hatte, konnte nicht mehr zurück, um einen Halt für seine Füße zu finden. Wir sahen, wie er kopfüber, als sei er von einem Katapult geschossen, über das geblähte Tuch hinweggeschleudert wurde. Seine Arme und Beine schlugen die Luft in grotesken Verrenkungen. Das Ölzeug nahm die Form eines Ballons an. So stürzte er in grausigem Fall in die zwölf Meter unter uns kochende See. Das Schiff hatte sich unter dem Preß der Bö so weit übergelegt, daß die Leereling durchs Wasser fegte.

»Mann über Bord!« brüllte Paddy Furlong, der sich als erster gefaßt hatte. Dann gellten wir alle den gleichen Schrei, so laut wir konnten, ließen das Segel los – mochte es nun in tausend Fetzen gehen – und enterten, so schnell es möglich war, auf die Poop. Dabei nagelte uns der Sturm an die Wanten, so daß jeder Schritt zu mühsamer Arbeit wurde. »Mann über Bord!« Der Orkan trug unsere heiseren Stimmen davon. Mit weitaufgerissenen Augen in schreckensbleichen Gesichtern kauerten wir unter dem Wetterschutz. Unmittelbar danach erschienen der Kapitän, der Erste Steuermann und die Männer der Freiwache. Alle starrten auf den dunklen Fleck achteraus, wo Davidson einen verzweifelten, aber aussichtslosen Kampf um sein Leben kämpfte.

Wie durch ein Wunder hatte er eine im Wasser nachschleppende Leine zu fassen bekommen. Ganz schwach hörten wir seine Rufe: »Hilfe! Um Gottes willen helft!«

Minuten, vielleicht sogar nur Sekunden, dann mußten seine im eiskalten Wasser erstarrenden Finger die Leine loslassen. Jeder von uns hatte nur einen Gedanken: Bei dieser ungeheuerlichen See kann kein Rettungsboot aus- oder eingesetzt werden.

Der Kapitän rief Freiwillige auf. Keiner der halberfrorenen Männer, die dicht nebeneinander hockten, meldete sich. Den anderen Weg zu wählen – das Aussetzen des Bootes zu befehlen – war einzig und allein das Vorrecht des Kapitäns. Sein Gewissenskonflikt muß furchtbar gewesen sein. Aber den Befehl gab er nicht. Er wußte nur zu gut, daß kein Boot eine so entsetzliche See überleben könne.

Niemals wird ein Mensch erfahren, welchen harten Kampf Kapitän Barker zu bestehen hatte, während Davidson sich an die Leine klammerte. Die Entscheidung, die er dann traf, sicherte ihm jedenfalls einen Platz unter den Besten der Männer, die das Kap erzogen hat. Ihr unfehlbarer Instinkt in kritischer Lage stellte stets das hohe Maß ihres seemännischen Könnens unter Beweis.

Tief erschüttert raunten sich inzwischen die Männer leise Bemerkungen zu. Furlong, Hansen, Schmidt und die übrigen »Alten« schüttelten die Köpfe. Auch sie wußten, daß der Versuch, ein Boot zu Wasser zu bringen, vielleicht ein halbes Dutzend weiterer Menschenleben gekostet hätte.

Das Schicksal des armen Davidson war besiegelt, und uns allen war es klar. Keiner der Männer war feige, aber was nützte hier Mut? Mitten in unserer Zweifelsqual trafen eine neue, riesige See und harte Bö das Schiff. Es zitterte, krängte und war vom Bug zum Heck nichts als brodelndes Wasser. Dann schüttelte es sich wie ein nasser Pudel und richtete sich mühsam auf, um dem nächsten steilen Wellenberg die Brust zu bieten. Wir aber machten uns auf alles gefaßt und packten verzweifelt die Reling der Poop.

Als der achteraus verwehende Gischt wieder einen Blick erlaubte, war Davidson verschwunden.

»Jesus, erbarm dich seiner! Der arme Kerl«, murmelte Paddy und bekreuzigte sich. »Er ist fort, und niemand konnte ihm helfen.«

Die anderen Männer schwiegen. Aus den Augen in den bleichen Gesichtern sprach ihr Leid, als Paddy mit seinen schlichten und frommen Worten das ausdrückte, was sie alle dachten.

Noch am selben Tage wurde ein weiterer tüchtiger Matrose mit Namen West auf dem Mitteldeck von einer schweren See gefaßt und in den Wassergang geschmettert, wo er besinnungslos hin und her rollte. Als es gelungen war, ihn zu bergen, und als er auf dem Tisch in der Kajüte lag, zeigte es sich, daß ihm der Schädel eingedrückt war und nur eine sofortige Operation durch einen sehr geschickten Chirurgen sein Leben hätte retten können. Der Kapitän und Zimmermann verbanden den Kopf, so gut es ging. Dann wurde er, immer noch besinnungslos, in einer Koje der Reservekammer festgelascht, wo auch schon Witney mit seinem gebrochenen Bein lag.

So hatten wir nun drei Mann verloren, und das bei unserer ohnehin viel zu geringen Besatzung. In den folgenden drei Wochen wurden neun der uns noch verbliebenen siebzehn Vollmatrosen durch erfrorene Finger oder Zehen außer Gefecht gesetzt und mußten für fest im Logis bleiben. Sie litten Höllenqualen, da es kein Mittel gegen schwere Erfrierungen gab. In einigen Fällen setzte Brand ein, Finger oder Zehen eiterten und fielen nach einer langen Zeit unerträglicher Schmerzen ab. In anderen gewannen die Dulder nach einigen Wochen den Gebrauch ihrer Gliedmaßen wieder.

Am siebenundzwanzigsten Tag der Weststürme waren die drei neuen Untermarssegel klar zum Anschlagen und Setzen. Vier Vollmatrosen, der Zweite Steuermann und wir vier Anwärter enterten auf, um die Reste der vom Sturm zerfetzten Leinwand an Deck zu geben, wo der Erste mit dem Segelmacher, Koch, Steward und vier weiteren Matrosen, bis zum Bauch im Wasser stehend, die neuen Segel eins nach dem anderen aufheißten. Bis sie in schwierigster Arbeit und in ständiger Lebensgefahr für jeden einzelnen gesetzt waren, vergingen acht Stunden, in denen sich zum Glück kein weiterer Unfall ereignete.

Als dann die Rahen gebraßt und so weit es nur ging an den Wind geholt worden waren, rief der Kapitän alle Mann in die Messe und verabreichte jedem den sauer verdienten Rum. Das belebte ein wenig unseren so hart angeschlagenen Optimismus.

Nun konnte sich unser Schiff, wie wir hofften, weiter behaupten und der wildesten Wut des zornigen Meeresgottes trotzen. Die alte *British Isles* hatte sich unser Vertrauen schwer erkämpft. Sie war über so viele berghohe Seen geklettert, daß sie es nach unserer Meinung, falls nötig, bis zum Jüngsten Tage weiter tun würde. Die neuen Segel schienen uns doppelt stark, weil so viel Mühe und Liebe in vielen tausend Stichen hineingenäht worden waren. Zwei Stunden aber, nachdem sie gesetzt waren, überfiel uns die schwerste aller bisherigen Böen, als habe Thor, der Gott des Donners, in einem Anfall wilder Raserei einen gigantischen Dreschflegel geführt. Fünf Minunten lang regierte das Chaos. Das Brüllen des durch die Takelage stürmenden Orkans klang, als seien alle Dämonen der Hölle auf uns losgelassen. Masten und Rahen beschrieben einen Kreisbogen, der uns die gefahrdrohende Schlagseite unseres Schiffes anzeigte. Es schien ganz unvermeidlich, daß die nächste gigantische See es querschiffs treffen und überrollen würde.

Kommt so der Tod? Ein jäher Sturz in eine eiskalte Wasserwüste? In diesen Sekunden höchster Spannung war ich viel zu benommen, um mir solche Fragen zu stellen. Ich konnte nur gebannt dem offenbar unentrinnbaren, uns aus solcher Nähe bedrohenden Geschick entgegenstarren.

Aber das Schiff richtete sich auf und stieg, wie, weiß ich nicht, auf den Kamm der nächsten Woge.

Wir waren am Leben geblieben. Als die Bö abzog, sahen wir nach oben. Die drei neuen Marssegel waren alle aus den Lieken geflogen und nur noch flatternde Lappen.

Das Schiff aber war nicht mehr steuerfähig. Um es wenigstens mit der Nase gegen Wind und See halten zu können, brachten alle Mann ein Notsegel in den Luvwanten des Kreuzmastes aus. Mehr konnten wir nicht tun.

So trieben wir mit einem in Hartlage festgelaschten Ruder immer weiter nach Süden. Schließlich waren wir auf fündundsechzig Grad Südbreite angekommen und standen etwa fünfhundertfünfzig Seemeilen Südsüdost von Kap Hoorn.

Das aber bedeutete, daß wir nur noch einhundertundfünf Seemeilen vom antarktischen Polarkreis entfernt waren, der auf 66° 32′ S verläuft. Das wiederum hieß, daß wir längst die Grenze des winterlichen Treibeises überschritten hatten, die bis zu 60° Südbreite hinaufreichen kann. Infolge des lange Zeit durchstehenden Sturmes, der Seen von fünfzehn Meter Höhe getürmt hatte, war offenbar das Vordringen des Treib- und Packeises nach Norden bisher verhindert worden. Nun aber gerieten wir in die sehr ernstliche Gefahr, jeden Augenblick vom Eise eingeschlossen zu werden. Schon torkelten wir mitten in einem Eisbrei, dessen einzelne Schollen Tellergröße hatten. Er treibt immer von den geschlossenen Eisfeldern. Wir konnten das Brucheis an den Stahlplatten des Rumpfes poltern hören. Es war ein merkwürdig beunruhigendes, grollendes Geräusch.

Man mag fragen, warum sich der Kapitän nicht längst entschlossen hatte, zu halsen, auf Backbordbug zu gehen und auf diese Weise nordwärts, vom drohenden Eis fort, zu treiben.

Er tat es nicht, weil es einfach physisch mit unserer so traurig zusammengeschmolzenen Besatzung unmöglich war, in einem starken Sturm und bei steilen Seen das Schiff über den anderen Bug an den Wind zu bringen.

Selbst mit einem vollzählig bemannten Schiff ist ein solches Manöver gefährlich, in einem Sturm bisweilen unmöglich. Es kommt ein Augenblick, in dem alles geschehen kann. Wird nämlich das Schiff, wenn es gerade an den Wind gehen will, vorn von einer schweren See getroffen, so kann es alle Fahrt verlieren. Dann wird es sofort wieder abfallen und bewegungsunfähig im Wellental liegenbleiben, wo ihm der nächste Brecher vielleicht die Luken einschlägt, so daß es volläuft und untergeht.

In der Tat boten sich dem Kapitän nur zwei Wege: nach Lee abzulaufen – das wünschte sich der Erste

Steuermann – oder beigedreht liegenzubleiben und mit Backbordhalsen weiter nach Süden zu treiben, bis der Sturm so weit abflaute, daß ein Halsen möglich wurde.

Was die Frau des Kapitäns, die mit ihren beiden kleinen Kindern in ihrem Bett festgebunden war, bei dem wochenlangen Kampf des Schiffes auszuhalten gehabt hat, kann man sich nur schwer vorstellen. Wir Männer an Deck konnten doch wenigstens mit eigenen Augen das verzweifelte Ringen der braven, alten *British Isles* sehen, sich schwimmend zu halten. Jede Wasserwand, die überklettert wurde, um nach Lee in davonjagendem Schaum und Finsternis zu verschwinden, hatte für uns etwas Tröstliches. Aber die in der Kajüte eingesperrte Frau spürte nur das herzbeklemmende, heftige Rollen und Torkeln des Schiffes. Wie oft mag die Arme gedacht haben, jetzt werde es in die Ewigkeit hinabsinken!

Mag sein, daß die Nervenanspannung durch das nie abreißende Brausen und Trommeln des Sturmes und das Geräusch der auf Deck donnernden Seen dort drinnen ein klein wenig durch das schwere Trampsen der Seestiefel zu ihren Häupten gemildert wurde. Vielleicht deutete Frau Barker es ebenfalls als den noch nicht aufgegebenen Kampf des Menschen gegen Zorn, Drohung und Brutalität der Natur. Kein Zweifel, daß ihr der Alte, wenn ihm seine endlosen Wachen ein paar Augenblicke Zeit dafür ließen, Mut zusprach.

Man konnte einem Kapitän seine Bewunderung

nicht versagen, der in einem sich so lange hinziehenden Kampf solch eiserne Selbstdisziplin übte, daß er »in See blieb«, nur um den Eignern gegenüber seine Pflicht und Schuldigkeit zu tun und ihre Ladung so billig wie möglich nach Pisagua in Chile zu bringen. Dabei hätte ihn jede Regung menschlichen Mitgefühls und Mitleides auf die Linie des geringsten Widerstandes abdrängen müssen, so daß er kurz entschlossen in Port Stanley Schutz suchte, das für ihn so leicht erreichbar in Lee lag. Dann hätten sofort alle Leiden der Besatzung und seiner nächsten Angehörigen ein Ende gehabt.

Aber sein Wille war unbeugsam. Wir blieben beigedreht liegen, wir trieben weiter. Pisagua war unser Bestimmungshafen. Pisagua aber lag in Luv. Also mußten wir nach Luv Raum gewinnen. Im Offizierswohndeck unter der Poop aber stand es nicht zum besten ...

Nein – im Wohndeck unter der Poop schien es wirklich nicht gut auszusehen.

Der Erste Steuermann besaß ein Kapitänspatent, ohne jedoch bisher jemals ein Schiff geführt zu haben. Das allein war ein Grund seiner ständigen Mißvergnügtheit. Er mochte zwanzig Jahre älter als Kapitän Barker sein. Jetzt fiel es ihm wohl doppelt schwer, sich mit dessen Weigerung, irgendwo in Lee Schutz zu suchen, endgültig abzufinden.

Merkwürdig war nur, daß er auch das Schiff zu hassen schien, offenbar nur, weil es so schlecht am Winde segelte. Vor aller Ohren unkte er, niemals werde es das Kap runden. Als sein Rat vom Kapitän verworfen worden war, versuchte er es, dessen Entschlüsse auf andere Weise doch noch zu beeinflussen. Zu diesem Zweck ging er möglichst oft ins Vorschiff, saß bei den Männern, die sich am Ofen aufwärmten, und schürte ihre Unzufriedenheit. Da die Nerven aller Leute an Bord infolge der schweren Belastungen ohnehin zum Reißen gespannt waren, breitete sich sehr schnell eine Stimmung aus, die eines Tages zur Meuterei führen mochte.

Damit ließ sich der Steuermann auf ein gefährliches Unterfangen ein. Da er kein starker Charakter war, lag es ihm nicht, den Anführer einer offenen Auflehnung zu spielen, wozu als äußerste Konsequenz die Festnahme des Kapitäns gehört haben würde. Einer so radikalen Maßnahme fühlte er sich nicht gewachsen, war sie doch das Furchtbarste, was auf einem Schiff geschehen konnte. Er wußte sehr wohl, daß er später einen derartigen Schritt vor dem Seeamt vertreten müsse und dort die Aussicht auf eine Rechtfertigung verschwindend gering sein werde. Statt dessen versuchte er, sich bei seiner im Grunde berechtigten Forderung nach Anlaufen eines Nothafens die Unterstützung der Mannschaft zu sichern. Als er vom Erfolg seiner Wühlarbeit überzeugt zu sein glaubte, meldete er sich kurzerhand krank und legte sich in die Koje. Vielleicht wollte er durch diese Handlungsweise zugleich dem Vorgehen der Männer einen größeren Nachdruck verleihen, verschärfte sich doch zwangsläufig durch seinen Ausfall das ohnehin ernste Problem einer sachgemäßen Schiffsführung.

Am folgenden Tag gingen etwa ein Dutzend Matrosen, darunter vier mit verbundenen Händen, achteraus. Sie wollten den Kapitän sprechen.

Der Alte wußte über die Vorgänge der letzten Tage haargenau Bescheid. Er ließ die Männer in die Messe kommen und sich in Reih und Glied an der einen Schmalseite des Raumes aufbauen. Da standen sie hinter einem großen Tisch, traten von einem Bein aufs andere und fühlten sich denkbar unbehaglich.

Dann betrat der Alte die Messe durch die den Männern gegenüberliegende Tür. Er hielt einen Revolver in der Hand. Hinter ihm bauten sich der Zweite Steuermann, Zimmermann, Segelmacher und die vier Offiziersanwärter auf. Der Kapitän setzte sich und legte die Waffe griffbereit auf den Tisch. Ein grimmiges Schweigen, bis er endlich begann: »Nun, was gibt's? Wer ist euer Sprecher?«

»Ich, Sir«, sagte Paddy Furlong ehrerbietig.

»Und was hast du mir zu sagen?«

»Dja, Sir ... um Vergebung, Sir ... die Männer vom Logis wollten gern mal nach achtern gehn und Sie bitten, Sie möchten man wenden und nach Port Stanley laufen.«

»Und weshalb?« schnauzte der Alte.

»Wirklich un wahrhaftig, Sir, wir sind doch in 'ner verdeubelten Patsche, Sir. Wir könn' nicht mehr arbeiten, mit nichts Warmem im Bauch, mit rein gar nichts. Wissen's doch selbst, Sir. Kombüse voll Wasser ... Logis – auch voll Wasser – bis zu'n Knien. Un die Hälfte zu krank, um Wache zu gehn, Sir!«

»Habt ihr nicht unterschrieben, daß Befehle auszuführen sind?«

»Ja, schon, Sir. Natürlich, Sir. Haben ja angemustert, aber ... nichts für ungut ... diese Kälte ... is doch die Hölle ... un immerzu ... un ... nu treiben wir direkt ins Eis ...«

»Verweigert ihr etwa die Arbeit?«

Die Männer scharrten mit den Füßen und blickten sich scheu um.

»Aber nein, Sir. Gewiß doch nich, Sir. Wollten doch nur bitten, nach Port Stanley zu laufen, bis sich der Sturm ausgeweht hat.«

»Port Stanley?« In der Stimme des Kapitäns schwang unverhohlener Sarkasmus. »Und wo liegt Port Stanley?«

»Da so wo, Sir.« Paddy deutete vage nach Osten.

»Und wie weit da so wo, willst du mir das mal sagen?«

»Aber Sir. Sicher nich so sehr weit weg. Nich wahr, Sir?«

Der Kapitän hieb mit der Faust auf den Tisch. »Port Stanley ist aber nicht unser Bestimmungshafen. Wir sollen nach Pisagua. – Dorthin!« Er wies nach Westen. Dann schwieg er, um die Männer diese Worte verdauen zu lassen.

»Wer zum Teufel hat euch eigentlich gesagt, wir könnten vor dem Sturm nach Port Stanley laufen, wie?«

Die Leute schwiegen verbissen.

»'raus damit!« donnerte der Kapitän. »Mach dein großes Maul auf und antworte. Welcher gottverfluchte Narr auf diesem Schiff glaubt, den Kurs besser zu kennen als ich?«

»Mit Verlaub, Sir«, stammelte Paddy verlegen, »der Steuermann hat uns doch immer gesagt, Sie würden wohl schon Kurs ändern, wenn wir Sie man drum bitten.«

»Was? Der Steuermann?« Der Alte schien seinen Ohren nicht zu trauen. Schließlich wandte er sich an den Zweiten, seinen jungen Schwager Atkinson, und befahl ihm: »Gehen Sie zum Ersten und sagen Sie ihm, er solle sofort hierher kommen, Mister.«

Man hörte, wie an eine Tür geklopft wurde. Nach ein paar Minuten erschien der Zweite wieder und meldete: »Der Steuermann ist krank, Sir, und läßt sagen, er könne nicht aufstehen.«

»So... kann er nicht?« Eiskalt klang die Stimme. »Das werden wir gleich sehen. Alle warten hier. Ich hol' ihn.«

Er griff nach seinem Revolver und verließ den Raum. Was dann geschah, konnte ich mir sehr gut ausmalen. Wenige Minuten später erschien der Erste in der Messe. Man konnte nur Mitleid mit ihm haben; denn unmittelbar hinter ihm ging der Alte und stieß ihm dauernd den Revolver in den Rükken.

Als beide am Tisch standen, hörten wir wieder die eiskalte Stimme. »So, Mister! Jetzt möchte ich

Sie vor diesen Männern mal etwas fragen: Soll ich Sie in Eisen legen, weil Sie eine Meuterei angezettelt haben?«

»Das habe ich nie getan«, knurrte der Erste.

»Haben Sie den Leuten vorgeschlagen, diese Abordnung zu mir zu schicken, oder nicht?«

Der Steuermann schwieg.

»Antworten Sie mir, Sir.«

»Nun – ich meinte nur, das könne nichts schaden.«

»Nichts schaden?« Wieder dieser beißende Spott. »Nichts schaden, wenn Sie meine Autorität untergraben?«

Das Gesicht des Steuermanns wurde kreidebleich. Alle Anwesenden beobachteten gespannt, wie sich hier ein Wille am andern maß. Dabei war freilich der Ausgang kaum einen Augenblick lang zweifelhaft.

»Ich muß zugeben« – die Stimme war kaum hörbar –, »daß ich ... falsch gehandelt habe.«

Die Männer aus dem Logis starrten empört erst den Sprecher, dann einander an.

»Ihr habt's gehört, Männer«, sagte der Kapitän ganz ruhig. »Der Steuermann sieht seinen Fehler ein. – Ich hätte nicht übel Lust, Sie zu degradieren, Mister, aber ...«

»Geben Sie mir bitte noch eine Chance, Sir«, bat der Erste kläglich.

Damit hatte der Alte endgültig gesiegt. Oft ist bei disziplinaren Vergehen Milde angebrachter als Strenge.

»Gut also, Mister. Sie sind zu Kreuz gekrochen, und daran haben Sie recht getan. Jetzt werden Sie mir versprechen, vor diesen Männern versprechen, daß Sie nie wieder Unruhe stiften wollen. Solange Sie auf diesem Schiff sind, werden Sie nur meine Befehle ausführen, und zwar immer!«

»Das will ich, Sir.«

»Ist das ein Versprechen?«

»Jawohl, Sir.«

»Gut. Und nun gehen Sie wieder in Ihre Kammer.«

Der Steuermann ging, der Kapitän aber wandte sich den Männern zu: »Sind sonst noch Klagen?«

Ein unterdrücktes Murmeln bewies, daß keinem der Matrosen an einer weiteren Auseinandersetzung lag. Sie ordneten sich der Willenskraft ihres Alten unter und zollten ihm sichtlich sogar Bewunderung.

»Keine Klagen, Sir. Gar keine einzige mehr«, sagte Paddy, und in seiner tiefen Stimme schwang fast etwas wie Begeisterung mit.

Kapitän Barker stand rasch auf und steckte den Revolver in die Tasche. »Damit wir uns nicht mißverstehen, ihr Leute, ich laufe weder Port Stanley noch sonst einen Hafen an, nur weil uns ein paar Segel weggeflogen sind. Unser Schiff ist in Ordnung und seetüchtig. Außerdem haben wir genug Leinwand an Bord, um neue Segel zu nähen. – So, das wäre alles. Geht wieder an die Arbeit.« Keinen Augenblick hatte sich die Stimme gehoben.

Die Männer verließen die Messe und stampften

über Deck zum Logis. Jeder Gedanke an Meuterei war ihnen vergangen, wohl aber war etwas von der soeben erlebten Szene haftengeblieben. Darüber grübelten und redeten sie jetzt, gelegentlich auch noch lange Zeit danach.

Der Steuermann übernahm bald darauf seine Wache, als sei nichts geschehen, steckte aber nie wieder seine Nase ins Vorschiff, wenn es nicht der Dienst verlangte und er sich um die Patienten kümmern mußte.

Immer lauter schrapte mittlerweile der Eisbrei am Rumpf. Mit kahlen Masten, nur vom Notsegel in den Wanten gestützt, trieben wir weiter. Der Segelmacher und die wenigen unbeschäftigten Matrosen der Wache flickten emsig an einem Untermarssegel des Stells Nummer eins, das wir zum Halsen dringend brauchten.

Am 10. September gegen Sonnenuntergang flaute es ab, obwohl das Barometer immer noch sehr tief stand. Seit zweiunddreißig Tagen hatte nun ununterbrochen ein Sturm den anderen gejagt. Um sechzehn Uhr ließ der Kapitän den Kessel anheizen. Gleichzeitig wurden Taljen angeschlagen, um das reparierte Segel an der Untermarsrah des Vormastes anzuschlagen. Da es aber schnell dunkelte, wurde diese Arbeit bis zum nächsten Morgen verschoben. Wenn auch flauer, wehte es doch immer noch recht steif aus Westen. Auch in anderer Beziehung unterschied sich diese Nacht von ihren vielen Vorgängern. Die Freiwache, Matrosen und Anwärter, durften nämlich ihre Mußezeit im Kesselraum verbringen, der wie die Dampfmaschine an der Achterkante des vorderen Deckshauses untergebracht war. Bei geschlossener Tür und fleißig beschicktem Feuer genossen wir die Wärme und Behaglichkeit einer Temperatur von fünfunddreißig Grad, während es draußen fror und das ganze Schiff überall dort, wohin die Brecher nicht gelangen konnten, von tiefem Schnee und Eis bedeckt war.

Als der 11. September anbrach, wehte immer noch ein mäßiger Sturm, aber die See hatte sich so weit geglättet, daß wir auf den anderen Bug gehen konnten. Alles, was noch kriechen konnte, war an Deck, als der Kapitän ankündigte, er wolle halsen, sobald ausreichend Segel stünden. Das hieß nichts anderes, als daß wir nun endlich auf Backbordhals gehen würden, um bei Wetterbesserung und erster sich bietender Gelegenheit dem Würgegriff des Eises zu entrinnen.

Dank unserer Donkeymaschine – mochte sie auch ein paar wertvolle Kohlen der Eigner verbrauchen – konnten wir selbst mit den wenigen noch arbeitsfähigen Männern ein solches Manöver wagen.

Kapitän Barker stand neben zwei Rudergängern auf der Poop. Zur Arbeit blieben die beiden Offiziere, der Zimmermann, der Segelmacher, sechs Matrosen und vier Jungen, nicht zu vergessen unseren »Donkey«. Auf den Schultern trugen wir das geflickte Segel über das Hauptdeck und müssen dabei wie eine Raupe mit achtundzwanzig Beinen ausgesehen haben. Mit einer Hand hielt sich jeder am Strecktau fest. So stapften wir, bis zum Bauch im Wasser, nach vorn. Zum Glück schlug kein schwerer Brecher an Bord, und wir gelangten ungefährdet in Lee des vorderen Deckshauses.

Danach ging alles sehr rasch. Ein Antreiben durch die Offiziere war kaum nötig, da uns die Aussicht anspornte, auf den anderen Bug zu kommen. Zudem hatten wir alle mittlerweile jedes denkbare Segelmanöver zur Genüge kennengelernt.

Zwar war es immer noch bitterlich kalt, aber die nächtliche Aufwärmung am Kessel hatte uns Auftrieb gegeben. Mit Hilfe der Dampfmaschine kam das Marssegel schnell genug nach oben. Als das ganze schwere Segel etwas höher als die Rah geheißt worden war, wurde es zu den Nocken hinausgeholt, während es in der Mitte etwas durchhing. Dabei gellten uns unablässig die Befehle des Steuermanns in den Ohren, der nun gar nicht mehr niedergeschlagen schien. Kam es auf praktische Seemannschaft an, so hatte er sich übrigens immer von seiner besten Seite gezeigt.

Jetzt hatten alle Mann auf der Rah ausgelegt. Das Segel wurde am Jackstag angeschlagen, dann die Zeisinge abgenommen und schließlich Schoten und Geitaue angeschäkelt. Wieder an Deck, setzten wir die Schoten mit Hilfe der Dampfwinsch durch. Als ein Sturmklüver stand, wurde das Notsegel geborgen.

»An die Luvbrassen!« brüllte der Alte, der von der

Poop aus alles beobachtet und auf eine momentane »Glätte« gewartet hatte, wie sie die göttliche Vorsehung einem sorgenbeladenen Seemann sendet, damit er bei Sturm halsen kann.

Die Vorbrassen waren auf das Dach des vorderen Deckshauses gemannt worden, wir aber hielten uns in voller Bereitschaft, um im entscheidenden Augenblick die Rahen blitzschnell rundbrassen zu können.

Und er kam. Es ist eine verwunderliche Wahrheit, daß in hohen südlichen Breiten, wo die Seen fünfzehn Meter hoch und sechshundert Meter lang sein können, eine endlose Prozession von Wasserbergen heranmarschiert, sich dann aber urplötzlich eine abnorm hohe Woge über die anderen erhebt. Von weit, weit her sieht man sie kommen. Hat dann das Schiff sie erklettert, so rutscht es in ein ganz langes und tiefes Tal hinunter, dem Seen von geringerer Höhe folgen. Das ist dann der Zustand, bei dem man wirklich von einer Art »Glätte« sprechen darf.

Auf sie also wartete der Alte, und als sie kam, brüllte er einen Befehl, der uns wie Musik in den Ohren klang:

»Hart Ruder! Luv-Vorbrassen durchholen!«

Unter Marssegel und Klüver fiel das Schiff vor den Wind ab und nahm Fahrt auf. Mit der weiteren Drehung braßten wir alle Rahen rund. Nun mit Backbordhalsen segelnd, schob sich das Schiff wieder an Wind und See heran. Und nichts Aufregenderes geschah, als daß wir alle beim Brassen der Kreuzrahen pudelnaß wurden. Der kritische Moment, der bei jedem Halsen unweigerlich kommt, war überstanden. Keine schwere See warf sich gegen unseren Luvbug, als die *British Isles* an den Wind gebracht wurde. Wir behielten Fahrt und waren keinen Augenblick hilflos der See preisgegeben.

Endlich einmal ein Erfolg. Wir jubelten über ihn und den neuen Nordkurs. Hastig wurde gefrühstückt: heißer Tee und Hartbrot voll Maden! Danach ging es sogleich wieder begeistert an die Arbeit, die im Klarlegen zweier weiterer ausgebesserter Marssegel bestand. Noch vor Mittag waren auch sie am Groß- und Kreuzmast gesetzt. Jetzt war das Schiff wieder in Menschenhand und machte unter dem Preß der drei Marssegel gut und gern zwei Knoten Fahrt. Wie wenig gehört im Grunde dazu, um Menschen zu höheren Leistungen anzuspornen! Nur ein klein wenig Erfolg. Schon meinten wir Optimisten, wir hätten die Graubärte vom Kap geschlagen. Dabei lachten sie uns wiederum aus . . .

Ein Matrose hatte das Rad besetzt, ein anderer stand als Ausguck zwischen den Rettungsbooten, die in Klampen auf dem vorderen Deckshaus standen. Für Arbeiten der Wache blieben noch zwei Matrosen und zwei Anwärter.

Der Barometer stand immer noch reichlich tief und fiel schon wieder. Der Wind nahm zu, die See wurde höher. Um Mitternacht raste bereits ein voller Sturm, mit Orkanböen durchsetzt. Wieder lagen wir mit festgelaschtem Ruder beigedreht, trieben freilich diesmal mit Backbordhals von den Eisfeldern fort.

Um vier Uhr früh am 12. September erschreckte uns ein furchtbares Krachen. Eine ungewöhnlich ruppige Bö hatte die Großbramstenge mit ihren Rahen abgeknickt. Ein wüstes Gewirr von Stahl, Holz und Leinen stürzte mit Donnertosen herab und wurde von den Unterwanten abgefangen. Die Nokken der schweren stählernen Rahen aber knallten unablässig gegen das Schanzkleid.

Die gleiche Bö hatte das Vor- und Großmarssegel zerfetzt und entführt, die wir erst vor sechzehn Stunden unter so unendlicher Mühe aufgebracht und angeschlagen hatten. Tief bestürzt sahen wir riesige Stücke Leinwand in heulendem Wind von den Rahen nach Lee fortgerissen werden, bis sie im brodelnden Schaum und Gischt verschwanden.

»Alle Mann an Deck!« Wieder der bis zum Überdruß gehörte Ruf. Begleitet von dem spöttischen Kichern des Schneesturms, versuchten wir noch in der Dunkelheit das Ausmaß des angerichteten Unheils festzustellen. Zum Glück – wie es schien, durch ein Wunder – war das Kreuzmarssegel heil geblieben. Wir »teilten« es, indem wir seine eine Hälfte aufgeiten. Vielleicht war es durch diese Maßnahme zu retten. Als es hell wurde, raste der Sturm mit derartiger Wut, daß wir uns nur noch auf allen vieren auf der Poop bewegen konnten. Wieder reckten sich aus dem Meer erschreckend hohe Berggrate empor, einige türmten sich in achtzehn Meter Höhe über uns, während wir ihnen im Wellenabgrund hilflos preisgegeben waren.

Unser neues Mißgeschick ging über schwache Menschenkraft. Verzweifelt starrte die Wache, die sich unter einer Persenning an die Reling gebunden hatte, auf die geborstene Bramstenge, deren Rahen nach und nach das Schanzkleid zerschmetterten. Die mit dem Gischt heranwehenden Eisnadeln verwehrten einen Ausblick nach Luv. Jenseits der Bordwand begann für uns das Inferno.

Den ganzen Tag über heulte der Sturm weiter. Niemals wieder in meinem nun fünfzig Jahre währenden Leben auf See habe ich eine gleich entfesselte Wildheit gesehen. Ich kann nur hoffen, daß mir dieser Anblick auch künftig erspart bleiben wird.

Das Schiff wurde furchtbar geschüttelt, und noch heute ist es mir unklar, wie es diesen Tag überleben konnte. Um achtzehn Uhr ereignete sich etwas Entsetzliches. Eine riesige Wasserwand stürzte genau über uns zusammen. Tonnen von Wasser krachten aufs Deck. Einen Augenblick versank auch ich wie die anderen im wirbelnden Wasser. Als es ablief, schnappte ich erst einmal verzweifelt nach Luft. Eine Steigerung konnte es nicht mehr geben. An Bord herrschte das Chaos. Als jener gigantischen See dann jene relative »Glätte« folgte, sahen wir den griechischen Matrosen Hieronymos mit dem Gesicht nach unten besinnungslos im Wassergang liegen. Sein eines Bein war im Speigatt festgeklemmt, und der schwere eiserne Deckel schlug es bei jedem Überholen erbarmungslos zu Brei. Ein paar Mann schleppten ihn, mehr tot als lebendig, ins Logis, wo ihm Zimmermann und Steward die erste Hilfe angedeihen ließen.

Das Bein war eine blutige Masse, aber bei der grauenhaften Verwirrung, die an Bord herrschte, blieb keine Zeit, sich über seine Schmerzen viele Gedanken zu machen.

Kapitän und Offiziere arbeiteten sich an den Strecktauen nach vorn, woher man gellende Schreie hörte. Jene Riesensee hatte die Back an Backbord eingeschlagen. Brusthoch quirlte im Schiffsinneren das Wasser. Mehrere der Männer mit schweren Erfrierungen lagen in zerschlagenen Kojen. Abwechselnd fluchten sie und schrien um Hilfe. Sie und ihre Seesäcke wurden ins Steuerbordlogis gebracht.

Dann fragte jemand: »Wo ist eigentlich Nielsen?« Der Däne hatte als Ausguck oben auf dem Deckshaus gestanden. Als wir ihn dort suchten, war das Dach leer. Kein Zweifel, Nielsen war über Bord gegangen. Mit ihm die beiden Rettungsboote, an deren einem er sich festgebunden hatte. Aber das war noch nicht die ganze Verlustliste. Auch die beiden Boote in den achteren Klampen waren verschwunden. Die ganz verkrümmten, schweren Davits zeigten nur zu deutlich, wo sie geblieben waren.

Jetzt besaßen wir kein einziges Rettungsboot mehr. Nielsen aber hatte uns auf immer verlassen. Er war in die unendliche Weite des Meeres verschwunden.

Und noch mehr war geschehen. Die Keulenschläge der See hatten die schweren Verschalungsbohlen auf der großen Luke angesplittert. Die darüber gezurrte Persenning war von Wind und Wasser fortgerissen. So fand das Meer einen Weg in den Raum und drohte das Schiff zu versenken.

Nach dem Tode von Nielsen und Davidson, den furchtbaren Verletzungen von Hieronymos und West und dem Ausfall der zehn Mann mit erfrorenen Gliedmaßen bestand die Besatzung noch aus sechs total erschöpften Matrosen und vier Jungen.

Nun war die *British Isles* wirklich kaum mehr als ein Wrack. So blieb Kapitän Barker nur noch ein Weg offen, und jetzt wählte er ihn ohne Zögern.

»Lassen Sie die gereffte Fock setzen, Mister«, befahl er, »und dann alle Mann klar zum Vierkantbrassen!«

Ein ganz leichtes Lächeln des Triumphes spielte bei diesem Befehl um die Augen des Steuermanns. Und doch war nicht er der Sieger geblieben. Wohl aber konnten die Graubärte vom Kap sich hohnlachend schütteln, ja vor überschäumender Freude den Himmel in Aufruhr bringen. Nun war es ihnen doch noch gelungen, ein tapferes Schiff zur Flucht zu zwingen, so daß es vor ihrer unerbittlichen, allzu lange tobenden Wut Schutz suchen mußte.

Hermann Löns

Hellnachtpirschgang

In dem Schnabel der alten Tranlampe schwankt das gelbe Flämmchen; in dem Ofen bullert das Holzfeuer; die Mäuse piepen unter dem Estrich.

Ich liege in dem Schlafsacke auf der Pritsche, rauche, sehe von der Reimchronik, in der ich lese, ab und zu auf, blicke nach den alten Buntdrucken hin, die an der Wand des Blockhauses hängen, lausche auf das Bohren der Larven in dem Gebälk, und denke an den gestrigen Tag.

Blutrot ging die Sonne am hellgrünen Himmel auf, wunderbar anzusehen, bis eine schwere dunkelblaue Wolke vor sie trat. Aus ihr sprühte Regen herab, der bald zu Schlackschnee wurde, den der Nordwest über das Bruch trieb.

Mit mürrischer Miene pirschte ich durch die wilde Wohld, deren Wipfel im Winde quietschten und knarrten. Neben mir her schlich die Erinnerung, ein bitteres Lächeln um die engen Lippen, einen Strauß von Dornen und Disteln in den welken Händen. Ihr spinnewebenfarbiges Gewand schleppte raschelnd über die hohen gelben Moorhalme des modrigen Holzweges.

Kreuzschnäbel flogen laut lockend dahin. Ein Häher flatterte kreischend vor mir auf. Der Schwarzspecht rief klagend und trillerte seinen Schlechtwetterruf. Dichter fielen die breiigen Flocken, wilder wurde der Wind, unwilliger brummten die Kronen der Fuhren und die Wipfel der Fichten. Dann und wann erscholl aus ihnen ein schneidender Pfiff oder ein knarrendes Stöhnen. Trockene Zweige zerbrachen und faule Äste fielen polternd.

Quer über das Hauptgestell flutet der Bach, eine breite Furt mitten im Wege bildend, über die ein schmaler Steg führt. Ich lehnte an dem Geländer und klopfte den Pfeifenrest in das Wasser. Ein sonniger Maientag fiel mir ein, hier verlebt, als die goldenen Lilien an dem Ufer blühten und die ganze Wohld von Vogelstimmen schallte. Fahl, wie das faule Laub in dem braunen Wasser, ward mir das Gedenken an jenen Tag.

Rauh rief der Kolkrabe über den Kronen der Fuhren. Der Wind warf mir nasse Flocken in das Gesicht. Ängstlich lockten im Gezweige der Fichten die Haubenmeisen, schüchtern zirpten im dunklen Geäste die Goldhähnchen. Hohl heulte der Wind und verdrossen murmelte der Bach neben dem Wege her, der sich im Brandmoore verlor. Da sah es düster und verlassen aus. Schwarz und gespenstig ragten aus fahlen Halmen verkohlte Stämme. Ich stand und starrte auf die Baumgruppe; meine Gedanken sahen ebenso schwarz und tot aus wie sie.

Ein hohler Husten kam hinter dem verrottenden Farn zu meiner Rechten. Ich nahm Deckung hinter einer krausen Fuhre und wartete, bis das vom Lungenwurm befallene Schmalreh an mir vorbeizog.

Jämmer sah es aus, ruppig und abgekommen. Ich schoß es auf den Hals, brach es auf und zog es quer über den Brandplan nach dem Hochsitze hin, des Fuchses wegen, den ich damit anludern wollte. Denn das Wildbret war ungenießbar. Dann saß ich unter der Schirmfichte und aß unlustig, und ging ohne Freude weiter über feuchte Wege zwischen nassen Dickungen hindurch, pirschte am Bache entlang durch die Wohld, Müdigkeit in den Gliedern, benommen im Kopfe. Und immer schlich die Erinnerung neben mir her und seufzte und stöhnte.

Mit der Dämmerung, die früher da war als sonst, kam ich in das Blockhaus, aß und las und rauchte und kroch bald in den Schlafsack. Aber die geladene Luft ließ mich nicht zur Ruhe kommen. Peinliche Träume quälten mich; sie verquirlten die Vergangenheit mit der Gegenwart und der Zukunft zu albernen Bildern und abgeschmackten Vorstellungen. Um Mitternacht fuhr ich in die Höhe; himmelblaues Feuer erfüllte den Raum und ein furchtbarer Donnerschlag erschütterte das Blockhaus. Ich wollte aus dem Schlafsacke heraus, aber abermals war das hellblaue Licht da und mit ihm ein Schlag, daß die Teller und Töpfe in dem Wandbörde klirrten. Ich fuhr in die Schuhe, warf den Mantel um und öffnete die Tür. Mit gellendem Hohnlachen riß der Sturm sie mir aus der Hand, warf mir eine Schneewolke in das Gesicht und schlug die Tür wieder zu. Ich zog mich gänzlich an, während Blitz auf Blitz zuckte und Donner auf Donner krachte, und trat vor das Haus.

Waagerecht trieb der Schnee und so dicht, daß er wie ein weißes Bettlaken anzusehen war, und doch sah ich alle Augenblicke die Wettertanne vor dem Bruche, den Wald dahinter und die hohe Geest, so schnell folgten sich die Blitze.

Ich zog die Mantelkappe um das Gesicht und lachte in das Winternachtgewitter hinein. Immer böser klang der Donner, immer bitterer sein Widerhall. Von dem Walde her kam ein Weinen und Winseln, und ein Stöhnen und Ächzen, so mißhandelte der Sturm ihn. Rossegeschnaube hörte ich daraus, das Geläute der Meute, Hörnerklang und Peitschenknall. Ich sah den Helljäger dahinreiten, die Saufeder in der Hand. Über seinem Hute flatterten die Raben, vor seinem achtfüßigen Schimmel hechelten die Grauhunde. Er warf den Jagdspieß, daß es blitzte, und juchte die Meute an, daß es donnerte. Ich rief ihm Weidmannsheil zu, gellte ihm ein Horüdho nach und wünschte ihm ein froh Gejaid. Da flammte es an der Wetterfichte hinunter; eine Fackel wurde aus ihr. Rot wehte sie aus dem weißen Gestöber heraus. Und abermals fiel Feuer vom Himmel und die Krone der Hudeeiche flog auf den Bruchweg, und beim dritten Male loderte der alte Schafstall auf und stand in hellichter Glut. Ein Fluchwort klang, ein Pfiff schrillte, eine Verwünschung gellte aus den Wolken nach mir hin; ich gedachte, daß Wode keine Zeugen aus Fleisch und Bein haben will, weidwerkt er in den heiligen Zwölfen. Scheu trat ich zurück und schloß die Tür hinter mir. Als die Uhr auf eins zeigte und die

Stunde vorüber war, die dem toten Gotte gehört und seiner verblichenen Getreuschaft, brach das wilde Wetter ab. Als ich dann spät erwachte, war alles weiß, das Bruch und die Wohld und die hohe Geest hinter ihm; heller Sonnenschein lag auf dem blanken Lande. Nun steht der Mond über dem Bruche und die Sterne haben sich zu ihm gesellt. Taghell leuchtet es in das Türloch hinein. Die Luft trägt den Klang des Weihnachtsläutens vom Dorfe heran. Ich sehe nach der verkohlten Wettertanne; das ist mein Weihnachtsbaum, dieses nackte schwarze Baumgespenst. Der Mond schmückt die Astzacken mit hellen Lichtern; doch kein rotbäckiger Apfel lacht daran und nicht eine einzige goldene Nuß. Die Weihnachtsglocke ist verstummt; Hundegeheul, langgezogen und unheimlich, tönt herüber.

Der Mond sieht mir gerade in das Gesicht. Ich merke, was er will. Ich ziehe das weiße Zeug über, setze die weiße Kappe auf, pudere mir das Gesicht ein, binde die indianischen Schneeschuhe unter die Sohlen, schlage das Fernrohr auf den Drilling, streife die weißen Wollhandschuhe über, stecke die Pfeife an und schlurfe in das Bruch hinein, in das weiße, weite, schweigende Bruch. An Machangelbüschen komme ich vorüber, die wie Gespenster in Totenhemden aussehen, überschreite den Steg, unter dem der Bach gluckst und schluckst, sehe die Rehe wie dunkle Schatten über die helle Wiese ziehen, und stehe dann vor dem Fuhrenwald, der sich gestern noch stolz und geschlossen erhob. Heute ist er nur noch halb da. Kreuz und quer liegen die Stämme da, aus dem Boden gerissen oder mitten abgebrochen. Schlimm hat der Sturm hier gehaust.

Ich umgehe die Wohld, in der es weder Weg noch Steg gibt, und schleiche zwischen ihr und der Heide entlang. Bei dem großen Findelstein bleibe ich stehen und spähe an der Dickung entlang. Vier schwarze Gestalten treten aus ihr hervor und ziehen über den weißen Plan; Rotwild ist es, das zu Felde will. Eine Viertelstunde verhoffen sie und sichern, dann trollen sie der Feldmark zu, und sobald sie außer Sicht sind, gehe ich weiter, bis die Dickung zur Linken und die Wohld zur Rechten die Heide ablösen. Totenstille ist um mich; mir ist, als hörte ich die Einsamkeit atmen. Wenn dann und wann ein Schneeklumpen von einem Ast rutscht, so ist das weithin vernehmlich. Ich schlurfe so leise wie möglich dahin, bei jedem Quergestell stehenbleibend und es abspähend, ob nicht ein Stück Wild daraufsteht, und inzwischen die Fährten und Spuren musternd, die auf dem verschneiten Knüppeldamm stehen. Ich suche die Fährte der groben Sau, hinter der ich nun schon eine ganze Weile her bin. Aber nur Rotwild spürt sich, und Rehzeug, Fuchs und Hase, und hier an der Brücke der Edelmarder.

Langsam schliere ich dahin, von meinem Schatten begleitet. Meine Gedanken sind nicht so grau und trübe wie gestern; kühl sind sie nun, still und eben, wie die verschneite Heide vor mir. Ich lege den Rucksack auf den Irrstein, setze mich darauf; zünde meine

Pfeife an und harre. Eine Eule streicht lautlos an der Wohld entlang und kommt nach einer Weile zurück. Ich mäusele sie heran. Hart bis vor mein Gesicht schwebt sie,.so daß ich ihre Augen sehen kann; dann schwenkt sie um mich herum und verschwindet. Nach einer Weile höre ich es hinter mit verstohlen und leise brechen und dann auf einmal hastiger und laut. Das wird der Fuchs gewesen sein, der auf das Reizen herangeschlichen ist und Wind bekommen hat. Eine Ricke mit ihrem Kitz überfällt den Graben und zieht durch das Heidfeld; seltsam groß sehen die beiden aus.

Bei dem stillen Passen schweben, wie dunkle Nachtvögel, schwarze Gedanken zu mir her; ich hänge den Rucksack wieder um und schlurre quer über die Heide. An ihrem Ende steht die Fährte der Sau aus der Dickung heraus und nach der Wohld zu. Ich suche die nächste Brandrute und tauche in der Wildnis unter. Zweimal hat der Keiler den Weg gekreuzt. Hinter der Brücke mache ich halt, denn ich höre es zur linken Hand laut brechen. Ich warte und warte, doch das Geräusch verstummt und ich fahre weiter durch die schweigende Wohld, bis plötzlich weit vor mir ein schwarzes Ding auf der Bahn steht, einen Augenblick verhofft und in das gegenüberliegende Jagen trollt, dort laut brechend. Das ist der Keiler; er nimmt den Wechsel auf das Brandmoor zu. Findet er die Ricke, die ich gestern von ihrer Qual erlöste, so kann er vielleicht mein werden. Vor dem Moore schreckt ein Altreh mit grober Stimme anhaltend, und jetzt hell ein Schmalreh; sie haben Wind von der Sau bekommen. Das Schmälen verliert sich nach dem Bruche zu.

Eilig, aber mit aller Umsicht, fahre ich dem Hauptgestelle zu und auf ihm entlang. Einmal muß ich lange anhalten, denn ein Rottier mit seinen beiden Kälbern steht vor mir auf der Bahn und äst sich an den Brombeeren. Nach einer Viertelstunde erst treten die drei Stücke in den Bestand und ich kann weiterschleichen. Bei der Findelsteinbrücke maust der Fuchs; leicht könnte ich ihm die Kugel antragen, aber ich denke an den Keiler und lasse den Rotrock aus, der, wie ich näher komme, einen Augenblick sichert und dann mit einer Flucht in der Dickung verschwunden ist. Je näher ich dem Moore komme, um so langsamer und leiser trete ich, und immer wieder merke ich darauf, ob mein Atem auch nicht umschlägt und mir zeigt, daß die Luft hier falsch zieht; aber er bleibt stetig hinter mir und so kann ich vor dem Ende der Bahn das Moor abspähen.

Da sieht es heute noch unheimlicher aus als gestern, denn gespenstig starren die schwarzen Baumgerippe aus dem Schnee heraus. Von dem stärksten der toten Stämme löst sich ein schwarzer Klumpen ab; die Eule ist es; sie schwebt über die Blöße, wendet aber so plötzlich und streicht so eilig davon, daß ich fühle, dort muß irgend etwas sein, das sie vergrämt hat. Jetzt höre ich auch ein Brechen und ein Blasen und ein Schmatzen und sehe einen schwarzen Klumpen; die Sau hat das Luder angenommen und tut sich gütlich daran. Ich wage einen Gang voran und bleibe aufatmend stehen; die Sau hat mich nicht vernommen. Ich wage noch einen Schritt, und noch einen, nach jedem ein Weilchen verharrend; doch die Sau ist so eifrig bei dem Fraße, daß ich bis zu der Eiche kommen kann.

Nahe genug bin ich; doch ich kann nicht erkennen, wie der Keiler steht. Und so warte ich und warte, bis endlich ein Windhauch die Zweige rührt, ein Schneeklump herunterrutscht, die Sau einen Augenblick verhofft und ich deutlich sehen kann, daß sie mir das rechte Blatt halb von hinten weist. Ich besinne mich nicht lange, streiche an der Eiche an, suche, bis ich die Spitze des Zielfernrohrkreuzes hinter dem Blatt habe, und steche ein. Bei dem leisen Knikken des Abzuges hat die Sau das Gebräch hoch und verhofft, behält aber ihre Stellung. So lasse ich fahren, sehe schnell hinter dem roten Feuerstrahl her, kann aber nichts erkennen, höre den Keiler nur abgehen, daß es kracht und knastert. Ich nehme das Fernrohr von der Waffe, lade den leeren Lauf, spanne wieder, warte ein Weilchen und gehe dann vorsichtig auf den Anschuß, aufmerksam um mich blickend. Von dem Reh ist nicht viel mehr da als Kopf, Rücken und Läufe, und so zertreten und verschmiert ist der Schnee, daß ich vergebens nach Schußzeichen suche.

Aber in der Fährte liegt Schweiß, guter heller Schweiß, einen regelrechten Lungenschuß anzeigend. Schritt vor Schritt rücke ich vor bis an die halbausgebrannte Dickung, in die die Rotfährte hineinführt, und dann stehe ich und lausche, ob ich kein Brechen oder Blasen höre. Doch ich vernehme nichts und so umschlage ich die Büsche, bis ich die Fährte wiederhabe, die nach dem Bruche zusteht. Schneller darf ich hier vorwärtsgehen, denn bis vor das Bruch habe ich die Wiese, die blank und klar daliegt bis auf die wenigen Weidenbüsche darin. Sobald die Fährte aber auf einen davon zusteht, werde ich langsamer und sehe schärfer zu, damit die Sau nicht unversehens vor mir ist und mich annimmt.

Nun ist die Wiese bald zu Ende; dann beginnt das Bruch und darin wird die Nachsuche schwerer und gefährlicher. Ich überlege, ob ich nicht lieber zur Jagdbude hinrutschen, schlafen und in der Frühe mit dem Jagdhüter und dem Hunde nachsuchen soll, da bekomme ich vor dem Staugraben einen schwarzen Fleck zu Blick, auf den die immer mehr Schweiß zeigende Fährte zusteht. Das wird die Sau sein. Ganz langsam rücke ich vor, den Dreilauf schußfertig in der Hand, doch die Wundfährte führt im Bogen abseits, über den Staugraben hinweg, steht steil auf das Bruch zu, wendet dann aber und hält doch auf den schwarzen Klumpen zu, und da endet sie. Denn das, was da vor mir liegt, lang ausgestreckt, und ohne einen Lauf zu rühren, das ist die Sau, ein vierjähriger Keiler.

Ich ziehe das weiße Zeug aus und breche die Sau auf, so gut ich das allein kann. Das ist eine langweilige und häßliche Arbeit, die mir den Schweiß vor die Stirn treibt. Dann binde ich einige Papierfetzen an die Läufe und Gehöre des Keilers, damit der Fuchs ihn nicht anschneidet, ziehe das helle Zeug wieder an, binde die Schneeschuhe unter und rutsche durch das Bruch der Jagdbude zu. Eine Wolke tritt vor den Mond; es beginnt verloren zu schneien, und wie ich vor der Geest bin, wirbeln die Flocken schon dichter und der Wind bläst stärker. Mit Pirsch und Ansitz ist es nun aus und ich kann mit gutem Gewissen in den Schlafsack kriechen.

Ehe mir die Augen zufallen, überdenke ich noch einmal den schwarzen Tag von gestern und die helle Nacht, die darauf folgte, und was sie mir brachte: Gelassenheit für das Herz und eine gute Beute. Lieber wäre mir ja ein Weihnachten anderer Art; doch man muß das Leben nehmen wie es ist, und kommt nach Stum und Regen auch nicht die Sonne, kühler Vollmondschein hat auch seinen Wert.

Johann Peter Hebel

Mancherlei Regen

Der beste Regen, meint der Adjunkt, sei doch immer der, mit welchem der Himmel unsere Felder und Weinberge tränkt und den Segen fruchtbarer Zeiten sendet. Aber was sagen wir dazu, fragt der Adjunkt, wenn Schwefel oder Blut regnet, wenn Frösche, Steine oder gar Soldatenhüte regnen?

Schwefelregen

Nach den Gewittern im Frühjahr, wenn sie mit starken Regengüssen verbunden waren, sieht man oft am Rande der Lachen, die vom stehenden Regenwasser entstanden sind, ein gelbes Pulver, das wie kleingeriebener Schwefel aussieht. Nun meinen ohnehin noch viele Leute, daß die Gewitter von schweflichen Dünsten entstehen, die sich in den Wolken erzeugen, und bilden sich alsdann ein, es sei mit dem Regen solcher Schwefel vom Gewitter herabgefallen, und denken daran, daß ja auch schon einmal Feuer und Schwefel vom Himmel regnete auf Sodom und Gomorra. Allein, fürs erste wohnen wir gottlob nicht in Sodom und Gomorra. Für das andere kann manchmal etwas so oder so aussehen, und es ist doch etwas anders, wie man schon oft mit Schaden erfahren hat.

Und so ist auch das gelbe Pulver auf den Regenpfützen kein Schwefel, auch wenn es sich am Feuer entzündet nicht, sondern Blütenstaub von den Bäumen. In den Tulpen stehen inwendig im Ring herum sechs kleine Säulen, auf deren Spitzen ein schwarzer Staub sitzt. Wer daran riecht, bekommt daher eine schwarze Nase. Auf den Lilien ist er schön gelb, und wer an eine weiße Lilie riecht, bekommt davon eine gelbe Nase. Das ist Blütenstaub. Er findet sich in allen Blumen und in allen Blüten, denn er ist unentbehrlich und notwendig, wenn aus der Blüte Frucht und Samen entstehen soll. Wenn es nun im Frühjahr, wo die Bäume blühen, starke Regengüsse gibt, so schwemmt der Regen diesen Staub von den Blüten ab, und dies ist auch eine Hauptursache, warum kein gutes Obstjahr zu erwarten ist, wenn es viel in die Blüten geregnet hat. Wo nun viel solcher Bäume beisammen stehen, da schwemmt auch der Regen viel solchen Blütenstaub herab. Dieser sammelt sich alsdann wieder auf der Erde und bleibt liegen, wenn das Wasser verdünstet, und das ist der vermeintliche Schwefelregen. Im Sommer und Spätjahr, wo doch die Gewitter meistens heftiger sind, wird niemand mehr etwas von Schwefelregen sehen, weil dann das Blühen ein Ende hat. Da regnen Äpfel, Nüsse, Eicheln von den schweren Ästen der Bäume herab, aber kein eingebildeter Schwefel mehr.

Im Frühjahr und im Sommer kann es wohl geschehen, daß man hie und da viele Tropfen, wie Regentropfen, noch naß oder vertrocknet, auf dem Laub oder auf Gegenständen von hellerer Farbe wahrnimmt, die auf der Erde liegen, z. B. auf Tuch, das zum Bleichen in Grasgärten ausgebreitet wird. Und weil man nicht begreifen kann, woher das kommen mag, und weil man lieber etwas Unglaubliches als etwas Natürliches glaubt, so faßt mans kurz und sagt, es habe Blut geregnet, und das bedeute Krieg.

Allein, wie nicht alles Schwefel ist, was gelb aussieht, so ist auch nicht alles Blut, was eine rote Farbe hat. Diesmal geht die Sache so zu. Aus einem kleinen Ei, das den Winter über irgendwo an einer Hecke oder an einem Baumzweig klebte, brütete im Frühjahr die Sonnenwärme ein kleines lebendiges Räuplein aus. Nach wenig Wochen, wenn sich die Raupe groß und rund gefressen hat, kriecht sie irgendwo in die Höhe, wenn sie nicht schon oben ist, hängt sich mit dem Hinterteil des Körpers fest, mit dem Kopfe abwärts, streift die Raupenhülle ab und verwandelt sich in eine eckige Gestalt, die man Puppe nennt, ohne Kopf, ohne Füße und Flügel. Man sieht dem Ding nicht an, was es sein und werden soll. Aber wieder nach kurzer Zeit spaltet sich die Haut, und es kommt etwas mit kleinen, zusammengeschrumpften Flügeln um einen dicken, unförmlichen Hinterleib hervor, dem man wohl ansieht, daß es gern ein Schmetterling oder Sommervogel werden möchte. Nach wenigen Stunden, wo es stille sitzenbleibt, sind die schönen farbigen Flügel gewachsen und ausgebreitet. Aus dem Hinterleib gehen sechs bis acht rote Tropfen ab, die auf die Erde herabfallen; alsdann ist der Sommervogel gemacht und flattert leicht und fröhlich in der Luft herum und von Blume zu Blume. Das kann der liebe Gott, aus einer häßlichen und verachteten Raupe einen schönen und fröhlichen Sommervogel machen. Wo nun ganze Hecken oder Bäume im Frühjahr mit Gespinst überzogen sind, in welchem viele tausend solcher Eier verborgen sein können, da brütet auch die Sonnenwärme alle auf einmal aus. Alle, die davonkommen, können daher auch, wenn sie reichlich Nahrung haben, zu gleicher Zeit ihre Vollkommenheit erreichen, zu gleicher Zeit sich in Puppen verwandeln und zu gleicher Zeit als Schmetterling wieder aus der Puppe zurückkehren. Wo nun viele dergleichen nahe beisammen sind, da geben sie auch viele Tropfen von sich, ehe sie davonfliegen. Hundert in einem Garten können schon sechs- bis achthundert Tropfen geben, und das ist alsdann der eingebildete Blutregen.

Froschregen

Man spricht auch von einem Froschregen. Aber das wird doch niemand gesehen haben, daß es Frösche aus der Luft regnet. Die Sache verhält sich ganz kurz so. Im Sommer, bei anhaltend trockener Hitze, zieht sich eine Art von Landfröschen in benachbarte Wälder und Buschwerke zurück, weil sie dort einen kühlen und feuchten Aufenthalt haben, und verhalten sich ganz stille und verborgen, so daß sie niemand bemerkt. Wenn nun ein sanfter Regen fällt, so kommen sie in zahlreicher Menge wieder hervor und erquikken sich in dem nassen, kühlen Gras. Wer alsdann in einer solchen Gegend ist und auf einmal so viele Fröschlein sieht, wo doch vorher kein einziges zu sehen war, der kann sich nicht vorstellen, wo auf einmal so viele Frösche herkommen; und da bilden sich einfältige Leute ein, es habe Frösche geregnet. Denn aus lieber Trägheit läßt man eher die unvernünftigsten Dinge gelten, als man sich die Mühe gibt, über die vernünftigen Ursachen dessen nachzudenken oder zu fragen, was man nicht begreifen kann.

Steinregen

Aber mit dem Steinregen verhält es sich anders. Das ist keine Einbildung. Denn man hat darüber viele alte, glaubwürdige Nachrichten und neue Beweise, daß bald einzelne schwere Steine, bald viele miteinander von ungleicher Größe mir nichts, dir nichts aus der Luft herabgefallen sind. Die älteste Nachricht, welche man von solchen Ereignissen hat, reicht bis in das Jahr 462 vor Christi Geburt. Da fiel in Thrazien oder in der jetzigen türkischen Provinz Rumili ein großer Stein aus den Lüften herab, und seit jener Zeit bis jetzt, also in 2267 Jahren, hat es, soviel man weiß, achtunddreißigmal Steine geregnet. Zum Beispiel im Jahre 1492 am 4. November fiel bei Ensisheim ein Stein, der zweihundertsechzig Pfund schwer war. Im Jahr 1672 bei Verona in Italien zwei Steine von zweihundert und dreihundert Pfund. Nun kann man denken, von alten Zeiten sei gut etwas erzählen. Wen kann man fragen, obs wahr sei? Aber auch ganz neue Erfahrungen geben diesen alten Nachrichten Glauben. Denn im Jahr 1789 und am 24. Juli 1790 fielen in Frankreich und am 16. Juni 1794 in Italien viele Steine vom Himmel, das heißt hoch aus der Luft herab. Und den 26. April 1803 kam bei dem Ort l'Aigle im Orne-Departement in Frankreich ein Steinregen von zwei- bis dreitausend Steinen auf einmal in großem Getöse aus der Luft.

Sonntags, den 22. Mai 1808, sind in Mähren Steine vom Himmel gefallen. Der Kaiser von Österreich ließ durch einen sachkundigen Mann Untersuchung darüber anstellen. Dies ist der Erfund: Es war ein heiterer Morgen, bis um halb sechs Uhr ein Nebel in der Luft einrückte. Die Filialleute von Stannern waren auf dem Weg in die Kirche und dachten an nichts. Plötzlich hörten sie drei starke Knälle, daß die Erde unter ihren Füßen zitterte, und der Nebel wurde auf einmal so dicht, daß man nur zwölf Schritte weit zu sehen vermochte. Mehrere schwächere Schläge folgten nach und lauteten wie ein anhaltendes Flintenfeuer in der Ferne, oder wie das Wirbeln großer

Trommeln. Das Rollen und das Pfeifen, das zwischendrein in der Luft gehört wurde, brachte daher einige Leute auf den Gedanken, jetzt komme die Garnison von Telisch mit türkischer Musik. An das Kanonieren dachten sie nicht. Aber während sie vor Verwunderung und Schrecken einander ansahen, fing in einem Umkreis von vier Stunden ein Regen an, gegen welchen kein Mantel oder Maltersack über die Achseln schützte. Eine Menge von Steinen, von der Größe einer welschen Nuß bis zu der Größe eines Kindskopfes und von der Schwere eines halben Lotes bis zu sechs Pfund, fielen unter beständigem Rollen und Pfeifen aus der Luft, einige senkrecht, andere wie in einem Schwung. Viele Leute sahen zu, und die Steine, welche sogleich nach dem Fallen aufgehoben wurden, waren warm. Die ersten schlugen nach ihrer Schwere tief in die Erde. Einer davon wurde zwei Fuß tief herausgegraben. Die späteren ließen es beim nächsten bewenden und fielen nur auf die Erde. Ihrer Beschaffenheit nach sind sie inwendig sandartig und grau und von außen mit einer schwarzen, glänzenden Rinde überzogen. Die Zahl derselben kann niemand angeben. Viele mögen in das Fruchtfeld gefallen sein und noch in der Erde verborgen liegen. Diejenigen, welche gefunden und gesammelt worden, betragen an Gewicht zweieinhalb Zentner. Alles dauerte sechs bis acht Minuten, und nach einigen Stunden verzog sich auch der Nebel, so daß gegen Mittag alles wieder hell und ruhig war, als wenn nichts vorgegangen wäre. Dies ist die

Begebenheit. Was es aber mit solchen Steinen, die vom Himmel fallen, für eine Bewandtnis habe, daraus machen die Gelehrten ein Geheimnis, und wenn man sie fragt, so sagen sie, sie wissen es nicht.

Hutregen

Am unbegreiflichsten ist es, daß es einmal Soldatenhüte soll geregnet haben. Ein Bürger aus einem kleinen Landstädtchen irgendwo in Sachsen soll eines Nachmittags nicht weit von einem Berg auf seinem Felde gearbeitet haben. Auf einmal ward der Himmel stürmisch; er hörte ein entferntes Donnern; die Luft verfinsterte sich; eine große schwarze Wolke breitete sich am Himmel aus, und ehe der gute Mann es sich versah, fielen Hüte über Hüte rechts und links um und an aus der Luft herab. Das ganze Feld ward schwarz, und der Eigentümer desselben hatte unter vielen Hunderten die Wahl. Voll Staunen lief er heim, erzählte, was geschehen war, brachte zum Beweis davon soviel Hüte mit, als er in den Händen tragen konnte, und der Hutmacher des Orts mag keine große Freude daran gehabt haben. Nach einigen Tagen erfuhr man aber, daß hinter dem Berg in der Ebene ein Regiment Soldaten exerziert hatte. Zu gleicher Zeit kam ein heftiger Wirbelwind oder eine sogenannte Windsbraut, riß den meisten die Hüte von den Köpfen, wirbelte sie in die Höhe über den Berg hinüber, und ließ sie auf der andern Seite wieder fallen. So erzählt man. Ganz unmöglich wäre wohl die Sache nicht. Indessen gehört doch eine starke Windsbraut und folglich auch ein starker Glaube dazu.

Adalbert Stifter

Der Condor

1. Nachtstück

Um zwei Uhr einer schönen Junimondnacht ging ein Kater längs des Dachfensters, und schaute in den Mond. Das eine seiner Augen von dem Strahle des Nachtgestirnes schräg getroffen, erglänzte, wie ein grüner Irrwisch, das andere war schwarz, wie Küchenpech, und so glotzte er zuletzt, am Ende der Kante ankommend, bei einem Dachfenster hinein – und ich heraus. Die großen, freundlichen Räder seiner Augen auf mich heftend, schien er befremdlich fragen zu wollen: »Was ist denn das, du lieber alter Spiel- und Stubengenosse, daß du heute in die späte Nacht dein Gesicht zum Fenster hinaushältst, das sonst immer rot und gesund auf den weißen Kissen lag, und ruhig schlummerte, wenn ich bei meinen Nachtgängen vorbeikam und gelegentlich hineinsah?«

»Ei, Trauter«, antwortete ich ihm auf die stumme Frage, »die Zeiten haben sich nun einmal sehr geändert, das siehst du – die weißen Kissen liegen unzerknittert dort auf dem Bettgestelle und der Vollmond malt die flirrenden Fensterscheiben lieblich drauf, während ich da am Simse sitzen muß und bereits die siebente Pfeife aus dem großen hölzernen Kopfe rauche. Heute Nachts geht nämlich am Himmel das seltenste und tolleste Gestirn empor, was er je gesehen; es wird zwar nicht leuchten, aber wenn nach Verdienst gerichtet wird, so ist etwas in ihm, das strahlenreicher ist, als der Mond und alle Sterne zusammengerechnet, deine glänzenden Augen nicht ausgenommen, Verehrtester!«

Er drehte dieselben, als verstünde er meine Rede, noch einmal so groß und noch einmal so freundlich gegen mich, daß sie wie Glimmerscheiben leuchteten, und die Seite seines weichen Felles gegen meine Hand krümmend und stemmend, hob er sofort sein traulich Spinnen an, während ich fortfuhr, mit ihm zu kosen: »Man sieht viel in einer langen Mondnacht, das wirst du wissen, Lieber, wenn du sonst Beobachtungsgeist besitzest, aber ich wußte es nicht, da ich nie Zeit hatte, eine so recht von Herzen anzuschauen, allein in diesem Harren und Sehnen nach dem Himmel, sintemal der gehoffte Weltkörper nicht kam, hatte ich Muße genug, die Biographie einer Frühlingsnacht zu studieren.«

Da aber Alles wahr ist, was ich hier meinem lieben Freunde Hinze eröffnete, so sehe ich nicht ab, warum ich es nicht auch dem noch liebern Leser, dem dereinst dieses Blatt in die Hände fallen mag, sagen sollte, daß mich wirklich ein närrisches und unglückliches Verhängnis an dieses Fenster kettete, und meine Blicke die ganze Nacht in die Lüfte bannte. Es will fast komisch sein, aber der Leser säße auch bei mir heroben, wenn er das vorher erlebt hätte, was ich.

Leider stieg ich schon viel zu früh auf meine Warte herauf, als noch das leidige Abendgetümmel der Menschen durch die Gassen schleppte, und eine wunderliche Dissonanz bildete zu dem lieben Monde, der bereits mit rosenrotem Angesichte dort drüben zwischen zwei mächtigen Rauchfängen lag und auf meine zwei Fenster herübergrüßte. Mählich puppte sich denn doch endlich Alles, was Mensch heißt, in seine Nachthüllen, und nur die Rufe der Schlemmer tönten hie und da herauf, wie sie ihren späten Nachtweg nach Hause nahmen, – dann hob jene Zeit an, die die Philosophen, Dichter und Kater lieben, die *Nachtstille* – mein vierpfotiger Freund hat eben nicht den übelsten Geschmack für die Zeit seiner Spaziergänge. – Der Mond hatte sich von den Dächern gelöset, und stand hoch im Blau, – ein Glänzen und ein Flimmern und Leuchten durch den ganzen Himmel begann, durch alle Wolken schoß Silber, von allen Blechdächern rannen breite Ströme desselben nieder, und an die Blitzableiter, Dachspitzen, Turmkreuze waren Funken geschleudert. Ein feiner Silberrausch ging über die Dächer der weiten Stadt, wie ein Schleier, der auf den hunderttausend schlummernden Herzen liegt. Der einzige Goldpunkt in dem Meer von Silber war die brennende Lampe drüben in dem Dachstübchen der armen Waschfrau, deren Kind auf den Tod liegt.

So schön das Alles war, so wurden die Stunden doch eine nach der andern länger – die Schatten der Schornsteine hatten sich längst umgekehrt, die silberne Mondkugel rollte schon bergab auf der zweiten Hälfte ihres dunkeln Bogens – es war die tödlichste Stille; nur ich und jenes Lämpchen wachten.

Zweimal schritt Hinze über die Dächer, ohne zu mir zu kommen. Die große Stadt unter mir in der undeutlichen Magie des Mondlichtes schwimmend, lag im tiefsten Schlummer, als sollte man sie atmen hören – und der Himmel an der gesuchten Stelle blieb glänzend einsam, wie er die ganze Nacht gewesen. Dinge, wie ein leises Fluchen, fingen an, sich in meinem Herzen zu rühren. – Es war, als würde es mit jeder Minute lautloser. – Der Mond zog sichtlich der zweiten Halbkugel zu; eine Herde Lämmerwolken, die tief gegen Süden auf der blauen Weide gingen, wurden leise angezündet, und selbst ferne, ferne Wolkenbänke, die schon seit Abend unten am Welthimmel schlummerten, und sich dehnten, und tief in unsere Nacht hinein die Sonne Amerikas widergeschienen hatten, glommen nun vom Monde an, und durch ihre Glieder floß ein blasses Licht, als rührten sie sich leise.

Da schlug es zwei Uhr, und Hinze kam. Er war mir in dieser Nacht ordentlich bedeutsam geworden. Freilich dauerte die Unterhaltung mit ihm nicht lange, da wir beide des Zwiespruchs bald müde waren, und jeder zu unseren Geschäften übergingen.

Das Lämpchen der Witwe war mittlerweile ausgelöscht worden, aber dafür fürchtete ich, daß eine ganz andere angezündet würde, und mein Harren umsonst war; denn im Osten kroch bereits ein verdächtiges Lichtgrauen herum, als sei's der Morgen – auch die Luft, bisher so warm und todesruhig, machte sich auf; denn ich fühlte es schon zweimal kühl aus Osten an mein Gesicht wehen, und das Rauschen der Frühlingsgewässer wurde deutlich von den Bergen herübergetragen. –

Da auf einmal, in einem lichten Gürtel des Himmels, den zwei lange Wolkenbänder zwischen sich ließen, war mir's, als schwebe eine dunkle Scheibe – ich griff rasch um das Fernrohr, und schwang es gegen jene Stelle des Firmamentes – zwei Sterne, ein Stück Mond flattern durch das Objektiv, ich achtete ihrer nicht, bis ich eine große schwarze Kugel erfaßte und festhielt.

Es war richtig, meine Voraussage trifft ein: Gegen den zarten Frühhimmel, so schwach rot erst, wie Pfirsichblüte, zeichnete sich eine bedeutend große dunkle Kugel, unmerklich emporschwebend – und unter ihr an unsichtbaren Fäden hängend, im Glase des Rohres zitternd und schwankend, klein wie ein Gedankenstrich am Himmel – *das Schiffchen*, ein gebognes Kartenblatt, das drei Menschenleben trägt, und sie noch vor dem Frührot herabschütteln kann, so naturgemäß, wie aus der Wolke daneben ein Morgentropfen fällt. Cornelia, du armes verblendetes Kind! möge dich Gott retten und schirmen!

Ich mußte das Rohr weglegen; denn es wurde mir immer grauiger, daß ich durchaus die Stricke nicht sehen konnte, mit denen das Schiff am Ballone hing.

Ist nun auch die *zweite* Tatsache so gewiß, wie die

erste, dann ade mein Herz – dann kanntest du, und liebtest du das schönste, großherzigste und leichtsinnigste Weib!

Ich mußte doch das Rohr wieder nehmen; aber der Ball war nicht mehr sichtbar, wahrscheinlich hatte ihn das obere jener Wolkenbänder aufgenommen, gegen dessen Grund seine Zeichnung verschwand. Ich wartete und suchte noch lange am Himmel, – fand ihn aber nicht mehr.

Mit einem seltenen Gefühle des Unwillens und der Angst legte ich das Fernrohr weg, und starrte in die Lüfte, bis eine andere, aber glühende Kugel emporstieg, und ihr strahlendes Licht über die heitere Stadt ausgoß, und auf meine Fenster, und auf einen ungeheuren, klaren, heitern, *leeren* Himmel!

2. Tagstück

Der junge Mann, aus dessen Tagebuch das Vorstehende wörtlich genommen wurde, war ein angehender Künstler, ein Maler, noch nicht völlig zweiundzwanzig Jahre alt, aber seinem Ansehen nach hätte man ihm kaum achtzehn gegeben. Aus einer Fülle blonder Haare, die er noch fast knabenhaft in Lokken trug, sah ein unbeschreiblich treuherziges Gesicht, weiß und rot, voll Gesundheit, geziert mit den Erstlingen eines Bartes, den er sehr liebte, und der kindisch trotzig auf der Oberlippe saß – zwei dunkelblaue schwärmerische Augen unter einer ruhigen

Stirne, auf der noch alle Unschuld seiner Kindheit wohnte. Wirklich hatte er auch von dem Hause seines Vaters, der ein armer Landmann im Hochgebirge war, alle Herzenseinfalt seines Tales, und ein bedeutendes Wissen seines Kopfes in die große lasterhafte Stadt gebracht.

Und so saß er früh nach jener für ihn denkwürdigen Nacht, die er eben beschrieb, auf seiner Dachstube, die nach und nach voll warmen Morgenlichtes anquoll, rückgelehnt auf die hohe Lehne eines tuchenen altmodischen Sessels, dessen unzählige gelbe Nägel im Frühlichte einen gleißenden Sternenbogen um ihn spannten. Die Hände ruhten in dem Schoße, und die Augen schauten auf die leere Leinwand, die vor ihm auf der Staffelei stand, aber sie sannen nicht auf Bilder, sondern in ihrem tiefen schwermütigen Feuer stand der Anfang einer Leidenschaft, die düster selig in dem Herzen anbrannte und trotzig schön in das kindliche Antlitz trat; – auf dem unbeschriebenen Blatte die ersten Lettern der großen Stadt, der Titel, daß nun ein heißes Leben beginne voll Seligkeit und Unruhe, aber fernabliegend von der friedlichen Insel seiner Kindheit.

Die Liebe ist ein schöner Engel, aber oft ein schöner Todesengel für das gläubige betrogene Herz! – Sein Nachtgenosse, Hinze, der Kater seiner Mietfrau, lag auf dem breiten Fenstersimse, und schlief in den Strahlen der Morgensonne. Nicht weit davon auf der Zeichnung eines Cherubs lag das Fernrohr. Unten in den Gassen lärmte bereits die Industrie einer großen Hauptstadt, sorgend für den heutigen Hunger und für die heutige Üppigkeit.

Während nun der Künstler so saß in seiner engen Dachstube, die ihm der Himmel mit Sonnenglanz angefüllt hatte, begab sich anderswo eine andere Szene; hoch am Firmamente in der Einöde unbegrenzter Lüfte schwebte der Ballon und führte sein Schiffchen und die kühnen Menschen darin in dem blauen Ozean mit einem sanften Luftstrome westwärts. Rings ausgestorbene Stille, nur zeitweise unterbrochen durch das zarte Knarren des Taftes, wenn der Ostwind an seinen Wänden strich, oder durch ein kaum hörbares Seufzen in dem seidnen Tauwerk.

Drei Menschen, ebenfalls im tiefsten Schweigen, saßen in dem Schiffe bis ans Kinn in dichte Pelze gehüllt, und doppelte grüne Flöre über die Gesichter. Durch einen derselben schimmerten die sanften Umrisse eines schönen blassen Frauenantlitzes mit großen geistvollen zagenden Augen – und somit war die zweite Tatsache richtig, welche der nächtliche Beobachter der Auffahrt voraus geahnet hatte.

Aber wie sie hier schiffte, war in ihr nicht mehr zu erkennen jene kühne Cornelia, die gleich ihrer altrömischen Namensschwester erhaben sein wollte über ihr Geschlecht, und gleich den heldenmütigen Söhnen derselben, den Versuch wagen, ob man nicht die Bande der Unterdrückten sprengen möge, und die an sich wenigstens ein Beispiel aufstellen wollte, daß auch ein Weib sich frei erklären könne von den willkürlichen Grenzen, die der harte Mann seit Jahrtausenden um sie gezogen hatte – frei, ohne doch an Tugend und Weiblichkeit etwas zu verlieren. Sie war nicht mehr, was sie kaum vor einer halben Stunde noch gewesen war; denn Alles was anders geworden, als sie es sich gedacht hatte.

In frühester Morgendämmerung, um jeder unberufenen Beobachtung zu entgehen, ward die Auffahrt veranstaltet, und hochgehobnen Herzens stand die schöne Jungfrau dabei, als der Ballon gefüllt wurde, fast nicht bändigend den klopfenden Busen, und das ahnungsreiche Erwarten der Dinge, die da kommen sollten.

Dennoch war es ein banger Augenblick für die umstehenden Teilnehmer, als der unscheinbare Taft zu einer riesenhaften Kugel anschwoll, die die mächtigen Taue straff spannte, mit denen sie an die Erde gebunden war. Seltsame Instrumente und Vorrichtungen wurden gebracht, und in die Fächer des Schiffes geschnallt. Ein schöner großer Mann – sonst war er sanft, fröhlich und wohlgemut, heute blaß und ernst – ging vielmal um die Maschine herum und prüfte sie stellenweise um ihre Tüchtigkeit.

Endlich fragte er sie, ob sie auf ihrem Wunsche beharre, und auf das Ja sah er sie mit einem seltsamen Blicke der Bewunderung an, und führte sie ehrerbietig in das Schiff, bemerkend, daß er ihr nicht mit Wiederholung der Warnungen lästig sein wolle, die er ihr vor vierzehn Tagen gemacht, da sie dieselben ohne Zweifel wohl überlegt haben werde. Er wartete noch einige Minuten, und da keine Antwort erfolgte, so stieg auch er ein, und ein alter Mann, wahrscheinlich eine Art ergrauter wissenschaftlicher Famulus.

Einen Blick noch tat Cornelia auf die Bäume des Gartens, die vermummt ins Morgengrau wie Nebelriesen dastanden – dann erscholl aus dem Munde ihres Begleiters der Ruf: »Nun so laßt im Namen Gottes den braven Condor fliegen – löst die Taue!« Es geschah, und von den tausend unsichtbaren Armen der Luft gefaßt und gedrängt, erzitterte der Riesenbau der Kugel und schwankte eine Sekunde. Dann sacht steigend zog er das Schiffchen los vom mütterlichen Grund der Erde, und mit jedem Atemzug an Schnelle gewinnend, schoß er endlich pfeilschnell senkrecht in den Morgenstrom des Lichtes empor – und im Momente flogen auch auf seine Wölbung und in das Tauwerk die Flammen der Morgensonne, daß Cornelia erschrak und meinte, der ganze Ballon brenne, denn wie glühende Stäbe schnitten sich die Linien der Schnüre aus dem indigoblauen Himmel, und seine Rundung flammte wie eine riesenhafte Sonne. Die zurücktretende Erde war noch ganz schwarz und unsichtbar – in Finsternis verrinnend. Weit in Westen auf einer Nebelbank lag der erblassende Mond.

So schwebten sie höher und höher, immer mehr und mehr an Rundsicht gewinnend. Zwei Herzen und vielleicht auch das dritte alte, pochten der Größe des Augenblickes entgegen.

Die Erhabenheit begann nun allgemach ihre Pergamente aus einander zu rollen – und der Begriff des

Raumes fing an, mit seiner Urgewalt auf die Phantasie der Schiffenden zu wirken. Sie stiegen einem Archipel von Wolken näher, die der Erde eben ihre Morgenrosen sandten, hier oben aber weißschimmernde Eisländer waren, die auf dem dunklen Strome schwimmen und mit Schlünden und Spalten dem Schiffe entgegenstarren. In diesem Augenblicke ging auf der Erde die Sonne auf, und sie wurde wieder weithin sichtbar. Es war noch das gewohnte Mutterantlitz, wie wir es oft von hohen Bergen sehen, nur lieblich schön errötend unter dem Strahlennetz der Morgensonne, das sie um ihre Züge wob in dem Augenblick, als sie auch die Fenster von dem Dachstübchen vergoldete, in dem der arme junge Meister saß.

»Wie weit, Coloman?« fragte der Aëronaute.

»Fast Montblancs Höhe, Mylord«, antwortete der alte Mann am andern Ende des Schiffchens, »wohl über dreizehntausend Fuß.«

»Gut.«

Cornelia sah behutsam über Bord des Schiffes, und tauchte ihre Blicke senkrecht nieder durch den luftigen Abgrund auf die liebe verlassene, nunmehr schimmernde Erde, ob sie an ihr bekannte Stellen entdecken möge – aber siehe, Alles war fremd. Die vertraute Wohnlichkeit derselben war schon nicht mehr sichtbar, und mithin auch nicht die Fäden, die uns an ein teures kleines Fleckchen binden, das wir Heimat nennen. Wie große Schatten zogen die Wälder gegen den Horizont hinaus – ein wunderliches Bauwerk von Gebirgen, wie wimmelnde Wogen, ging in die Breite und lief gegen fahle Flecken ab, wahrscheinlich Gefilde. Nur ein Strom war deutlich sichtbar, ein dünner zitternder Silberfaden, wie sie oft im Spätherbst auf dunkler Haide spinnen, und über dem Ganzen schien ein sonderbar gelbes Licht zu schweben.

Wie sie ihre Blicke wieder zurückzog, begegnete sie dem ruhigen Auge des Lords, an dem sie sich erholte. Er stellte eben ein Teleskop zu recht und befestigte es. Dies nun war der Augenblick, in welchem wir den Ballon trafen, als wir uns aus der Stube des Künstlers entfernten. Er zog, wie wir sagten, mit einem schwachen Luftstrom aufwärts, ohne weiter zu steigen; denn schon über 40 Minuten fiel das Quecksilber in der Röhre gar nicht mehr. Die beiden Männer arbeiteten mit ihren Instrumenten. Cornelia drückte sich tiefer in ihre Gewänder und in die Ecke ihres Sitzes. Die fließende Luft spielte um ihre Lokken und das Fahrzeug wiegte sich. Von ihrem Herzen gab sie sich geflissentlich keine Rechenschaft.

Die Stille wurde unterbrochen durch monotone Laute der Männer, wie Einer diktierte, der Andere schrieb. Am Horizonte tauchten jetzt in nebelhafter Ferne ungeheure schimmernde Schneefelder auf, die sich Cornelia nicht enträtseln konnte. »Es ist das Mittelmeer, verehrtes Fräulein«, sagte Coloman, »wir wollen hier noch einige Luftproben in unsere Fächer schöpfen und die Elektrizität prüfen, dann sollen Sie den Spiegel noch viel schöner sehen, nicht mehr silbern, sondern wie lauter blitzendes Gold.«

Hierauf folgten die bemerkten Arbeiten. Dann legte der junge Aëronaute eine Phiole mit starkem Kaffee in ungelöschten Kalk, goß Wasser auf und wärmte so die Flüssigkeit, dann Rum dazu mischend, reichte er der Jungfrau einen Becher des heißen und erhitzenden Getränkes. Bei der großen Kälte fühlte sie die wohltätige Wirkung wie neues Leben durch ihre Nerven fließen. Auch die Männer tranken. Dann sahen sie sich mit fragenden Blicken an, und der jüngere nickte. Hierauf fing der ältere an, Säcke mit Sand, die im Schiff standen, über Bord zu leeren. Der Condor wiegte sich in seinem Bade und wie mit den prächtigen Schwingen seines Namensvetters hob er sich feierlich in den äußersten Äther – und hier nun änderte sich die Szene schnell und überwältigend.

Der erste Blick war wieder auf die Erde – es war nicht mehr das wohlbekannte Vaterhaus; in einem fremden goldenen Rauche lodernd, taumelte sie gleichsam zurück, an ihrer äußersten Stirne das Mittelmeer wie ein schmales gleißendes Goldband tragend, überschwimmend in unbekannte phantastische Massen. Erschrocken wandte die Jungfrau ihre Augen zurück, als hätte sie ein Ungeheuer erblickt, – aber siehe, auch um das Schiff walleten weithin weiße, dünne, sich dehnende und regende Leichentücher – von der Erde gesehen Silberschäfchen des Himmels; – zu diesem Himmel nun floh der Blick – aber das Himmelsgewölbe, die schöne blaue Glocke unserer Erde, war ein ganz schwarzer Abgrund geworden, ohne Maß und Grenze in die Tiefe gehend –

das Labsal, das wir so gedankenlos genießen, war hier oben ganz verschwunden, die Fülle und Flut des Lichtes auf der schönen Erde. Wie zum Hohne wurden alle Sterne sichtbar – winzige, ohnmächtige Goldpunkte, verloren durch die Öde gestreut – und endlich die Sonne, ein drohendes Gestirn, ohne Wärme, ohne Strahlen, eine scharf geschnittene Scheibe, aus wallendem, blähenden, weißgeschmolzenen Metalle glotzte sie mit vernichtendem Glanze aus dem Schlunde – und doch nicht einen Hauch des Lichtes festhaltend in diesen wesenlosen Räumen; nur auf dem Ballon und Schiffe starrte ein gelbes Licht, das sich gespenstig von der umgebenden Nacht abhob, und die Gesichter scharf zeichnete wie in einer *laterna magica*.

Und dennoch (die Phantasie begriff es kaum) war es noch unsere zarte liebe Luft, in der sie schifften, dieselbe Luft, die morgen die Wangen eines Säuglings fächelt.

Der Ballon kam, wie der Alte bemerkte, in den obern umgekehrten Passatstrom, und mußte mit fürchterlicher Schnelligkeit dahingehen, was das ungemeine Schiefhängen des Schiffes bewies, und das gewaltige Rütteln und Zerren an dem Taft, der deßungeachtet keinen stärkern Laut gab, als das Wimmern eines Kindes; denn auch das Reich des Klanges war hier oben aus – und wenn das Schiff sich von der Sonne wendete, – war nichts, *nichts* da, als die entsetzlichen Sterne, wie Geister, die bei Tag umgehen. Jetzo nach langem Schweigen taten sich zwei schneebleiche Lippen auf, und sagten furchtsam leise: »Mir schwindelt.« Man hörte sie aber nicht. Sie schlug den Pelz dichter um sich, um dem schüttelnden Fieberfrost zu wehren. Die Männer arbeiteten noch, nur der junge Aëronaut schoß oft einen edlen, majestätischen Blick in die großartige Finsternis und sein Herz spielte dichterisch mit der Gefahr und Größe. Nach einigen Minuten neigte er sich zu der Jungfrau und blickte ihr ins Antlitz. Sie schaute mit stillen, wahnsinnigen Augen um sich und auf den weißen Lippen stand ein Tropfen Blut.

»Coloman«, rief er, so stark es hier möglich war, »wir müssen niedergehen, der Lady ist unwohl.«

Der alte Mann, nicht ein Famulus, nein, der würdevolle Lehrer des jungen Mannes in den Naturwissenschaften, stand auf von seinen Instrumenten und zeigte ein strahlendes Antlitz, wie jene alten Magier und rief mit überraschend starker Stimme: »Ich sagte dir, Richard, das Weib erträgt den Himmel nicht – die Unternehmung, so gefährlich und kostbar, ist nun unvollendet, und es war doch die schönste und ruhigste meiner Fahrten – nun es ist gut – die Jungfrau darf es nicht entgelten, lüfte nur die Klappe.« Ein jäher Zug an einer grünseidenen Schnur – und wie ein Riesenfalke stieß der Condor hundert Klafter senkrecht nieder in der Luft.

Der Lord hielt die ohnmächtige Cornelia in den Armen.

Ungefähr vierzehn Tage nach der oben beschriebenen Luftfahrt, wieder an einem schönen Morgen, saß der junge Künstler wieder auf dem altmodischen Sessel mit den gelben Nägeln, und schaute wieder auf die Leinwand, die auf der Staffelei stand; aber diesmal war sie nicht leer, sondern mit einem großen Bilde prangend, das ein schwerer Goldrahmen umfaßte. Er legte eben die letzte Hand an das Gemälde. Wer ihn gesehen hätte, wie er in Selbstvergessenheit die Augen über die gemalte Landschaft strömen ließ, der hätte gemeint, aus *ihnen* müsse die Wärme und Zärtlichkeit in das Bild geflossen sein, die unverkennbar und reizend aus demselben hervortraten. Er arbeitete emsig und trat oft zurück, mit klugem Blicke das Ganze prüfend und wägend, was ihm nottue; und dann mit leuchtenden Wangen ward die Arbeit fortgesetzt.

Da brachte ein Diener ein gesiegeltes Blättchen, das die Bitte enthielt, heute noch die unterbrochenen Unterrichtsstunden bei Charpentier wieder aufzunehmen, wenn es ihm gefällig sei. »Wohl, ich werde die Ehre haben«, versetzte der Künstler, indem ein hohes Rot auf seine Wangen trat, der Zeuge eines Gefühles, das er in der tiefsten Falte seines Herzens verborgen trug, und in neuester Zeit mit Unwillen bekämpfte.

Um zehn Uhr desselben Vormittages, seinen leichten schwarzen Hut auf, unter dem die blonden Lokken vorquollen, ging er durch das Portal eines schönes Landhauses der Vorstadt, die breite sommerliche Treppe hinauf und trat in einen Salon voll Bilder. Hier harrte er, bis eine Tür gegenüber dem Eingang sich öffnete, und eine ältliche Frau heraustrat, die ihm sogleich mit mütterlicher Freude die Hand reichte und sie herzlich drückte. »Gehen Sie nur hinein«, sagte sie, »sie erwartet Sie heute mit Ungeduld. Guter, lieber Gustav, sie hat es wirklich ausgeführt, was ich Ihnen sagte, aber seitdem ist sie so gut und sanft, daß es mir oft wunderbar in das Herz geht. Gehen Sie nur hinein.« –

Er trat ein. In einem großen, mit der feinsten Grazie meublierten Zimmer am Fenster saß eine junge Dame, mitten in einem Walde exotischer Blumen. Sie war sonderbarer Weise nicht in einem Maleranzuge, sondern in einem weißen Atlaskleide, dessen sanfter Glanz sich edel abhob von den dunkeln grünen Blättern der Camellien.

Sie stand auf und ging ihm entgegen. Eine Gestalt über mittlere Größe, voll sittlicher Grazie, mit einem geistvollen, blühend schönen Angesichte. Zwei große Augen schauten ihm freundlich entgegen und grüßten ihn. »Wir haben uns lange nicht gesehen – aber jetzt wollen wir recht fleißig sein«, sagte sie, und reichte ihm etwas zögernd die Hand, die er leise küßte – »ich war eigentlich heute nicht gesonnen zu malen, wie Sie sehen – aber – malen wir nur.«

Er trat zur Staffelei, sie setzte sich; das Malen begann. Die ältliche Frau, die Amme der jungen Dame, ging leise ab und zu.

Vorerst mußte er, wie gewöhnlich, eine Kritik über die bereits vorhandene Arbeit abgeben und dann den Plan für den Fortgang. Er tat beides heute mit kürzeren und lobenderen Ausdrücken als gewöhnlich, und reichte ihr artig die besetzte Palette. Sie nahm sie und sah auf die Farben nieder ohne anzufangen – dann aber hastig beginnend, setzte sie dieselben nicht mit der gewohnten Liebe und Fertigkeit, die sie in früherer Zeit weit über den Rang einer bloßen Dilettantin erhoben hatten.

Auf einmal, da eben die Amme abgerufen wurde, sagte sie ernst, die Palette auf das Tischchen legend: »Ich muß heute mit Ihnen sprechen. Dachten Sie wohl die Zeit über an uns?«

»Ich dachte oft an unsere Unterrichtsstunden«, erwiderte er.

»Sie haben mir einmal«, hob sie an, ohne aufzusehen, »über mein den Männern nachgebildetes Leben ein gütiges Freundeswort gesagt.« –

»Lassen wir das«, unterbrach er sie, »es war eine knabenhafte Anmaßung von mir – das ist die ganze Sache.« –

»Jetzt antworte ich Ihnen darauf«, fuhr sie leise fort, indem sie mit Scharlach übergossen wurde, »daß dieses Leben künftig anders werden wird – ich bin doch nur ein armes Weib.« Er hob das blaue Auge und sah in den stolzen dunklen Sonnen einen Blick der Demut.

Schnell wegsehend, unfähig ein schicklich Wort zu sagen, reichte er ihr die Palette, bemerkend, daß sie ihm ja keine Rechenschaft zu geben habe.

»Sie fühlen doch, daß ich es muß«, sagte sie und nahm die Palette.

Sie malte wieder. Er saß schweigend, tief atmend an ihrer Seite und reichte ihr jedes mit Hast, wenn sie nach etwas langte, und besserte nichts aus, wie sie es auch – machte. Immer war es ihm, als kämpfe sie noch mit etwas, das sie ihm sagen wollte – aber er hatte nicht den Mut zu beginnen – die Art von Einschüchterung, die in ihrem ganzen Wesen zitterte, das sonst stolz und hochstrebend war, war ihm unsäglich rührend. – »Und«, sagte sie endlich, mit der Palette spielend und die Farben darauf mechanisch reibend, »das wollte ich noch sagen, weil ich vom Director Euler erfuhr, daß Sie die nächste Woche Ihre Gebirgsreise antreten, so dachte ich mir, es wäre gut, wenn ich Ihnen das Obige vorher noch sagte und dann, daß Sie keinen Groll gegen mich mitnähmen, denn ich habe Sie wohl damals schwer gekränkt.«

Der Jüngling stand auf und trat heftig gegen das Fenster, hinausstarrend und mit der Riesenschlange seines Herzens ringend. – Es war eine Pause.

Dann gefaßt sich umwendend, sah er die stolze und herrische Gestalt noch immer vor dem Bilde sitzen, in sich gebückt und bescheiden, die Palette war weggelegt und beide Hände vor die Augen gedrückt. Er saß äußerst still an ihrer Seite nieder, und blickte sie an und merkte, daß Tränen zwischen ihren Fingern vorflossen.

Da vergaß sich das übervolle jugendliche Herz – wie jene fabelhafte Blume der Wüste stand es mit einem Male in Blüte, schaudernd in der eigenen Seligkeit. – Er faßte sie sanft an der Hand, um sie abzuziehen, und sagte mit zitternder Stimme: »Liebe, teure Cornelia!«

Ihre Hand sank und zwei von Gefühl strömende, in Tränen gebadete Augen sahen in sein liebendes unschuldvolles Angesicht. *Eine* Lohe schlug nun von beiden Häuptern auf und über ihnen zusammen, neigte sie unbewußt gegen einander und die beiden jungen engelschönen Angesichte, in Verklärung schimmernd, wuchsen und schmolzen in dem Kuß der ersten Liebe an einander.

Der seligste Augenblick zweier Menschenleben war gekommen – und vorüber.

Der Kranz aus Gold und Ebenholz um beide Häupter hatte sich gelöset, und sie schauten sich scheu und selig, wie zwei Kinder an, und schwiegen lange. Endlich begann der Jüngling: »Cornelia, was soll nun dieser Augenblick bedeuten?«

»Das Höchste, was er *kann*«, erwiderte sie stolz und leise.

»Er ist wohl der schönste, den mir Gott in meinem Leben vorzeichnete«, erwiderte er, »aber hinter der übergroßen Seligkeit ist es mir immer, als stünde ein langer großer Schmerz – ach Cornelia, wie werde ich diesen Augenblick vergessen lernen!«

»Um Gott nicht«, sagte sie, »Gustav, lieber einziger Freund, den ich auf dieser weiten Erde habe, der allein mir die Wahrheit sagte, als ich mich verblendet über die Natur erheben wollte – wir *wollen* ihn auch nicht vergessen, ich müßte mich hassen, wenn ich es je *könnte*, und auch Sie – bewahren Sie mir in Liebe und Wahrheit Ihr schönes, großes, treues Herz.«

Er stand auf und trat vor sie, ordentlich höher geworden, und schaute sie mit den flammenden genialen Augen an, wie ein starker Mann, und rief: »Vielleicht ist es reicher, als ich selber weiß, nun kommt ihm ein Entschluß, der mich überrascht, aber er ist so: *Morgen* trete ich meine Reise an – laß uns diese Minute retten – zwei Herzen haben sich in derselben Aufloderung überrascht – in einer Aufloderung – laß nun sehen, was sie sind. Die Zukunft wird bringen, was sie muß und kann, und so gewiß die Sonne aufgeht, wird sie eines Tages die Frucht der heutigen Wunderblume beleuchten, sie sei so oder so – ich weiß nur eines – daß draußen eine andre Sonne ist, andere Bäume, andere Lüfte – und ich ein anderer Mensch – o Cornelia, es liegt mir eine ganze Welt im Herzen selig glänzend und leuchtend wie ein Sternenhimmel, und es ist mir, als sollte ich es nur ausströmen lassen in Schöpfungen durch das ganze Universum – ach und ich kann es nicht – ich kann es ja nicht einmal sagen, wie grenzenlos und unaussprechlich und wie ewig ich Sie liebe, und lieben will, so lang nur eine Faser halten mag an diesem Herzen.«

Cornelia erstaunte über den Jüngling; er wurde

vor ihren Augen immer schöner, wie Seele und Liebe in sein Gesicht trat, und sie sah ihn mit Entzücken an, wie er vor ihr stand so schön, so kräftig, schimmernd schon von künftigem Geistesleben und Geistesgröße, und doch unschuldig wie ein Knabe, unbewußt der göttlichen Flamme, Genie, die um seine Scheitel spielte.

Seele kann nur Seele lieben und das Genie nur Genie entzünden.

Cornelia war aufgestanden, und Alles, was je gut und edel und schön war in ihrem Leben, die unbegrenzte Fülle eines guten Herzens lag in ihrem Lächeln, und sie wußte es nicht und meinte arm zu sein, um sein Herz zu lohnen, und er versprach es sich innerlich, zu ringen, so lang ein Hauch des Lebens in ihm sei, bis er geistesgroß und tatengroß vor allen Menschen der Welt dastehe, um ihr nur vergelten zu können, daß sie ihr reiches Leben hingab gegen kein anderes Pfand als sein Herz.

Sie standen am Fenster, sie sahen sich mit unverhaltener Liebe an, ihr Auge allein durfte reden, aber die Lippe wurde noch blöder, als vor dem Kusse, und wurde es immer mehr, je mehr Zeit verrann. Nicht einmal ihre Hand traute er sich zu berühren.

Da trat die Amme ein und sprach gleichgültige Dinge und gab beide sich selbst wieder.

Er vermochte es von seiner Reise und seinen Plänen zu sprechen – und als die Amme sagte, er möge doch auch schreiben, und die Gebirge und Wälder und Quellen so schön beschreiben, wie er es oft auf

Spaziergängen getan habe – da streifte sein Blick scheu auf Cornelia, und er errötete.

Als nach langer Zeit die Amme wieder fortging, stockte das ohnehin nicht lebhafte Gespräch wieder und dieselbe Schwüle trat ein und das volle selige Herz sehnte sich in der Einsamkeit sich an der Natur zu erleichtern. –

Mit Tränen ringend sah Cornelia ihn den Hut nehmen, und sah es, wie seine Lippe im Schmerz zuckte.

»Cornelia, leben Sie wohl«, sagte er.

»Reisen Sie recht glücklich«, antwortete sie, und setzte fast erstickt hinzu: »Schreiben Sie einmal.« Er ging und wie er sich an der Tür etwas umwandte und zurücksah, und die schöne, gütige, liebe, schmerzliche Gestalt in derselben Stellung vor den Blumen stehen sah und ihm nachblicken, da vermochte er nicht es sich zu versagen, er riß die Arme aus einander, und sie flogen sich an die Brust, sich noch einmal haltend und voll Liebe und Schmerz an die Herzen drückend. Aus seinen Augen brachen Tränen, als er die letzten Worte sagte: »Cornelia, werde ein Weib!« Er ging.

Als er fort war, sank sie vor dem Marienbilde ihres Bettes auf die Knie und sagte weinend: »Mutter der Waisen, höre mein Gelübde, ein demütig Blümchen will ich hinfort sein und bleiben und es mit Freuden an sein schönes Künstlerherz stecken, und er wird wissen, wie sehr und wie unaussprechlich ihn dieses Herz liebt und ewig lieben wird.«

Sie weinte leise aber selig.

4. Fruchtstück

Die Leser, welche allenfalls einigen Anteil an den zwei sonderbaren Menschen genommen haben, die sie in den drei Bildern kennen lernten, und sie vielleicht gar ein wenig lieben, werden nun sämtlich wissen wollen, wie sich Alles weiter begeben. Aber hier muß ich (d. h. der Referent der Erzählung) bedauern, daß ich demgerechten Wunsche nicht entsprechen kann, denn außer obigen Fragmenten konnte ich nichts weiter von den Beiden habhaft werden. Nur von etwas späterer Zeit ist wieder ein kleines Bildchen vorhanden, das ich gerne mitteile.

Etwa fünf oder sechs Jahre nach dem oben Erzählten begab es sich, daß ich in Paris war und beim Restaurateur einem heftigen Streit zuhörte, der sich über den Vorzug zweier Bilder erhob, die eben auf der Ausstellung zu sehen waren. Darin aber waren die Streitenden einig, daß man so etwas in Paris noch nicht gesehen habe. Ich wurde nun neugierig und beschloß, statt morgen, gleich auf der Stelle die Ausstellung zu besuchen. Ich fand die besagten Stücke sogleich heraus, und wurde ordentlich betroffen – das war freilich noch nicht gesehen worden. Es waren zwei Mondbilder – nein, keine Bilder, sondern *wirkliche* Mondnächte, aber poetische, unsäglich feenhaft gedacht und zauberisch wirkend. Immer stand eine dichte Gruppe vor den Bildern und es war wunderbar, wie selbst dem Munde der untersten Klassen ein leiser Ruf des Entzückens entschlüpfte, wenn sie

sie erblickten, und von der Naturwirkung getroffen wurden. Eines war eine große Stadt von oben gesehen mit einem Gewimmel von Häusern, Türmen, Kathedralen, im Mondlicht schwimmend – das zweite eine Flußpartie in einer schwülen elektrischen wolkigen Sommermondnacht.

Ich blieb zwei Stunden vor den Bildern und dann erst sah ich im Verzeichnis nach dem Künstler. Gustav Rottberg aus Deutschland.

Unsere Leser wird es nun nicht wundern, was man sich damals in allen Salons in Paris erzählte als eine Seltsamkeit und Künstlerlaune, daß nämlich auf jedem der Bilder eine Katze vorkomme – der ehrliche, gute Hinze.

Also auf *diese* Weise ist dein schönes Herz in Erfüllung gegangen, dachte ich, da liegen nun seine Blüten. Selbst ein dicker Finanzmann, ein Bekannter aus dem *Café Royal*, sagte zu mir, auf die Stücke deutend: »Sehen Sie, wie man selber in derlei Schnurrpfeifereien des Luxus etwas hineinbringen kann, das uns wider Willen gefangen nimmt, daß man den Anfertiger ordentlich lieben muß. Aus dem Menschen hätte etwas Tüchtiges werden können.«

Ich blieb, bis die Säle geschlossen wurden, und noch einen Abschiedsblick auf meine Monde werfend, sah ich, wie eben der Diener der Galerie einer Dame, die vor den Bildern des Deutschen stand, bedeutete, daß sie gehen müsse, weil zugesperrt würde. Sie lösete das Auge von den Gemälden und wendete sich um – zwei schönere Augen in einem rührenderen Feuer sah ich nie. – Sie ließ den Schleier überfallen und ging an mir vorüber. Eine schöne bedeutungsvolle Gestalt.

Cornelia, hätt' ich ihr nachrufen mögen – gerade so hätte sie aussehen müssen.

Ganz Paris sprach von dem gefeierten Künstler – aber *ein* Herz war in seinen Mauern, das nicht von ihm sprach – die hohe Frauengestalt war nach Hause gefahren in die Straße St. Honoré, und in ihrem Schlafzimmer drückte sie ihr Gesicht in die Kissen ihres Sofas und konnte nicht los werden all das leise Flimmern und Leuchten und Glitzern und Regen und Weben dieser Bilder; – die Lichter, die zarten reinen keuschen Lichter, die wie eine Seele in allen Abstufungen des Lebens, in jedem kleinsten Teilchen des Bildes schienen und es sich regen machten, schienen ihr verwundete Gefühle, die nun da durch diese Nacht schlüpfen und zittern und anklagen.

Ein Strom heißer Tränen brach aus den schönen Augen – aber man wußte nicht, waren es Tränen der Reue oder Tränen der Sehnsucht, die über den atlantischen Ozean gingen, wo nun der Künstler weilt, um in den Anden neue Stoffe für sein arbeitendes Herz zu finden! –

Gottfried Keller

Der Nebel

Da ich in dem Hause meines Liebchens zu Gaste war, so erwachte ich am Morgen sehr früh, noch ehe eine Seele sich regte. Ich machte das Fenster auf und sah lange auf den See hinaus, dessen waldige Uferhöhen vom Morgenrote beglänzt waren, indessen der späte Mond noch am Himmel stand und sich ziemlich kräftig im dunklen Wasser spiegelte. Ich sah ihn nach und nach erbleichen vor der Sonne, welche nun die gelben Kronen der Bäume vergoldete und einen zarten Schimmer über den erblauenden See warf. Zugleich aber begann die Luft sich wieder zu verhüllen, ein leiser Nebel zog sich erst wie ein Silberschleier um alle Gegenstände, und indem er ein glänzendes Bild um das andere auslöschte, daß sich rings ein Reigen von aufleuchtendem Scheiden und Verschwinden bewegte, wurde der Nebel plötzlich so dicht, daß ich nur noch das Gärtchen vor mir sehen konnte, und zuletzt verhüllte er auch dieses und drang feucht an das Fenster. Ich schloß dieses zu, trat aus der Kammer und fand die alte Katherine in der Küche an dem traulichen hellen Feuer.

Ich plauderte lange mit ihr; sie ergoß sich in zärtlichen Klagen über Annas bedenklichen Zustand, berichtete mir, seit wann derselbe begonnen, ohne daß ich jedoch über seine eigentliche Beschaffenheit klar wurde, da sie sich mancher dunkeln und geheimnisvollen Anspielung bediente. Dann begann sie mit rührender, aber ganz trefflicher Beredsamkeit das Lob Annas zu verkünden und ihr bisheriges Leben zu beschauen bis in die Kinderjahre zurück, und ich sah deutlich vor mir das dreijährige Engelchen umherspringen, in genau beschriebener Kleidung, aber freilich auch ein frühes und leidenvolles Krankenlager, auf welches das kleine Wesen dann jahrelang gelegt wurde, so daß ich nun ein schlohweißes, länglichgestrecktes Leichnamchen erblickte, mit geduldigem, klugem und immer lächelndem Angesicht. Doch das kranke Reis erholte sich, der wunderbare Ausdruck der durch das Leiden hervorgebrachten frühen Weisheit verschwand wieder in seine unbekannte Heimat, und ein rosig unbefangenes Kind blühte, als ob nichts vorgefallen wäre, der Zeit entgegen, wo ich es zuerst sah.

Endlich zeigte sich der Schulmeister, welcher, da seine Tochter nun des Morgens länger im Bette bleiben mußte und länger schlief als früher, sich des frühen Aufstehens auch nicht mehr freute und in seiner Zeiteinteilung ganz nach derjenigen seines kranken Kindes richtete. Nach einer guten Weile erschien auch Anna und nahm ihr besonders vorgeschriebenes Frühstück, indessen wir das gewöhnliche verzehrten. Es verbreitete sich dadurch eine gewisse Wehmut über den Tisch, welche nach und nach in eine ernste Beschaulichkeit überging, als wir drei sitzen blieben und uns unterhielten. Der Schulmeister nahm ein Buch, die Nachfolge Christi von Thomas a Kempis, und las einige Seiten daraus vor, indessen Anna ihre Stickerei vornahm. Dann hob ihr Vater über das Gelesene ein Gespräch an und suchte mich an demselben zu beteiligen und nach der herkömmlichen Weise meine Urteilskraft zu prüfen, zu mildern und zu gemeinsamer Erbauung auf einen belehrenden Vereinigungspunkt zu lenken. Aber ich hatte durch den letzten Sommer die Lust an solchen Erörterungen fast gänzlich verloren, mein Blick war auf sinnliche Erscheinung und Gestalt gerichtet, und selbst die rätselhaften Betrachtungen über die Erfahrungen, die ich mit Römer anstellte, gingen in einem durchaus weltlichen Sinne vor sich. Außerdem fühlte ich, daß ich nun die größte Rücksicht auf Anna nehmen mußte, und als ich bemerkte, daß sie sogar froh schien, mich hier eingefangen und einem angehenden Belehrungswerke preisgegeben zu sehen, hütete ich mich wohl, einen Widerspruch zu äußern, gab denjenigen Stellen, welche eine innere Wahrheit enthielten oder tief, schön und kraftvoll ausgedrückt waren, meinen aufrichtigen Beifall, oder überließ mich einer reizenden Langeweile, die schönen Farben an Annas Seidenknäulchen beschauend.

Sie hatte sich wohl ausgeruht und schien ziemlich munter zu sein, so daß kein großer Unterschied gegen ihr früheres Wesen während des Tages bemerklich war. Der angenehme Aufenthalt in ihrem Hause diente daher nur dazu, meinen Leichtsinn und meine Sorglosigkeit zu bestärken und eine Bewegungslust in mir anzufachen, die mich hinaustrieb. Außerdem mußte ich ja am Tage meine Verwandten im Dorfe besuchen, wenn ich den kasuistischen Ausweg, Judith zu hintergehen, anwenden wollte.

Als ich daher in den dichten Nebel hinausging, war ich, noch mehr aufgeweckt durch den frischen Herbstgeruch, sehr guter Dinge und mußte lachen über meine seltsame List, zumal das verborgene Wandeln in der weiß verhüllten Natur meinen Gang einem Schleichwege noch vollständig ähnlich machte. Ich ging über den Berg und gelangte bald zum Dorfe; doch verfehlte ich hier des Nebels wegen den rechten Weg und sah mich bald in ein Netz von schmalen Garten- und Wiesenpfaden versetzt, welche bald zu einem entlegenen Hause, bald wieder gänzlich zum Dorfe hinausführten. Ich konnte nicht vier Schritte vor mir sehen, Leute hörte ich immer, ohne sie zu erblicken, aber zufälligerweise traf ich niemanden auf meinen Wegen. Da kam ich zu einem offen stehenden Pförtchen und entschloß mich, hindurchzugehen und alle Gehöfte gerade zu durchkreuzen, um endlich wieder auf die Hauptstraße zu kommen. Ich sah mich in einen prächtigen großen Baumgarten versetzt, dessen Bäume all voll der schönsten reifen Früchte hingen. Man sah aber immer nur *einen* Baum ganz deutlich, die nächsten standen schon halb verschleiert im Kreise umher, und dahinter schloß sich wieder die weiße Wand des Nebels. Es war daher, als ob man in einen weiten Tempel getreten, dessen Säulen von Räucherwolken und Seidengeweben umhüllt und von dessen Decke grüne Kränze mit goldenen und rubinfarbigen Früchten herabhingen. Plötzlich sah ich Judith mir entgegenkommen, welche einen großen Korb mit Äpfeln gefüllt in beiden Händen vor sich her trug, daß von der kräftigen Last die Korbweiden leise knarrten. Das Einsammeln des Obstes war fast die einzige Arbeit, der sie sich mit Liebe und Eifer hingab. Sie hatte ihr Kleid des nassen Grases wegen etwas aufgeschürzt und zeigte die schönsten Füße; ihr Haar war von Feuchte schwer und das Gesicht von der Herbstluft mit reinem Purpur gerötet. So kam sie gerade auf mich zu, auf ihren Korb blickend, sah mich plötzlich, stellte erst erbleichend den Korb zur Erde und eilte dann mit den Zeichen der herzlichsten und aufrichtigsten Freude auf mich zu, fiel mir um den Hals und drückte mir ein Dutzend voll und rein ausgeprägte Küsse auf die Lippen. Ich hatte Mühe, dies nicht zu erwidern und rang mich endlich von ihrer Brust los.

»Sieh, sieh! du gescheites Bürschchen!« sagte sie froh lachend, »du bist heute gekommen und machst dir gleich den Nebel zunutze, mich noch vor der Nacht heimzusuchen; das hätte ich dir nicht einmal zugetraut!« – »Nein«, erwiderte ich, zur Erde blikkend, »ich bin gestern gekommen und wohne beim Schulmeister, weil Anna krank ist. Unter diesen Umständen kann ich jedenfalls nicht zu dir kommen!« Judith schwieg eine Weile, die Arme übereinandergeschlagen, und sah mich klug und durchdringend an, daß mein Blick in die Höhe gezogen und auf den ihrigen gerichtet wurde.

»Das wäre allerdings noch gescheiter als wie ich es meinte«, sagte sie endlich, »wenn es dir nur etwas helfen würde! Doch weil unser armes Schätzchen krank ist, so will ich billig sein und unsere Übereinkunft abändern. Der Nebel wird sich wenigstens zwei Wochen lang täglich mehrere Stunden auf dieselbe Weise zeigen. Wenn du jeden Tag während desselben zu mir kommst, so will ich dich für die Nacht deiner Pflicht entbinden und dir zugleich versprechen, dich nie zu liebkosen und dich selbst zurechtzuweisen, wenn du es tun wolltest; nur mußt du mir jedesmal auf ein und dieselbe Frage ein einziges Wörtchen antworten, ohne zu lügen!« »Welche Frage?« sagte ich. »Das wirst du schon sehen!« erwiderte sie; »komm, ich habe schöne Äpfel!«

Sie ging mir voran zu einem Baume, dessen Äste und Blätter edler gebaut schienen als die der übrigen, stieg auf einer Leiter einige Sprossen hinan und brach einige schön geformte und gefärbte Äpfel. Einen derselben, der noch im feuchten Dufte glänzte, biß sie mit ihren weißen Zähnen entzwei, gab mir die abgebissene Hälfte und fing an die andere zu essen. Ich aß die meinige ebenfalls und rasch; sie war von der seltensten Frische und Gewürzigkeit, und ich konnte kaum erwarten, bis sie es mit dem zweiten Apfel ebenso machte. Als wir drei Früchte so gegessen, war mein Mund so süß erfrischt, daß ich mich zwingen mußte, Judith nicht zu küssen und die Süße von ihrem Munde noch dazu zu nehmen. Sie sah es, lachte und sprach: »Nun sage: bin ich dir lieb?« Sie blickte mich dabei fest an, und ich konnte, obgleich ich jetzt lebhaft und bestimmt an Anna dachte, nicht anders und sagte Ja! Zufrieden sagte Judith: »Dies sollst du mir jeden Tag sagen!«

Hierauf fing sie an zu plaudern und sagte: »Weißt du eigentlich, wie es mit dem guten Kinde steht?« Als ich erwiderte, daß ich allerdings nicht klug daraus würde, fuhr sie fort: »Man sagt, daß das arme Mädchen seit einiger Zeit merkwürdige Träume und Ahnungen habe, daß sie schon ein paar Dinge vorausgesagt, die wirklich eingetroffen, daß manchmal im Traume wie im Wachen sie plötzlich eine Art Vorstellung und Ahnung von dem bekomme, was entfernte Personen, die ihr lieb sind, jetzt tun oder lassen oder wie sie sich befinden, daß sie jetzt ganz fromm sei und endlich auf der Brust leide! Ich glaube dergleichen Sachen nicht, aber krank ist sie gewiß, und ich wünsche ihr aufrichtig alles Gute, denn sie ist mir auch lieb um deinetwillen. – Aber alle müssen leiden, was ihnen bestimmt ist!« setzte sie nachdenklich hinzu.

Während ich ungläubig den Kopf schüttelte, durchfuhr mich doch ein leichter Schauer, und ein seltsamer Schleier der Fremdartigkeit legte sich um Annas Gestalt, welche meinem inneren Auge vorschwebte. Und fast in demselben Augenblicke war es mir auch, als ob sie mich jetzt sehen müsse, wie ich vertraulich bei der Judith stand; ich erschrak darüber und sah mich um. Der Nebel löste sich auf, schon sah man durch seine silbernen Flocken den blauen Himmel, einzelne Sonnenstrahlen fielen schimmernd auf die feuchten Zweige und beglänzten die Tropfen, welche von denselben fielen; schon sah man den blauen Schatten eines Mannes vorübergehen und endlich drang die Klarheit überall durch, umgab uns und warf, wie wir waren, unser beider Schlagschatten auf den matt besonnten Grasboden.

Ich eilte davon und hörte in dem Hause meines Oheims die Bestätigung dessen, was mir Judith mitgeteilt; wohlaufgehoben in dem lebendigen Hause und beruhigt durch das vertrauliche Gespräch, lächelte ich wieder ungläubig und war froh, in meinen jungen Vettern Genossen zu finden, welche sich auch nicht viel aus dergleichen machten. Doch blieb immer eine gemischte Empfindung in mir zurück, da schon die Neigung zu solchen Erscheinungen, der Anspruch auf dieselben mir beinahe eine Anmaßung zu sein schien, die ich der guten Anna zwar keineswegs, aber doch einem mir fremden und nicht willkommenen Wesen zurechnen konnte, in welchem ich sie jetzt befangen sah. So trat ich ihr, als ich abends zurückkehrte, mit einer gewissen Scheu entgegen, welche jedoch durch ihre liebliche Gegenwart bald wieder zerstreut wurde, und als sie nun selbst, in Gegenwart ihres Vaters, leise anfing von einem Traume zu sprechen, den sie vor einigen Tagen geträumt, und ich daher sah, daß sie willens sei, mich in das vermeintliche Geheimnis zu ziehen, glaubte ich unverweilt an die Sache, ehrte sie und fand sie nur umso liebenswürdiger, je mehr ich vorhin daran gezweifelt.

Als ich mich allein befand, dachte ich mehr darüber nach und erinnerte mich, von solchen Berichten gelesen zu haben, wo, ohne etwas Wunderbares und Übernatürliches anzunehmen, auf noch unerforschte Gebiete und Fähigkeiten der Natur selbst hingewiesen wurde, so wie ich überhaupt bei reiflicher Betrachtung noch manches verborgene Band und Gesetz möglich halten mußte, wenn ich meine größte Möglichkeit, den lieben Gott, nicht zu sehr bloßstellen und in eine öde Einsamkeit bannen wollte.

Ich lag im Bette, als mir diese Gedanken klar wurden und ich mit denselben der Unschuld und Redlichkeit Annas gedachte, als welche doch auch zu berücksichtigen wären; und nicht so bald befiel mich diese Vorstellung, so streckte ich mich anständig aus, kreuzte die Hände zierlich über der Brust und nahm so eine höchst gewählte und ideale Stellung ein, um mit Ehren zu bestehen, wenn Annas Geisterauge mich etwa unbewußt erblicken sollte. Allein das Einschlafen brachte mich bald aus dieser ungewohnten Lage und ich fand mich am Morgen zu meinem Verdrusse in der behaglichsten und trivialsten Figur von der Welt.

Ich raffte mich hastig zusammen, und wie man des Morgens Gesicht und Hände wäscht, so wusch ich gewissermaßen Gesicht und Hände meiner Seele und nahm ein zusammengefaßtes und sorgfältiges

Wesen an, suchte meine Gedanken zu beherrschen und in jedem Augenblicke klar und rein zu sein. So erschien ich vor Anna, wo mir ein solch gereinigtes und festtägliches Dasein leicht wurde, indem in ihrer Gegenwart eigentlich kein anderes möglich war. Der Morgen nahm wieder seinen Verlauf wie gestern, der Nebel stand dicht vor den Fenstern und schien mich hinauszurufen. Wenn mich jetzt eine Unruhe befiel, Judith aufzusuchen, so war dies weniger eine maßlose Unbeständigkeit und Schwäche als eine gutmütige Dankbarkeit, die ich fühlte und die mich drängte, der reizenden Frau für ihre Neigung freundlich zu sein; denn nach der unvorbereiteten und unverstellten Freude, in welcher ich sie gestern überraschte, durfte ich mir nun wirklich einbilden, von ihr herzlich geliebt zu sein. Und ich glaubte ihr unbedenklich sagen zu können, daß sie mir lieb sei, indem ich sonderbarerweise dadurch gar keinen Abbruch meiner Gefühle für Anna wahrnahm und es mir nicht bewußt war, daß ich mit dieser Versicherung fast nur das Verlangen aussprach, ihr recht heftig um den Hals zu fallen. Zudem betrachtete ich meinen Besuch als eine gute Gelegenheit, mich zu beherrschen und in der gefährlichsten Umgebung doch immer so zu sein, daß mich ein verräterischer Traum zeigen durfte.

Unter solchen Sophismen machte ich mich auf, nicht ohne einen ängstlichen Blick auf Anna zu werfen, an welcher ich aber keinen Schatten eines Zweifels wahrnahm. Draußen zögerte ich wieder, fand aber den Weg unbeirrt zu Judiths Garten. Sie selbst mußte ich erst eine Weile suchen, weil sie, mich gleich am Eingange sehend, sich verbarg, in den Nebelwolken hin und herschlüpfte und dadurch selbst irre wurde, so daß sie zuletzt still stand und mir leise rief, bis ich sie fand. Wir machten beide unwillkürlich eine Bewegung, uns in den Arm zu fallen, hielten uns aber zurück und gaben uns nur die Hand. Sie sammelte immer noch Obst ein, aber nur die edleren Arten, welche an kleinen Bäumen wuchsen; das übrige verkaufte sie und ließ es von den Käufern selbst vom Baume nehmen. Ich half ihr einen Korb voll brechen und stieg auf einige Bäume, wo sie nicht hingelangen konnte. Aus Mutwillen stieg ich auch zuoberst auf einen hohen Apfelbaum, wo sie mich des Nebels wegen nicht mehr sehen konnte. Sie fragte mich unten, ob ich sie lieb hätte, und ich antwortete gleichsam aus den Wolken mein Ja. Da rief sie schmeichelnd: »Ach, das ist ein schönes Lied, das hör ich gern! Komm herunter, du junger Vogel, der so artig singt!«

So brachten wir alle Tage eine Stunde zu, ehe ich zu meinem Oheim ging; wir sprachen dabei über dies und jenes, ich erzählte viel von Anna und sie mußte alles anhören und tat es mit großer Geduld, nur damit ich dabliebe. Denn während ich in Anna den besseren und geistigeren Teil meiner selbst liebte, suchte Judith wieder etwas Edleres in meiner Jugend als ihr die Welt bisher geboten; und doch sah sie wohl, daß sie nur meine sinnliche Hälfte anlockte, und wenn sie auch ahnte, daß mein Herz mehr dabei war als ich selbst wußte, so hütete sie sich wohl, es merken zu lassen, und ließ mich ihre tägliche Frage in dem guten Glauben beantworten, daß es nicht so viel auf sich hätte.

Oft drang ich auch in sie, mir von ihrem Leben zu erzählen und warum sie so einsam sei. Sie tat es, und ich hörte ihr begierig zu. Ihren verstorbenen Mann hatte sie als junges Mädchen geheiratet, weil er schön und kraftvoll aussah. Aber es zeigte sich, daß er dumm, kleinlich und klatschhaft war und ein lächerlicher Topfgucker, welche Eigenschaften sich alle hinter der schweigsamen Blödigkeit des Freiers versteckt hatten. Sie sagte unbefangen, sein Tod sei ein großes Glück gewesen. Nachher bewarben sich nur solche Männer um sie, welche ihr kleines Vermögen im Auge hatten und sich schnell anderswohin richteten, wenn sie ein paar hundert Gulden mehr verspürten. Sie sah, wie blühende, kluge und handliche Männer ganz windschiefe und blasse Weibchen heirateten mit spitzigen Nasen und vielem Gelde, weswegen sie sich über alle lustig machte und sie schnöde behandelte. »Aber ich muß selbst Buße tun«, fügte sie hinzu, »warum hab ich einen schönen Esel genommen!«

Der Nordwind

Am Ufer des Eriesees stand der Wigwam des Knaben Sinsibisz. Cabibonocca, der Nordwind, haßte den Knaben Sinsibisz. »Ich werde ihn vernichten«, dachte er. »Seinen Wigwam werde ich in alle Lüfte blasen, erfrieren soll er.« – Sinsibisz aber schleppte sich vier große Baumstämme in den Wigwam. Jeder Baumstamm war so groß, daß er einen ganzen Monat brennen konnte. Sinsibisz war sehr stark! Wenn er die Hand ausstreckte, sank ein Büffel zu Boden.

Einmal schlich sich der Nordwind durch eine Ritze und blies ihm das Feuer aus, als er nicht zu Hause war. Da war es eisig kalt in der Hütte. »Nun wird der Knabe erfrieren«, dachte der Nordwind. Aber Sinsibisz erfror nicht. Er lachte, als er in den Wigwam trat, und nahm zwei Felsblöcke, schlug sie aneinander, daß die Funken sprühten, und zündete die Baumstämme aufs neue an. Als sie brannten, nahm er die Felsblöcke und warf sie vor die Tür des Wigwams, gerade auf zwei Eisbären, die zweihundert Schritte vor dem Wigwam vorüberliefen. Erst fiel der eine tot hin und dann der andere.

»Ich werde ihn vernichten«, heulte der Nordwind, und er blies, daß alles zu Eis erstarrte. Sinsibisz bekam Hunger. Er nahm seine Axt und hackte das Eis des Sees auf und holte sich die Fische aus dem Eis. Er tauchte unter, schwamm unter dem Eis und fing sich die Fische mit bloßer Hand; dazu sang er, daß es weit über das Eis hinhallte. Er lachte gegen den Nordwind.

Cabibonocca ärgerte sich gewaltig. Er nahm alle seine Kräfte zusammen und rief die bösesten Sturmwinde zu Hilfe. Es fing an zu schneien, als ob aller Schnee auf Erden kommen wollte. »Nun ist es aus mit ihm, nun ist es aus mit ihm! Seinen ganzen Wigwam habe ich zuschneien lassen, und ich habe gesehen, daß er nur noch ein dünnes Fell in der Hütte hat. Er hat keine weitere Kleidung mehr. Und seine Baumstämme sind fast ganz verbrannt. Sie liegen als Aschenhaufen vor der Hütte. Heute oder morgen ist es aus mit ihm!« heulte der Nordwind. Und der Schnee stieg um den Wigwam. Sinsibisz trat aber heraus und sang.

»Was tust du da?« fragte der Schnee.

»Ausgehen will ich.« – »Ausgehen? Wozu?« – »Fische fangen.« – »Dein Rock ist dünn. Ich werde dich beißen.« Sinsibisz lachte. »Ich fürchte mich nicht. Du zwickst, aber du beißt nicht.« Und er ging wirklich in dem dünnen Röckchen auf das Eis und holte sich seine Fische. Nun beschloß der Nordwind, selber zu kommen. »Ich muß ihm einen Besuch abstatten«, dachte er. »Ich muß in seinen Wigwam gehen.«

Zuerst blieb er draußen vor der Türe stehen und sah durch das Fenster. Da sah er, daß der letzte Baumstamm brannte. Fast war er schon zu Asche verbrannt, und Sinsibisz lag davor und sang. Als er den kalten Zugwind verspürte, wußte er, daß Cabibonocca selber draußen stand. »Ich muß lauter singen«, dachte er; »es ist jemand draußen.«

»Blase, Windgott, immerzu!
Bist ja doch nur meinesgleichen!
Daß du mich erfrieren machst,
Wirst du nimmermehr erreichen.
Vor Kälte, Hunger, Schlangenbiß,
Fürchtet sich kein Sinsibisz.«

Da tat sich die Tür auf, und Cabibonocca trat herein. Es wurde eisig kalt in der Hütte. »Laß die Tür offen! Es ist eins; wenn du drin bist, muß die Tür nicht mehr zu sein. Setze dich ans Feuer!« Der Nordwind setzte sich. »Was willst du von mir?« Der Nordwind schwieg. »Ah, dir sind die Worte im Munde gefroren! Du kannst nicht reden; komm, trinke Branntwein!« Er nahm einen Humpen Branntwein, und der Nordwind trank. Dann nahm der Knabe noch eine halbe Klafter Holz aus einer Ecke und warf es auf das Feuer.

»Woher hast du das?« fragte der Nordwind; »ich glaubte, du hättest nur noch den viertel Baumstamm.«

»Nein, ich habe noch viel mehr. Ich habe mehr, als du glaubst. Man muß sich doch auf den Winter vorbereiten«, sagte Sinsibisz.

Es wurde ein tüchtiges Feuer. Der Nordwind blies

und schnob, aber das Feuer war stärker. Er mußte sich einen Knopf von seinem Wams aufknöpfen. »Wie lange soll das so fort gehen? Ist das Holz noch nicht bald zu Ende?« fragte er.

»Nein, und wenn es zu Ende ist, hole ich mir neues; ich habe eine starke Axt.«

»Dann werde ich deine Axt zerbrechen«, heulte der Nordwind.

»Zerbrich meine Axt; ich habe zehn Äxte gemacht. Hier sind sie; sieh her! Einmal wird dir der Atem ausgehen.«

Der Nordwind rückte auf seiner Matte hin und her. Es war ihm nicht behaglich am Feuer. Er wäre gern wieder hinausgeflogen. Aber er wollte Sinsibisz vernichten. »Hast du auch zehn Kleider gemacht?« fragte er.

»Ja, ich habe auch zehn Kleider«, und Sinsibisz öffnete einen Kasten und nahm ein Kleid nach dem andern heraus. Sie waren dick gefüttert.

»Warum gehst du dann in deinem dünnen Kleid, das kaum die Lenden bedeckt, wenn du zehn warme Kleider hast?« fragte der Nordwind.

»Mir ist nicht kalt; sieh, mir ist warm, und ich friere nicht«, sagte Sinsibisz und zog auch noch den Lendenschurz aus.

Da knirschte Cabibonocca mit den Zähnen. »Alle Füchse, Bären und Fische im See werde ich vertreiben, und du wirst Hunger leiden müssen und kein Tier mehr fangen.«

»So wandere ich südwärts und ziehe in ein anderes

Tal«, sagte Sinsibisz. Da erhob sich der Nordwind und wurde größer und größer; immer höher wurde er. Er reichte schon bis an die Spitze des Wigwams. Er hob seine Arme und bohrte mit beiden Händen ein Loch in die Spitze und schrie in seiner Windsprache etwas hinaus. Da hörte man ein Krachen und Donnern. Es rauschte und brauste, und Cabibonocca schrie: »Sieh, da kommt er! Ich habe ihn mit meinem Atem angelockt; endlich ist er da und hilft mir; der Eisberg wird dich vernichten. Er kommt herangeschwommen und wird dich und deinen Wigwam begraben.« Furchtbar rauschte es, und es wurde so eisig kalt, daß das Feuer erlosch.

Der Nordwind hatte das Dach des Wigwams aufgehoben und war darüber hinausgewachsen; riesengroß war er.

Sinsibisz aber sprang auf, ergriff einen Hammer, so groß wie ihn der Blitzgott schwingt, wenn er die Blitze schleudert und wild wird. »Komm her!« rief Sinsibisz, »komm hinaus und sieh, wie mich dein Eisberg begraben wird.« Und er faßte den Nordwind und gab ihm einen Stoß, daß er aus der Hütte flog. Und dann sprang er ihm nach und schwang den Hammer und ließ ihn niedersausen, so daß der Eisberg in tausend Stücke zersprang. Da brüllte Cabibonocca fürchterlich: »Ich kann dir nichts anhaben, ich kann dich nicht vernichten; über dir muß ein guter Manito sein; ich will nichts mehr mit dir zu tun haben«, und er lief davon. Sinsibisz aber lachte und sang:

»Blase, Windgott, immerzu!
Bist ja doch nur meinesgleichen!
Daß du mich erfrieren machst,
Wirst du nimmermehr erreichen.
Vor Hunger, Wind und Eisesbiß,
Da fürchtet sich kein Sinsibisz.«

»Eisesbiß ist besser als Schlangenbiß, nie mehr sing' ich von diesem«, sagte er und baute seinen Wigwam aufs neue.

Arthur Rimbaud

Im grauen Abendregen

Im grauen Abendregen
sahn sich die Männer an
und dachten: ja, deswegen
im Regen,
ja, weswegen?

Da fragten sie den Regen,
der wußte auch nicht mehr.
Er hatte nur so dagelegen,
ganz still und wolkenleer.
Wie Regen
ja, weswegen?

Es trabte durch den Regen
ein Herr mit seinem Gaul,
der war mit seinem Degen
am Ende auch nicht faul
im Regen,
ja, weswegen?

Sie hatten ihm im Regen
alle Taschen ausgefegt
und ohne Spruch und Segen
den Leib ins Gras gelegt,

im Regen,
ja, weswegen?

Nach diesem Abendregen
sah ich keinen Mann mehr an.
Sie wußten schon weswegen
der Tag so rot verrann,
im Regen
ja, deswegen!

Oscar Wilde

Der glückliche Prinz

Hoch über der Stadt stand auf einer mächtigen Säule die Statue des glücklichen Prinzen. Sie war über und über mit dünnen Goldblättchen bedeckt, statt der Augen hatte sie zwei glänzende Saphire, und ein roter Rubin leuchtete auf seiner Schwertscheide.

Alles bestaunte und bewunderte ihn sehr. »Er ist so schön wie ein Wetterhahn«, bemerkte einer der Stadträte, der darauf aus war, für einen in Kunstdingen geschmackvollen Mann zu gelten; »bloß nicht ganz so nützlich«, fügte er hinzu, da er fürchtete, man könnte ihn sonst für unpraktisch halten, was er durchaus nicht war. »Warum bist du nicht wie der glückliche Prinz?« fragte eine empfindsame Mutter ihren kleinen Jungen, der weinend nach dem Mond verlangte. »Dem glücklichen Prinzen fällt es nie ein, um etwas zu weinen.«

»Ich bin froh, daß es wenigstens einen gibt, der in dieser Welt ganz glücklich ist«, sagte leise ein Enttäuschter mit einem Blick auf das wundervolle Standbild.

»Er sieht genau aus wie ein Engel«, sagten die Waisenkinder, als sie in ihren purpurroten Mänteln und sauberen Vorstecklätzchen aus der Kathedrale kamen.

»Wie könnt ihr das wissen?« fragte der Mathematiklehrer, »ihr habt doch nie einen gesehen.«

»O doch, im Traum«, antworteten die Kinder; und der Mathematiklehrer runzelte die Stirn und machte ein sehr strenges Gesicht, denn er billigte Kinderträume nicht.

Da flog eines Nachts ein kleiner Schwälberich über die Stadt. Seine Freunde waren schon vor sechs Wochen nach Ägypten gezogen, aber er war zurückgeblieben, weil er sich in eine ganz wunderschöne Schilfrispe verliebt hatte. Ganz zeitig im Frühling hatte der Schwälberich die Rispe zum erstenmal gesehen, als er gerade hinter einer großen gelben Motte her über den Fluß flog, und war von der Schlankheit der Rispe so entzückt gewesen, daß er haltgemacht hatte, um mit ihr zu plaudern. »Soll ich dich lieben?« fragte der Schwälberich, der es liebte, immer gleich gerade auf sein Ziel loszugehen. Und die Schilfrispe verneigte sich tief vor ihm. So flog er immer und immer um die Schlanke herum, berührte leicht das Wasser mit seinen Flügeln und machte kleine silberne Wellen darauf. Das war die Art, wie er warb, und es dauerte den ganzen Sommer hindurch.

»Das ist ein lächerliches Attachement«, zwitscherten die anderen Schwalben; »die Schilfrispe hat gar kein Vermögen und viel zuviel Verwandte« – und in der Tat war der Fluß ganz voll von Schilf. Als dann der Herbst kam, flogen sie alle davon.

Als sie fort waren, fühlte sich der Schwälberich einsam und fing an, seiner romantischen Liebe überdrüssig zu werden. »Sie kann sich gar nicht unterhalten«, sagte er, »und ich fürchte, sie ist eine Kokette, denn sie flirtet immer mit dem Wind.« Wirklich machte die Schilfrispe, sooft der Wind blies, die graziösesten Verbeugungen.

»Ich gebe gerne zu, daß sie sehr häuslich ist«, fuhr er fort; »aber ich liebe das Reisen, und deshalb soll meine Frau es auch lieben.«

»Willst du mit mir fort?« fragte der Vogel endlich die Rispe; die aber schüttelte den Kopf – sie hing so sehr an der Heimat.

»Du hast mit mir gespielt«, rief da der Schwälberich, »ich mache mich auf nach den Pyramiden. Leb wohl!« Und flog davon.

Den ganzen Tag über flog er und erreichte gegen Abend die Stadt. »Wo soll ich absteigen?« sagte er; »hoffentlich hat die Stadt Vorbereitungen getroffen.«

Da sah er das Standbild auf der hohen Säule. »Hier will ich absteigen«, rief er, »es hat eine hübsche Lage und viel frische Luft.« Und damit ließ er sich gerade zwischen den Füßen des glücklichen Prinzen nieder.

»Ich habe ein goldenes Schlafzimmer«, sagte er wohlgefällig zu sich selber, während er umherschaute und sich anschickte, schlafen zu gehen; aber gerade als er seinen Kopf unter die Flügel stecken wollte, fiel ein großer Regentropfen auf ihn nieder. »Wie sonderbar!« rief er; »am Himmel ist nicht das kleinste Wölkchen, die Sterne sind hell und leuchten, und doch regnet es. Das Klima im nördlichen Europa ist schon wirklich abscheulich. Die Schilfrispe liebte ja den Regen sehr, aber das war bloß ihr Egoismus.«

Da fiel ein zweiter Tropfen.

»Was für einen Zweck hat denn eigentlich eine Statue, wenn sie nicht den Regen abhalten kann?« sagte der Vogel; »ich muß mich lieber nach einem guten Schornstein umsehen«, und er wollte schon fortfliegen.

Doch bevor er noch seine Flügel ausgebreitet hatte, fiel ein dritter Tropfen; er schaute in die Höhe und sah – ja, was sah er?

Die Augen des glücklichen Prinzen waren voll Tränen, und Tränen liefen ihm über die goldenen Wangen. Sein Gesicht war so wunderschön im Mondlicht, daß den Schwälberich das Mitleid faßte.

»Wer bist du?« sagte er.

»Ich bin der glückliche Prinz.«

»Weshalb weinst du denn?« fragte der Vogel; »du hast mich ganz naß gemacht.«

»Als ich noch am Leben war und ein Menschenherz hatte«, antwortete die Statue, »da wußte ich nicht, was Tränen sind; denn ich lebte in dem Palast Ohnsorge, in den die Sorge keinen Zutritt hat. Tagsüber spielte ich mit meinen Gefährten im Garten, und des Abends führte ich den Tanz in der großen Halle. Rund um den Garten lief eine sehr hohe Mauer, aber nie dachte ich daran zu fragen, was wohl dahinter läge, so schön war alles um mich her. Meine

Höflinge nannten mich den glücklichen Prinzen, und glücklich war ich in der Tat, wenn Vergnügen Glück bedeutet. So lebte ich, und so starb ich. Und nun, da ich tot bin, haben sie mich hier hinaufgestellt, so hoch, daß ich alle Häßlichkeit und alles Elend meiner Stadt sehen kann, und wenn auch mein Herz von Blei ist, kann ich nicht anders als weinen.« ›Wie, es nicht ist von echtem Gold?‹ sprach der Vogel zu sich. Denn er war zu höflich, als daß er eine so persönliche Bemerkung laut gemacht hätte.

»Weit fern von hier«, fuhr die Statue mit einer leisen, melodischen Stimme fort, »weit fern von hier in einer kleinen schmalen Gasse steht ein armseliges Haus. Eins der Fenster ist offen, und so sehe ich eine Frau am Tische sitzen. Ihr Gesicht ist mager und verhärmt, und sie hat rauhe, rote Hände, nadelzerstochen, denn sie ist eine Näherin. Sie stickt Passionsblumen in ein Seidenkleid, das die schönste von den Ehrendamen der Königin zum nächsten Hofball tragen soll. In einem Winkel des Zimmers liegt ihr kleiner Junge krank im Bett. Er fiebert und verlangt nach Pomeranzen. Die Mutter kann ihm nichts mehr geben als Wasser aus dem Fluß, und daher weint er. Vogel, Vogel, kleiner Vogel, willst du ihr nicht den Rubin aus meiner Schwertscheide hinbringen? Meine Füße sind an dem Sockel befestigt, und ich kann mich nicht bewegen.«

»Man erwartet mich in Ägypten«, sagte der Schwälberich. »Meine Freunde fliegen den Nil auf und nieder und unterhalten sich mit den großen Lotosblüten. Bald werden sie sich im Grab des großen Königs schlafen legen. Er ist in gelbes Linnen gehüllt und mit Spezereien balsamiert. Um seinen Hals liegt eine Kette aus blaßgrünem Nephrit, und seine Hände sind wie vertrocknete Blätter.«

»Vogel, Vogel, kleiner Vogel«, sagte der Prinz, »willst du nicht diese eine Nacht bei mir bleiben und mein Bote sein? Der Knabe ist so durstig und die Mutter so traurig.«

»Ich glaube, ich mache mir nichts aus Knaben«, antwortete der Schwälberich. »Als ich letzten Sommer am Fluß wohnte, da waren so rohe Buben, des Müllers Söhne, die immer Steine nach mir warfen. Getroffen haben sie mich natürlich nie, denn wir Schwalben fliegen dafür viel zu gut, und ich stamme zudem aus einer Familie, die wegen ihrer Behendigkeit berühmt ist; aber es war doch immerhin ein Zeichen von Respektlosigkeit.«

Aber der glückliche Prinz sah so traurig drein, daß es den kleinen Schwälberich bekümmerte. »Es ist sehr kalt hier«, sagte er, »aber ich will trotzdem diese eine Nacht bei dir bleiben und dein Bote sein.«

»Ich danke dir, kleiner Vogel«, sagte der Prinz.

So pickte der Schwälberich aus des Prinzen Schwert den großen Rubin und flog mit ihm weg über die Dächer der Stadt und trug ihn im Schnabel.

Er flog an dem Turm des Domes vorbei, auf dem die weißen Marmorengel stehen. Er flog über den Palast hin und hörte die Musik von Tanzweisen. Ein schönes Mädchen trat mit seinem Geliebten auf den

Balkon hinaus. »Wie wundervoll die Sterne sind«, sagte er zu ihr, »und wie wundervoll die Macht der Liebe!« »Hoffentlich wird mein Kleid zum Staatsball fertig«, antwortete sie, »ich lasse mir Passionsblumen darauf sticken; aber die Schneiderinnen sind so faul.« Er flog über den Fluß und sah die Laternen an den Schiffsmasten. Er flog über das Getto und sah die alten Juden miteinander handeln und auf kupfernen Waagen das Geld wiegen. Endlich erreichte er das armselige Haus und schaute hinein. Der Knabe warf sich fiebernd im Bett herum, und die Mutter war vor Müdigkeit eingeschlafen. Hinein ins Zimmer hüpfte der Schwälberich und legte den Rubin auf den Tisch gerade neben den Fingerhut der Frau. Dann kreiste er leise um das Bett und fächelte des Jungen Stirn mit den Flügeln. »Wie kühl mir ist«, sagte der Knabe, »ich glaube, es wird mir besser«, und er sank in einen köstlichen Schlaf. Darauf flog der Schwälberich zurück zu dem glücklichen Prinzen und erzählte ihm, was er getan. »Merkwürdig«, sagte er, »mir ist mit einemmal ganz warm geworden, obgleich es so kalt ist.«

»Das kommt von deiner guten Tat«, sagte der Prinz. Und der kleine Vogel begann darüber nachzudenken und schlief ein. Denken machte ihn immer schläfrig.

Als der Tag anbrach, flog der Vogel hinab zum Fluß und nahm ein Bad. »Was für ein bemerkenswertes Phänomenon«, sagte der Professor der Ornithologie, während er über die Brücke ging, »eine

Schwalbe im Winter!« Und er schrieb darüber einen langen Brief an die Lokalzeitung. Alles sprach von diesem Aufsatz, der so wortreich war, daß niemand ihn verstehen konnte.

»Heute nacht mach ich mich auf nach Ägypten«, sagte der Schwälberich und war hochvergnügt bei dem Gedanken.

Er besuchte alle Denkmäler und öffentlichen Bauwerke der Stadt und saß lange auf der Kirchturmspitze. Wo immer er hinkam, da piepten die Spatzen, und einer sagte zum andern: »Was für ein vornehmer Fremder!«, und dabei amüsierte sich der Schwälberich sehr.

Als der Mond aufging, flog er zurück zu dem glücklichen Prinzen. »Hast du irgendwelche Aufträge für Ägypten?« rief er, »ich reise gerade dahin ab.«

»Vogel, Vogel, kleiner Vogel«, sagte der Prinz, »willst du nicht noch eine Nacht bei mir bleiben?«

»Ich werde in Ägypten erwartet«, antwortete der Schwälberich. »Morgen fliegen meine Gefährten zum zweiten Katarakt hinauf. Dort liegt das Nilpferd unter den Binsen, und auf einem großen granitnen Thron sitzt der Gott Memnon. Die ganze Nacht lang blickt er zu den Sternen, und wenn der Morgenstern aufglänzt, stößt er einen langen Freudenschrei aus, und dann ist er wieder still. Zu Mittag kommen die gelben Löwen ans Flußufer, um zu trinken. Sie haben Augen wie grüne Berylle, und ihr Gebrüll übertönt das Brüllen des Katarakts.«

»Vogel, Vogel, mein kleiner Vogel«, sagte der Prinz, »weit weg über der Stadt sehe ich einen jungen Mann in einer Dachstube. Er lehnt sich über einen mit Papieren bedeckten Tisch, und neben ihm steht in einem Wasserglase ein kleiner Strauß verwelkter Veilchen. Sein Haar ist braun und gelockt, seine Lippen sind rot wie eine Granatblüte, und er hat große und träumerische Augen. Er versucht, ein Schauspiel fertigzuschreiben, aber er kann nicht weiter vor Kälte. Es ist kein Feuer im Ofen, und der Hunger hat ihn ohnmächtig gemacht.«

»Ich will noch eine Nacht länger bei dir bleiben«, sagte der Schwälberich, der eigentlich ein gutes Herz hatte. »Soll ich ihm auch einen Rubin bringen?«

»Ach, ich habe keinen Rubin mehr«, sagte der Prinz, »nur meine Augen sind mir noch geblieben. Sie sind aus seltenen Saphiren gemacht, die man vor tausend Jahren aus Indien gebracht hat. Picke eines heraus und bringe es ihm. Er wird es an einen Juwelier verkaufen und sich dafür Essen und Feuerung anschaffen und sein Stück beenden.«

»Lieber Prinz«, sagte der Schwälberich, »das kann ich nicht tun«, und er begann zu weinen.

»Vogel, Vogel, kleiner Vogel«, sagte der Prinz, »tu, wie ich dich heiße.«

Also pickte der Schwälberich dem Prinzen das Auge aus und flog zur Dachkammer das Studenten. Es war nicht schwer hineinzukommen, denn es war ein Loch im Dach. Durch das schlüpfte der Vogel in die kleine Stube. Der Jüngling hielt den Kopf in den

Händen vergraben, und so hörte er nicht das Flattern des Vogels, und als er aufschaute, da fand er den schönen Saphir, der auf den verblaßten Veilchen lag.

»Man fängt an, mich zu würdigen«, rief er aus; »das kommt sicher von einem großen Bewunderer. Nun kann ich mein Stück fertigschreiben.« Und er sah ganz glücklich aus.

Am nächsten Tag flog der Schwälberich hinab zum Hafen. Er setzte sich auf den Mast des größten Schiffes und beobachtete die Matrosen, die an Tauen große Ballen aus dem Schiffsraum emporwanden. »Heb auf!« schrien sie bei jedem Ruck am Tau. »Ich geh nach Ägypten!« rief der Vogel; aber niemand achtete auf ihn, und als der Mond aufging, flog er zu dem glücklichen Prinzen.

»Ich komme, dir Lebewohl zu sagen«, rief er.

»Vogel, Vogel, kleiner Vogel«, sagte der Prinz, »willst du nicht noch eine Nacht bei mir bleiben?«

»Es ist Winter«, sagte der Schwälberich, »und der kalte Schnee wird bald dasein. In Ägypten scheint die Sonne warm auf die grünen Palmen, und die Krokodile liegen im Schlamm und schauen faul vor sich hin. Meine Gefährten bauen ihr Nest im Tempel von Baalbek, und die weiß und rot gefiederten Tauben schauen ihnen zu und gurren. Lieber Prinz, ich muß dich verlassen, aber ich will dich nie vergessen, und im nächsten Frühling bringe ich dir zwei schöne Edelsteine wieder für die, die du weggegeben hast. Der Rubin soll röter sein als eine rote Rose und der Saphir so blau wie die große See.«

»Dort unten auf dem Platz«, sagte der Prinz, »da steht ein kleines Streichholzmädel, die hat ihre Hölzer in die Gosse fallen lassen, und sie sind alle verdorben. Ihr Vater wird sie schlagen, wenn sie ihm kein Geld heimbringt, und sie weint. Pick mir das andere Auge aus und gib es ihr, und ihr Vater wird sie nicht schlagen.«

»Ich will noch eine Nacht bei dir bleiben«, sagte der Vogel, »aber ich kann dir dein Auge nicht auspikken. Du wärest dann ja ganz blind.«

»Vogel, Vogel, kleiner Vogel«, sagte der Prinz, »tu, wie ich dich heiße.«

Also pickte der Schwälberich dem Prinzen auch das andere Auge aus und flog damit weg. Er strich über den Kopf des Mädels hin und ließ den Edelstein in ihre Hand gleiten. »Was für eine hübsche Glasscherbe!« rief die Kleine und lief vergnügt nach Haus.

Darauf kam der Vogel zum Prinzen zurück. »Nun bist du blind«, sagte er, »so will ich immer bei dir bleiben.«

»Nein, kleiner Vogel«, sagte der arme Prinz, »du mußt fort nach Ägypten.«

»Ich will immer bei dir sein«, sagte der Schwälberich und schlief zu Füßen des Prinzen ein.

Am nächsten Tage setzte er sich dem Prinzen auf die Schulter und erzählte ihm Geschichten von all dem, was er in fremden Ländern gesehen hatte. Er erzählte ihm von den roten Ibissen, die in langen Reihen an den Nilufern stehen und mit ihren Schnäbeln Goldfische fangen; von der Sphinx, die so alt ist wie die Welt und in der Wüste lebt und alles weiß; von den Kaufleuten, die langsam neben ihren Kamelen einhergehen und Rosenkränze aus Bernstein in den Händen tragen; vom König des Mondgebirges, der so schwarz ist wie Ebenholz und einen großen Kristall anbetet; von der großen grünen Schlange, die in einem Palmenbaum schläft und zwanzig Priester hat, die sie mit Honigkuchen füttern; und von den Pygmäen, die auf breiten flachen Blättern über einen großen See segeln und mit den Schmetterlingen immer im Krieg liegen.

»Lieber kleiner Vogel«, sagte der Prinz, »du erzählst mir von wunderbaren Dingen, aber wunderbarer als alles ist das Leiden von Mann und Weib. Kein Mysterium ist größer als das Elend. Fliege über meine Stadt, kleiner Vogel, und dann erzähle mir, was du darin gesehen hast.«

Also flog der Schwälberich über die große Stadt und sah die Reichen froh und lustig in ihren schönen Häusern, während die Bettler an den Toren saßen. Er flog in dunkle Gassen hinab und sah die weißen Gesichter hungernder Kinder gleichgültig auf die schwarzen Straßen schauen. Unter einem Brückenbogen lagen zwei kleine Buben und hielten sich umschlungen, um sich aneinander zu wärmen. »Wir haben solchen Hunger!« sagten sie. »Ihr dürft hier nicht liegen«, schrie sie der Wächter an, und so wanderten sie hinaus in den Regen.

Dann flog der Vogel zurück zum Prinzen und erzählte ihm, was er gesehen hatte.

»Ich bin ganz mit feinem Gold bedeckt«, sagte der Prinz, »du mußt es abnehmen, Blatt für Blatt, und meinen Armen geben; die Lebenden glauben immer, daß Gold sie glücklich machen kann.«

Blatt um Blatt des feinen Goldes pickte ihm der Vogel ab, bis der glückliche Prinz ganz grau und düster aussah. Blatt um Blatt des feinen Goldes brachte er zu den Armen, und die Gesichter der Kinder wurden rosiger, und sie lachten und spielten ihre Spiele in den Straßen. »Jetzt haben wir Brot!« riefen sie.

Da kam der Schnee, und nach dem Schnee kam der Frost. Die Straßen sahen aus, als wären sie aus Silber gemacht, so glänzend und glitzernd waren sie; lange Eiszapfen wie kristallene Dolche hingen von den Dachrinnen herunter; alles ging in dicken Pelzen aus, und die kleinen Jungen trugen dicke rote Mützen und liefen auf dem Eise. Dem armen kleinen Schwälberich wurde kälter und kälter; aber er wollte den Prinzen nicht verlassen, denn er liebte ihn zu sehr. Er pickte Krumen auf vor des Bäckers Tür, wenn der Bäcker gerade nicht hinsah, und versuchte sich warm zu halten, indem er mit seinen Flügeln schlug.

Aber schließlich wußte er doch, daß er sterben müsse. Er hatte gerade noch soviel Kraft, noch einmal dem Prinzen auf die Schulter zu fliegen. »Leb wohl, guter Prinz!« sagte er ganz leise, »darf ich deine Hand küssen?«

»Ich freu mich, daß du jetzt nach Ägypten gehst«, sagte der Prinz, »du bist schon zu lang hiergeblieben, kleiner Schwälberich; aber du mußt mich auf den Mund küssen, denn ich liebe dich.«

»Ich gehe nicht nach Ägypten«, sagte der Schwälberich, »ich gehe in das Haus des Todes. Der Tod ist der Bruder des Schlafes, nicht wahr?«

Und er küßte den glücklichen Prinzen auf den Mund und fiel tot nieder vor seine Füße.

Da tönte aus dem Innern des Standbildes ein eigentümliches Knacken, gleich als ob etwas zerbrochen wäre. Das bleierne Herz war mitten entzweigeborsten. Es war auch ein strenger, harter Frost.

Früh am Morgen des nächsten Tages ging der Bürgermeister mit den Stadträten über den Platz. Als sie an der Säule vorbeikamen, schaute er zu dem Standbild hinauf: »Herrgott! Wie schäbig der glückliche Prinz aussieht!« sagte er.

»Wirklich schäbig!« sagten die Stadträte, die immer der Ansicht des Bürgermeisters waren, und dann schauten sie das Standbild an.

»Der Rubin ist aus seinem Schwert gefallen, seine Augen sind fort, und vergoldet ist er auch nicht mehr«, sagte der Bürgermeister; »er sieht wahrhaftig nicht viel besser aus als ein Bettler.«

»Wenig besser als ein Bettler«, sagten die Räte.

»Und hier liegt wahrhaftig ein toter Vogel zu seinen Füßen!« sagte der Bürgermeister. »Wir müssen wirklich eine Bekanntmachung erlassen, daß es Vögeln nicht erlaubt ist, hier zu sterben.« Und der Stadtschreiber notierte diesen Vorschlag.

So wurde das Standbild des glücklichen Prinzen

abgebrochen. »Da es nicht mehr schön ist, hat es auch keinen nützlichen Zweck mehr«, sagte der Kunstprofessor der Universität.

Hierauf wurde die Statue in einem Brennofen geschmolzen, und der Bürgermeister berief eine Versammlung, die entscheiden sollte, was mit dem Metall zu geschehen habe.

»Wir müssen natürlich ein anderes Denkmal haben«, sagte er, »und das muß ein Denkmal von mir sein.«

»Von mir«, sagte jeder der Stadträte, und sie zankten sich. Als ich das letztemal von ihnen hörte, zankten sie sich noch immer.

»Wie sonderbar!« sagte der Werkführer in der Schmelzhütte; »dieses gebrochene Bleiherz will nicht schmelzen. Wir müssen es wegwerfen, wie es ist.« So warf man es auf einen Kehrichthaufen, auf dem auch die tote Schwalbe lag.

»Bring mir die beiden kostbarsten Dinge der Stadt«, sagte Gott zu einem seiner Engel; und der Engel brachte ihm das bleierne Herz und den toten Vogel.

»Du hast recht gewählt«, sagte Gott, »denn in meinem Paradiesgarten wird dieser kleine Vogel für alle Zeiten singen, und in meiner goldenen Stadt wird der glückliche Prinz mich lobpreisen.«

Peter Bamm

Isobare und Ursachen

Über das Wetter zu reden, gilt schon seit etwa einem Jahrhundert als Zeichen unterbelichteter Intelligenz. Aber über das Wetter zu schreiben, ist nun hoch akut, und auch das könnte ein Zeichen minderer Intelligenz sein. Ich bin aber vertragsgemäß zu Anmut und Heiterkeit verpflichtet. Die Heiterkeit wird mit dem Hilarimeter gemessen, und die letzten Werte nähern sich in integralöser Weise der Null.

Die Ursachen liegen offenbar bei den Isobaren. Das Gebaren der Isobaren steht zu jeder möglichen Weltordnung seit längerer Zeit in deutlichem Widerspruch. Wenn man sich so eine Wetterkarte ansieht, dann gewinnt man nicht den Eindruck, daß es sich um abstrakte Linien handelt, die die Orte gleichen Barometerdrucks miteinander verbinden. Vielmehr sieht es so aus, als ob es Pfützen wären, die da über Irland oder über den Alpen lagern und gerade immer mit einer kleinen Zacke bis zum Wohnort reichen.

Der Erdball hat uns mit Wasser in ausreichenden Mengen versehen: Wasser aus der Leitung, Flüsse und Bäche zum Vorbeiziehen, Seen und Meere zum Baden, Schwimmen, Rudern, Segeln – Wasser für jeden Weltrekord und ausreichend Wasser zum Ersaufen.

Wir brauchen die peinlichen Isobaren der Wetterkarte, die auf 722 deuten, nicht. Neue Aktien sollten die Isobaren bieten. Ha, wie die steigen würden! Frische, junge Isobaren brauchen wir, und meinetwegen mögen sie aus der Sahara kommen, aus Tibet oder vom Kap Hoorn. Inzwischen hocken die alten, wie lieber Besuch, auf unserem Sommer. Und dieser Sommer geht hoffnungslos in einen Herbst über.

Niemand weiß, ob nicht auch er den Ehrgeiz hat, der regenreichste seit meteorologischem Gedenken zu werden.

Dieses Risiko wollte ich nicht auf mich nehmen und fuhr deswegen gen Süden, wo der blaue Himmel in den Pensionspreis einkalkuliert ist. Meine Hoffnungen haben mich nicht betrogen. Seit einer Woche scheint von morgens bis abends die Sonne. Das Reich der allmächtigen Isobaren scheint über die Alpen hinweg doch seine Grenzen zu haben.

Vor hundert Jahren fuhr man mit der Kutsche, um das Land der Sehnsucht mit der Seele zu erreichen. Vor fünfzig Jahren galt das nicht mehr als fein. Der Snob weigerte sich, durch ein paar alte Kirchen oder an Palmen entlang aus der Beschränktheit seines nil admirare geschleudert zu werden.

Der Snobismus bedarf aber dringend der Regeneration. Das als kitschig Verschriene ist kein Einwand, sondern ein Eingeständnis. Das heißt wiederum soviel, daß man sich mit Redensarten der anderen und mit ihren Postkarten identifiziert.

Wer heute reist, um Architektur, Geschichte oder angestammte Bräuche kennenzulernen, kann einem leid tun. Seine Erfahrungen sind besser und gründlicher in Bibliotheken und Enzyklopädien gespeichert. »Brot und Spiele«, die dem Volke in der Antike geboten wurden, sind heute, über Funk und möglichst farbig ferngesehen, bestens vertreten durch die Weltmeisterkämpfe. Die ganze wunderbare Blödsinnigkeit unseres glorreichen Jahrhunderts trat noch nie in so vollendeten Momentaufnahmen in Erscheinung. Nie haben Millionen von doch mit einiger Intelligenz versehenen Menschen sich mit soviel Begeisterung an den längst kommerzialisierten sportlichen Veranstaltungen beteiligt.

Lob und Preis sei denen, die, um ihren kosmischen Verpflichtungen nachzukommen, die Pilgerfahrt über die Alpen nicht scheuen. Ergriffen oder jubelnd befinden sie sich in der wunderbar warmen Luft und sind so bewundernswert glücklich, daß man fast neidisch werden könnte. Es gibt auch solche, die, den Isobaren folgend, sich frierend freuen. Zum Trost haben solche Mutigen eine Flasche Korn zur Hand, die Unbilden etwaiger Verluste zu verdrängen oder irgendeinen Sieg zu feiern.

Ob der Mond, der dann abends zwischen den Dächern hochkommt, auch noch echt ist, habe ich nicht feststellen können, und das ist auch ganz gleichgültig. Ein echter Mond bietet kaum mehr Unterstützung als ein falscher, wenn es sich darum handelt, die kombinierte Wirkung von Gebrüll, Gesang, Korn, Bier und Campari auf die Widerstandsfähigkeit eines frühreifen Mädchens abzutasten. Diese Girls, die den ganzen Tag zum Anbräunen in der Sonne liegen, riechen nach Sand, vergammeltem Wasser und ihrer Deodorant-Marke. Ob diese Mischung spezifisch oder allgemein ist, bedarf weiterer Nachforschungen.

Daß man sich in solchem Kitsch nicht wohlfühlen könnte, widerlegt die Erfahrung. Es läßt sich nichts gegen den Süden sagen.

Eugen Roth

Der Regenschirm

Zu Pfingsten war damals ein blankes, brausendes Vorsommerwetter und kein Mensch hätte einen Regenschirm gebraucht. Die Witwe Afra Kögel aber war altmodisch genug, zu glauben, eine rechte Reise sei ohne ein solches Rüstzeug nicht zu bewerkstelligen. Und so gab sie ihrem Sohn Jakob, der über die Feiertage nach Grafing fuhr zur Tante Berta, einer Vatersschwester, den neuen, guten Schirm mit, unter immerwährenden bösen Ermahnungen, ihn nirgends stehen zu lassen, ja, unter der heftigen Drohung, sie werde ihn erschlagen, wenn er das kostbare Stück nicht unversehrt wieder mitbrächte.

Der Bub machte mancherlei Ausflüchte. Er wollte den unerwünschten Reisebegleiter lieber gar nicht mitnehmen, aber er mußte wohl oder übel, die Mutter drückte ihm den Schirm in die freie linke Hand; in der rechten trug er den Koffer, ein verwetztes, billiges Ding, viel zu groß für die Siebensachen, die er barg. Aber es hofften beide, Mutter und Sohn, die Tante würde es auch bemerken, wieviel da noch Platz drin wäre für ein paar Pfund Schmalz und Mehl oder was sie sonst den ärmeren Verwandten schenken wollte, über die Guttat hinaus, daß sie den Jakob aufnahm für die paar Feiertage.

Noch im letzten Augenblick versuchte der Bub

sich des lästigen Schirms zu entledigen. Er stellte ihn einfach in die dunkle Ecke des Hausgangs, rumpelte die Stiege hinunter und schlich, an der Mauer entlang, davon.

Aber da hörte er auch schon die gellende Stimme der Mutter, die ein Fenster aufgerissen hatte und ihm nachschrie, das könnte ja gut werden, wenn der Lauskerl den Schirm daheim schon stehen lasse. Und unter den Blicken und Zurufen der rasch aufmerksam gewordenen Nachbarschaft mußte er bis unters niedere Fenster des Oberstocks treten, und die Mutter schutzte ihm den Schirm zu, laut keifend die Drohung wiederholend, daß sie ihn umbringen würde, wenn er ihr ohne den Schirm wieder unter die Augen träte.

Der Bub lief davon – eilig, schamvoll geduckt; er schlenkerte den Koffer, er hielt in der verkrampften Hand den Regenschirm, diesen lächerlichen und gefährlichen Schatz, den er zu hüten hatte, diesen tückischen Teufel, nur gemacht, ihm seine Ferien zu verderben, immer bereit, sich zu verstecken, dem Gedächtnis zu entschlüpfen, wie ers jetzt im Geist schon vor sich sah, der Jakob, der arme Kerl, der den Schirm schüttelte vor Wut und doch Angst vor ihm hatte und vor dem Unheil, das in ihm steckte.

Denn erbarmungslos würde die Mutter ihn schlagen; ein böses Weib war sie, und das sagten jetzt auch die Nachbarinnen, die beim Krämer standen und die Geschichte aufwärmten von Afras seligem Mann, der ein guter Mensch gewesen sei, nur daß er zuletzt getrunken hätte, aus lauter Gram über die Frau. Und ob das wirklich bloß ein Unglück gewesen ist, damals vor zehn Jahren, wie er im Auer Mühlbach ertrunken ist, das ist noch lange nicht ausgemacht. Die Afra aber ist seiner Zeit wenig getroffen gewesen: »Jessas Maria und Josef«, hat sie bloß gejammert, »muß das grad heut sein, wo er das gute Gewand angehabt hat und die goldene Uhr einstecken.«

Und die Frauen wandten nun ihr ganzes Mitleid dem Jakob zu, der mehr Schläge als Essen kriege, ein braver Bub, nur ganz verkümmert vor lauter Muffigkeit und Ungutsein der Mutter.

Inzwischen war der Jakob auf den Bahnhof gekommen, atemlos und gar nicht mehr zu früh; denn die große Uhr über dem Eingang tat gerade einen bösen Ruck, sie hatte eine von den zehn Minuten gefressen, die noch bis zum Abgang des Zuges waren; und viele Leute standen in Reihen vor den Schaltern, alle schon aufgeregt und auch unbeholfen mit ihren Rucksäcken und Koffern, ängstlich, daß ihnen nichts abhanden komme und daß kein Zwischenfall die eben anzutretende Reise störe.

Der Bub stellte sich hin, ward in den Engpaß geschoben, wußte nicht, wie er Schirm und Koffer tragen sollte und das Geld dazu, das er aus der Hosentasche geholt hatte und in der schwitzenden Faust preßte. Er stand jetzt am Schalter, schrie erregt und überlaut durchs Fenster hinauf, was er sich selber so oft vorgesagt hatte: »Sonntagskarte vierter Klass' nach Grafing!« – »Ort oder Bahnhof?« fragte der Beamte zurück. Der Bub wußte es nicht, noch einmal sagte er, ängstlich diesmal und flehend, das eingelernte: »Sonntagskarte vierter Klass' nach Grafing!« Ein Herr hinter ihm, mit einem brandroten Schnauzbart, in einer Jägerjoppe, mischte sich hinein: der Bahnhof sei weit weg vom Markt, ob er, der Bub, in den Ort wolle. Ja, er besuche die Tante Berta in Grafing, stotterte der Jakob. »Also Grafing-Markt«, entschied der Herr, und der Kleine legte das Geld klimpernd auf die Steinplatte, bis zu der gerade sein Kopf reichte. Der Beamte, brauenrunzelnd hinter der Brille, erklärte mit unwirschem Bedauern, das Geld lange nicht. Jakob stand hilflos da und rührte sich nicht. Er begriff dunkel, daß das mit anderen Worten heiße, daß er nicht fahren könne, daß er wieder heim müsse. Die Mutter habe ihm nicht mehr mitgegeben, klagte er weinerlich; und als der Beamte, unter der wachsenden Ungeduld der Nachdrängenden, mit herausgeducktem Kopf, mit einer Stimme zwischen Mitleid und Ärger wiederholte, es seien um fünfzig Pfennige zu wenig, sagte Jakob abermals, diesmal schon unter springenden Tränen, mehr habe ihm die Mutter nicht mitgegeben – als wolle er damit die ganze Verantwortung für diese peinliche Lage den Erwachsenen zuschieben.

Scheltende Stimmen wurden laut; in der Tat galt aller Zorn der Mutter, aber wirksam wurde er nur gegen den Knaben, weil andere Leute auch verreisen möchten und der Schalter dazu bestimmt sei, Gäste mit abgezähltem Fahrgeld abzufertigen. Da aber machte der Herr mit dem brandroten Schnauzbart dem Streit ein Ende, indem er aus der Tasche seiner schilfgrünen Jägerjoppe ein blankes Fünfzigpfennigstück fingerte und es zu den übrigen Münzen warf, lachend, wegen der paar Kreuzer werde doch niemand dem Buben seine Pfingstfreude verderben wollen. Jakob schaute den Herren an, mit einem innigen und doch verwirrten Blick, zugleich griff er nach der hingeschobenen Fahrkarte, nahm seinen Koffer auf und stolperte weg. Holla, rief der Herr ihm nach, deshalb brauche er seinen Schirm nicht stehen lassen, der Herr Professor, Schirmvergesser, so viel Zeit wäre schon noch; und er hing dem Buben, dem das Blut ins Gesicht schoß vor Scham und Aufregung, unter gemütlichen Späßen das schwarze Ungestüm über den Arm.

Jakob aber preßte den Schirm an die Brust, stammelte ein paar Dankschön! und Vergelts Gott!, zwängte sich durch die Sperre, fragte jedermann, wo der Zug nach Grafing abgehe. Und als er, durch einen Tunnel geschickt, wieder auftauchend, die lange Wagenreihe vor sich sah, schon dicht mit Reisenden gefüllt, da wollte er es noch oft und oft bestätigt wissen, daß er hier recht sei, ehe er einstieg und sich schnaufend und schwitzend auf ein bescheidenes Plätzchen setzte. Jetzt erst wagte er, zu sich selber zu kommen und mit scheuen Blicken aus dem Fenster zu spähen.

Schau, da kam auch der brave Herr, der jetzt ein

Gewehr umgehängt hatte, einen Rucksack trug und einen munteren, hellbraunen Dackel an der Leine führte. Der Herr ging geradewegs auf den Wagen zu, es war ja auch keine Zeit mehr zu verlieren, denn der Mann mit der roten Mütze hob eine kleine, schwarze Pfeife an den Mund und tat ein paar gellende Pfiffe. Mit einem heftigen Rumpler fuhr der Zug an und »Hoppla!« rief der Herr, der gerade im Gang stand und durch den Ruck aus dem Gleichgewicht kam, so daß er sich mit hartem Griff an der Schulter des Knaben festhalten mußte. Und zu seinem Hunde gewandt, meinte er fröhlich, beinahe hätten sie – und er bezog den Waldl mit ein – ums Haar hätten sie das Büberl zerdrückt, aber es sei noch einmal gut hinausgegangen.

Der Knabe aber stand auf, um dem Herrn Platz zu machen; es gab sich jedoch, indem die andern Fahrgäste zusammenrückten, daß die Bank für beide noch langte und den Hund obendrein, der, halb auf dem Schoß seines Herrn, mit seiner Schnauze schier an des Jakobs Gesicht streifte und auch wirklich immer wieder versuchte, ihm die Wange zu lecken. Über den Ermahnungen des Besitzers, derlei Unfug zu lassen, der freundlichen Versicherung, daß der Waldl nicht beiße, begann ein Gespräch des ganzen Abteils. Der Kleine, zutraulich werdend, streichelte den Hund, ohne freilich seinen Schirm auszulassen, den er mächtig vor sich aufgepflanzt hatte. Diesem Schirm wandte sich bald der gutmütige Spott der Fahrtgenossen zu; wo das Mordstrumm Parapluie mit dem Knirps hinwolle, ob er damit Heuschrecken fangen möchte, und da müßte er, lachte der Herr, ja aufpassen, denn sonst ginge es ihm wie seiner seligen Großmutter. Und er gab die Geschichte zum besten, wie die alte Frau vertrauensselig die großen grünen Heupferde, die er, als Kind damals, von den Wiesen gegriffen hatte, bösblickende, zangenmäulige, strampelnde Gesellen, in ihrem neuen, grauseidenen Sonnenschirm beherbergt habe. Als sie aber des Abends, heimgekehrt, den Schirm aufspannten, um die Burschen in einen gläsernen Gewahrsam zu überführen, da hätten nur faustgroße Löcher im Tuch gezeigt, welchen Weg in die Freiheit die Bestien genommen hatten.

Gottlob, es war nicht dieser, war nicht Jakobs Schirm, und der Bub lachte über die Geschichte. Aber die Gedankenverbindung von Schirm und Zerstörung genügte doch, um ihn gleich darauf wieder trüben, besorgten Blicks vor sich hinstarren zu machen.

Wie er heiße, wo er wohne, ob er noch in die Schule gehe und was er werden wolle, ermunterten nun mit ihren Fragen die Nachbarn das scheue Kind, und es gab zuerst einsilbige Antwort. Aber daß er ein Uhrmacher werden möchte, im Herbst, wenn er aus der Schule wäre, das sagte der Bub mit solcher Bestimmtheit und Freude, daß der Herr ihm wohlwollend auf die Schulter klopfte. Und es erwies sich, daß er selber einer war und nicht abgeneigt schien, den Jakob in die Lehre zu nehmen. Und als er gar seinen

Namen auf einen Zettel schrieb und damit zeigte, daß es ihm Ernst war, da leuchteten die Augen des Buben, und die holde, tiefverschüttete Lebensgewalt der Jugend sprang quellend schön in sein blasses Gesicht.

Indes hatte der Zug soeben den Bahnhof Grafing erreicht; es gab ein rasches und fröhliches Abschiednehmen, der Hund bellte, alle halfen dem Kind beim Aussteigen und wiesen ihm das Bummelbähnchen, das schon schnaufend bereit stand. Den Schirm aber hielt Jakob fester denn je in der Faust.

Er habe auch so einen Buben gehabt, sagte der umgängliche Herr im Weiterfahren, und grad in dem Alter ungefähr, mit vierzehn, sei er ihm weggestorben, vor zwei Jahren – und er schaute wehmütig in die wälderflammende Landschaft hinaus. Und so gehe es auf der Welt, die einen müßten ihre Kinder hergeben und die andern wüßten nicht, was sie dran hätten. Denn, daß der Bub da ein liebes Bürschel wär, nur ganz verschreckt und wie eingefroren vor lauter Angst und Geducktsein, das sähe einer auf den ersten Blick. Aber er wollte ihn schon wieder auftauen, meinte der Herr und hatte jetzt nur Sorge, der Kleine könnte den Zettel verlieren und so den künftigen Meister nicht wiederfinden. Damit stand er auf, rückte den Hut und verließ den Wagen, zwei Haltstellen hinter Grafing. Und die Reisenden sahen ihn noch mit dem Hunde dem Walde zustreben.

Jakob war samt Koffer und Regenschirm wohlbehalten bei der Tante Berta angekommen. Die Vatersschwester, auch eine Witfrau in kargen Umständen, war gut zu dem Buben und freute sich, wie er aufblühte in den zwei Tagen, munter und gesprächig, wie sie ihn gar nicht kannte, immer wieder von dem Herrn erzählend, der das Fünfzigpfennigstück großherzig für ihn hingelegt und der versprochen hatte, ihn die Uhrmacherkunst zu lehren. Und nur mit Mühe konnte sie ihn davon abhalten, daß er nicht am heiligen Pfingstsonntag die alte Küchenuhr zerlegte, mit dem großspurigen Versprechen, sie wieder in Gang zu setzen. Kinder haben eben, so dachte sie, Lachen und Weinen in einem Sack, und sie sah es als gutes Zeichen, daß die Kümmernis seines schlimm bedräuten Lebens doch nicht tiefer eindrang in das jugendkräftige Herz und noch leicht abzuwischen schien, mit ein paar so frischen Tagen wie diesen. Und nur, daß der Jakob so weich war im Gemüt, das machte ihr Sorge. Denn wie sollte er so seine Mutter bestehen, die Afra, die zäh war und zornig und die schon den Mann zermürbt hatte, Jakobs Vater, daß er lieber als Trinker verdarb und ins Wasser ging.

Es war dann ein bitterer Abschied, wie der Bub gehen mußte, am Montag abend; und die Witwe, die selber nichts Überflüssiges hatte, gab dem Jakob mit, was nur in den Koffer hineinging. Und bloß der Gedanke tat ihr weh, daß auch die andere, die böse Schwägerin, sich gütlich tun würde an den Leckerbissen, die sie sich abgespart. Und einen mächtigen Strauß Pfingstrosen aus dem Gärtlein band sie auch noch zusammen, ehe sie den Buben zur Bahn schickte.

Am Abend dieses zweiten Pfingsttages brandeten überall die glühenden und blühenden Wellen der rückströmenden Ausflügler an die Bahnhöfe und überfluteten die Züge. Doppelt und dreifach wurden die gefahren. In Trauben hingen die Menschen sich an die Trittbretter; wie von schwärmenden Bienen war das Gewühl und der summende Lärm der Fröhlichen und der Müden. Wanderer und Radfahrer, Wassersportler und Skiläufer, Jäger und Fischer waren darunter, alte Männer am Stock und selige Liebespaare und junge Väter, ihr Söhnchen im Nacken reitend, Mütter, die welken Kinder wie Sträuße an die Brust gedrückt. Ja, und die Blumen selber: die prangende Pfingstherrlichkeit flog wie eine bunte Schleppe mit stadteinwärts in den schwarzen Zügen, in Kränzen von Feldblüten, in Büschen von Waldgrün, im Bruch der geplünderten Gärten.

Auch in Grafing waren die Bahnsteige voller Menschen, die in die große Stadt zurückwollten und nun ungeduldig, sturmbereit auf das Heranrauschen der Züge und das Aufleuchten der goldenen Lichter warteten. Denn es war schon später Abend; im Westen verglühte noch der erkaltende Tag, über den Scheitel des Himmels aber zog ins lichtere Blau hinein schon die Finsternis und die Sterne brannten auf.

Jakob stand hart an den Gleisen, als der Zug einfuhr. Er war aufgeregt und unschlüssig, wo er einsteigen sollte. Da hörte er sich angerufen und sah, aufblikkend, den gemütlichen Herrn dicht über sich; er hatte sich aus dem Fenster gebeugt, in die milde Luft hinaus, auf den wilden Kampf der Andrängenden zu spähen, mit jenem Behagen, das einer empfinden mag, der sich selber geborgen weiß. Für einen Knirpsen wie Jakob sei schon noch ein Plätzchen frei, lachte er, der Bub sollte nur versuchen, sich hereinzudrücken.

Da stand nun der Kleine, indes der Zug anfuhr; und er war glücklich. Denn das war eine über alle Maßen beseligende Wendung gewesen, ein holdes Eingreifen des guten Geschicks, das ihn da aus seiner ängstlichen Verlassenheit zum drittenmal seinem neuen Freunde zugeführt hatte.

Und der Hund war auch da. Er schlief auf einem zusammengerollten Mantel, aber jetzt hob er den Kopf; und kein Zweifel, er erkannte den Jakob wieder. Und ein Fräulein, ein sehr nettes und freundliches Fräulein, das einen ungeheuren Margeritenstrauß in den Armen hielt, rückte ein bißchen zur Seite. Jakobs Koffer aber schwang ein vierschrötiger Mann leicht und hoch auf das Gepäckbrett, über einen Berg von Rucksäcken und Blumen hinweg.

Da durfte er nun sitzen, wieder nah bei dem Hunde, dem Herrn gegenüber, der sich den Bart strich und liebevoll zu ihm herübersah. Wie gut doch alle diese fremden Menschen zu ihm waren, dachte er, und eine Süßigkeit brach in ihm auf, als sei nun doch das Leben freundlichern Mächten untertan. Und er hoffte, der Herr würde abermals davon beginnen, wie er ihn zum Lehrling nehmen wollte; ihn verlangte nach einer neuen Bestätigung. Der Herr aber lachte, ein bißchen listig lachte er, schmunzelnd und recht behaglich und deutete auf den Strauß üppiger Bauernrosen in Jakobs Arm: Da sei ja, sagte er, ein Pfingstwunder geschehen, da habe sich ja, sagte er, der schwarze Regenschirm in rote Rosen verwandelt!

Regenschirm, Regenschirm. Der Bub saß da, starr und bleich. Ein schreckliches, aber dem Verstand wie dem Herzen gleich unfaßbares Wort war in ihn gefallen. Es lag in seiner Brust wie eine Sprengkapsel, es mußte ihn zerreißen, wenn es aufbarst in Begriffe und Gefühle: Regenschirm! »Um Gotteswillen«, sage der erschrockene Herr und holte mit beiden Händen den völlig entgeisterten, stumm und tränenlos blickenden Buben auf seine Knie herüber. Ob er denn den Schirm stehengelassen hätte und wo, ob bei den Verwandten oder im Zug vom Markt zum Bahnhof oder ob auf dem Bahnhof selber. Und da fing das Kind zu zittern an, aber weinen konnte es nicht. »Ich weiß nimmer!« Es war viel zu hoffnungslos, um nachzudenken. Regenschirm, dachte es und sonst nichts. Nur hinter dieser schwarzen Wand brannte es von höllischen Feuern.

Noch einmal versuchte es, eindringlicher und fast streng, der Uhrmacher. Aber tonlos, aus einer tiefen Verzweiflung heraus, sagte der Bub wiederum: »Ich weiß nimmer!«

Der ungeschlachte Mann vom andern Ende der Bank, derselbe, der so hilfreich den Koffer besorgt hatte, horchte mit halbem Ohr herüber; ob der Bub seinen Schirm stehen lassen habe, das gebe ein Ohrwaschelrennen daheim und das wären fröhliche Pfingsten. Er stieß ein polterndes Gelächter durch seine Zahnlücken. Nun aber verwies ihm das Fräulein, das in ihren Blumen fast eingeschlafen war, den Buben so zu schrecken. Und was dem Herrn nicht gelungen war, das vermochte jetzt die Stimme, ja einzig die Stimme der Frau: der Kleine brach in ein schluchzendes Weinen aus, langsam schmolz die grausame Spitze seines Schmerzes. Der brave Herr, in dessen Joppe er hineinweinte, zog ein mächtiges, rotgewürfeltes Schnupftuch aus der Tasche und wischte die Tränen fort. Er solle aufpassen, lachte er – und er war ja selber froh, daß der Bub nicht mehr so glasig starrte –, ja, aufpassen sollte er, daß es keine Überschwemmung gebe, da im Wagen herin und daß es den Waldl nicht forttreibe in den Tränenstrom. Und der Bub, der einen scheuen Blick hinüberwarf auf den Hund, der gerade aus dem Schlafe sich rührte, tat einen tiefen Schlucker und Seufzer. Und dann lächelte er, lachte und weinte in einem und strich leise über das Fell des Tieres. Der Herr aber nahm die Gelegenheit wahr, den Buben wieder auf seinen Platz zu setzen. Ermutigt durch die lösende Wirkung, die seine Späßchen getan, fuhr er fort und er meinte es jetzt nicht schlechter als vorher und scherzte, drei Tage lang beim strahlendsten Sommerwetter, habe der Bub den Schirm mit sich herumgeschleppt und nun, bei einem solchen Platzregen von Tränen, habe er ihn nicht dabei.

Und als der Bub jetzt stiller wurde, nicht mehr weinte, da ahnte der Gute nicht, daß er in der kleinen Seele mit der bloßen Erwähnung des Schirms wieder den vollen Sturm heraufbeschworen hatte; nur daß, was zuerst eine nackte, grifflose Wand des Entsetzens von Hirn und Herz abgeschlossen, nun in hundert einzelnen Bildern und Gestalten hemmungslos durch ihn hinbrauste.

Jetzt dachte er, wo er den Schirm stehen gelassen haben könnte, aber seine Erinnerung verwirrte sich. Er sah sich da und dort, durch diese drei Tage zurückgehetzt, mit Schirm, ohne Schirm, mit Schirm, ja, er sah den Schirm allein, in ein lebendiges Wesen verwandelt, als einen höhnischen Kobold umherhüpfen.

Er baute sich kleine Hoffnungen auf und zerbrach sie wieder: wie die Tante den Schirm entdecken würde, daheim friedlich an die Küchentür gehängt, wie der Schaffner in der Kleinbahn, der liebe, kleine Schaffner mit dem Zwicker an der Schnur schmunzelnd den Schirm finden würde im verlassenen Wagen: »Schau, das ist ja der Regenschirm des Putzelmännchens, gleich werd' ich ihn der Tante bringen ...« Und jetzt wußte er auch: damals, als der Schaffner ihn Putzelmännchen nannte, hatte er den Schirm noch gehabt.

Aber er hatte ihn nicht mehr. Und seine Mutter würde nicht Putzelmännchen zu ihm sagen, nein, sie würde ihn anschauen mit argen Augen und würde fragen: »Wo ist der Schirm?« Und jetzt schon, und immer wieder, hatte Jakob diese schreckliche Frage zu bestehen; aber er konnte sie nicht bestehen, es gab kein Entrinnen.

Es war jetzt ganz still im Zug; die Menschen schliefen, rauchten, dösten vor sich hin. Von beiden Seiten flogen die Lichterketten der Straßen und Gleise der großen Stadt zu.

Es war heiß im Wagen; der Zug ratterte und rauschte hohl. Der vierschrötige Mann schnarchte mit offenem, schwarzzahnigem Mund, das Fräulein war ganz in ihren Margeritenstrauß gesunken, und auch der Herr war eingenickt; der Gemsbart auf seinem Hut schlug im Takt der stoßenden Räder.

Jakob saß wie in einer Verzauberung. Der Regenschirm, der Regenschirm, klang und schaukelte es, aber immer ferner, immer brausender. Dichter und dichter, wie steigende und fallende Dämpfe, wogte die Angst herauf, senkte sich die Qual hernieder. Lange, scharfe Messer blitzten durch, schnitten und stachen: der Schirm war nicht da. Dann schmerzten sie nicht mehr. Jakob war eingeschlafen.

»Wir sind da!« sagte eine gute, holde Stimme neben ihm. Er war nicht mehr auf dieser Welt. »Wir sind da!« hallte es in seinen Traum hinein; es war unendlich süß, sich hinzugeben.

Da ruckte er auf. Der Zug dröhnte. Die Menschen waren erwacht. Sie holten ihr Gepäck und machten sich fertig. Sie sahen alle so fremd aus; keiner sprach zu dem andern. Gleich würde der Zug einfahren. Der Herr hatte sich ermuntert. Er hatte das Fenster geöffnet und sich in die Nacht hinausgelehnt, in den immer dichter werdenden Glanz huschender Lichter. Das Fräulein war schon ein Stück gegen den Ausgang vorgetreten und der vierschrötige Mann holte gerade Jakobs Koffer herunter. Den Kopf werde ihm niemand abreißen wegen dem Schirm, sagte er geringschätzig; und wer denn gar so zu fürchten sei daheim, der Vater oder die Mutter?

»Die Mutter!« preßte Jakob hervor. Mit schrecklicher Wucht war in diesem einen Augenblick das ganze Verhängnis wieder auf ihn niedergestürzt, alle die kleinen Schächte des Lebens und der Hoffnung hatte es ihm eingedrückt. Jetzt, vielleicht am Bahnhof schon, unentrinnbar, ohne Gnade, mußte er Antwort geben auf die grausame Frage: »Wo ist der Schirm?«

Die Gesichte in ihm überstürzten sich. Konnte nicht die Mutter tot sein, tot, für immer verstummt, der böse fragende Mund? Nein! Konnte er nicht krank sein, spürte er nicht das Fieber in sich, Hitze und Frost in jagenden Stößen, wankten ihm nicht die Knie? Nein. Konnte nichts geschehen, lieber Gott, was denn, irgend etwas, die Sterne vom Himmel, nein, er wußte nichts. Nichts. Unentrinnbar. Alles brauste.

Der Herr lehnte breit im Fenster. Der Hund fing zu bellen an. Das Fräulein hing, halb stehend, erschöpft über ihrem Strauße. Eine Stimme sagte tröstend: »Gleich kommen wir jetzt ins Heiabettchen!« Ein Kind weinte.

Jakob hörte und sah alles unter brausenden Wellen der Qual. Konnte sich ein so kleiner Mensch nicht so gering machen vor Angst, daß er verging? Nein. Er war da und der Schirm war nicht da. Nichts mehr konnte dazwischentreten. Nichts. Die Stadt war erreicht. –

Der Stoß war von schmetternder Wucht. Das Licht platzte in Flammen und Finsternis. Stille lag einen schrecklichen Augenblick lang schwer über dem ganzen Zug. Dann hörten die Menschen, langsam fast, ein gräßlich heranschwellendes Geräusch. Das Mahlen und Schmatzen ungeheurer Kiefer. Holz brach und barst, Fenster klirrten, Eisen knirschte und sprang. Nun hatte der malmende Biß auch Jakob erreicht und die, die mit ihm fuhren. Und jetzt tönte spitz und martervoll ein einziger Schrei des Schrekkens und des Schmerzes die Wagen entlang, ein hohles, heulendes Wimmern. Und dann erst löste sich das begriffene Unglück in den schauerlichen Wirrwarr seiner Einzelheiten.

Jakob erwachte halb, vom Fackellicht und nahe rufenden Stimmen. Er spürte einen fernen Schmerz, er hörte ein schluchzendes Wimmern von weit her. Schmerz und Klage, unscharf verschwimmend, näherten sich einander, schärfer, deutlicher, und jetzt schmolzen sie in ihn ein; er selbst war es, der in Schmerzen lag und stöhnte. Dann wieder sprang alles weg, huschend wie Schatten.

Er sah, wie fremde Männer das Fräulein fortführten; es hielt den weißen Margeritenstrauß fest in den Händen und weinte bitterlich. Und große, rote Tropfen fielen auf die Blumen. Der Herr aber schaute immer noch zum Fenster hinaus, obwohl er, Jakob, hier lag und obwohl die fremden Männer das Fräulein fortführten. Das Fenster freilich schien so seltsam schmal; und alles war so schief und wirr, wie in der Hexenschaukel damals auf dem Oktoberfest. Und es wurde ihm auch schon wieder so schlecht. Er hörte noch eine Stimme: »Was ist denn mit dem Buben da?«

Er wurde wohl fortgetragen. Wohin? Er wandte den Kopf und jetzt schaute ihn der Herr an, aus dem Fenster gebeugt, und er lachte. Und die Hand hatte er ausgestreckt. Ja, er würde schon kommen, und ein Uhrmacher werden. Aber wo war der kleine Hund geblieben?

Die Witwe Afra Kögel hatte bis um elf Uhr auf die Heimkehr ihres Sohnes gewartet. Sie saß bekümmert in der kahlen Küche im grellen, ungeschirmten Licht und flickte an einem Hemd. Sie hatte keine Zeit gehabt, Pfingsten zu feiern. Einer armen Witwe, die tagaus, tagein am Waschtrog steht, kommen ein paar Feiertage gerade recht, um daheim Ordnung zu schaffen. Nichts wie Sorgen hat man, so allein in der schlechten Welt, und da sollte man nicht selber hart werden, wenn es einem so hart gemacht wird. Und wo kommt die Wirtschaft hin, wenn man nicht pfenniggenau ist und alles zusammenhält? Und gar mit einem heranwachsenden Buben wie dem Jakob. Der ist dem Vater nachgeraten. Viel zu weich und schusselig, und der wird dann auch einmal ein Säufer wie der Vater. Aber die Leute mögen ja natürlich solche lieber, die sich so gehen lassen; und ihr hängt man's an, sie hätten den Mann ins Wasser getrieben. Dem Buben freilich wird sie's schon zeigen, dem Duckmäuser; und wo bleibt er nur? Meinetwegen, wenn ihn die Schwägerin noch einen Tag füttert, ihr soll's recht sein. Wenn er bloß den guten Anzug nicht zerrissen hat und den neuen Schirm wieder richtig mit heimbringt.

Und mit Seufzen löschte sie das Licht und legte sich ins Bett; aber sie hatte schlimme Ahnungen und die Sorge um den Schirm ließ sie lange nicht schlafen. Vielleicht wäre es besser gewesen, ihm den Schirm nicht mitzugeben. Ja, aber wenn er dann in ein Gewitter gekommen wäre und es hätte den guten Anzug so angeregnet, daß er ganz zusammengeschnurrt wäre vor lauter Nässe?

In dieser Nacht also träumten drei Menschen, eben die drei, die es anging, von dem Regenschirm. Die Tante Berta träumte von dem Schirm, den sie eine Viertelstunde nach Jakobs Abschied, mit stockendem Herzen an der Küchentür hängen sah und den sie laut jammernd und so schnell ihre alten Füße sie zu tragen vermochten, an die Bahn getragen hatte, ohne ihn doch dem Buben noch geben zu können; denn der Zug stampfte schon den Berg hinauf.

Die Mutter träumte von dem Schirm und sie sah die drei blanken Markstücke, die sie hingelegt hatte, um ihn zu erwerben. Sie sah aber auch, wie der Bub mit dem Schirm in Mauslöchern herumstochert und mit der Krücke nach Zweigen angelt, und sie sah, wie er den Schirm stehen läßt, der vergeßliche, windige Lausbub, mitten im Wald, wo er nie mehr gefunden wird.

Und der Bub träumte von dem Schirm; er sah sich heimkommen und vor die Mutter treten, zitternd, vor die Frage, die schreckliche, unabwendbare, ausweglose Frage, und er fühlte den unbarmherzigen Blick und die harte, zum Schlag bereite Hand. Aber da, in der tiefsten Erniedrigung des Bettelns und Lügens, in der lähmendsten Angst weiß er plötzlich, jubelnd, voll himmlischer Beredsamkeit den Ausweg der Gnade: »Mutter!« ruft er, und ist des leuchtenden Blicks schon gewiß und die Hand, die dem Schlage wehrt, ist nicht seine, ist eines Engels Hand: »Mutter, die Züge sind zusammengestoßen und ich bin da!« Aber ungerührt und finster sagt die Mutter: »Wo ist der Schirm? Geh und bring mir den Schirm!« Und er geht zurück in die Hölle der Vernichtung, ganz geisterhaft geht er und geht; aber da lacht plötzlich der gute Herr, ob er denn nicht wisse, daß er den Schirm gar nicht mitgebracht habe, sondern lauter rote Pfingstrosen.

Am Dienstag in aller Frühe brachte ein Mann einen kleinen Koffer vor die Tür der Witwe Afra Kögel und fragte sachlich ernst und doch bebend vor verhaltner Erregung, ob sie dieses Gepäckstück als ihr Eigentum anerkenne. Der Koffer hatte zwar ein paar Schrammen und einen großen, sonderbar dunklen

Flecken, aber es war derselbe, den ihr Sohn Jakob mit auf die Reise genommen hatte. Dann müsse er ihr mitteilen, sagte der Mann, daß heute Nacht ein schweres Zugunglück vor dem Bahnhof gewesen sei und daß der Besitzer des Koffers, also ihr Sohn, verletzt im Krankenhaus liege, im Zimmer sechzehn im zweiten Stock.

Die Frau schaute wortlos den Mann an, der ihr die traurige Botschaft gebracht hatte. Der stand noch ein Weilchen unschlüssig und hilflos; er fand die rechte Art nicht, sie zu trösten und so wandte er sich lieber zum Gehen. Die Witwe aber, aus der Betäubung erwacht, rief ihm nach. Ob er dort, fragte sie bekümmert, wo er den Koffer gefunden, nicht auch einen Schirm gesehen hätte, einen guten, fast neuen schwarzen Regenschirm. Und sie machte sich daran, das kostbare Stück eingehend zu beschreiben. Der Mann aber, der auf einmal sehr verfallen und übermüdet aussah, machte, sich wieder der Frau zuwendend, eine abgründige Bewegung mit der Hand, und, so könne nur fragen, sagte er, wer den Zusammenstoß nicht gesehen; und bis fünf Uhr früh hätte er in den Trümmern gearbeitet und mehr als einen Toten herausgetragen und auf den Kies des Bahndamms gelegt. Was aber an Gepäckstücken noch gefunden worden sei, erklärte er, wieder dienstlich in Ton und Haltung, das sei alles in das Leichenhaus auf den Friedhof geschafft worden und vielleicht sei auch der Schirm darunter. Im übrigen würde, und das sagte er jetzt mit kalter Schärfe, als spürte er plötzlich und nachträglich den ganzen Frevel ihrer Frage, würde ein solcher Verlust, wenn sie ihn anmelde, von der Bahnverwaltung gewiß ersetzt werden. Die müsse jetzt für ganz andere Schäden aufkommen, gar nicht zu reden von dem, was mit allem Gelde der Welt nicht mehr gut zu machen sei.

Und in zorniger Erbitterung stieg er die Treppe hinunter.

Die Witwe Afra Kögel rüstete sich, ihren Sohn zu besuchen. Im Krankenhaus war es nicht still wie sonst; viele Menschen warteten fragend und weinend in den Gängen und vor den Türen, stärker war der Geruch der scharfen Säfte, und niemand nahm sich Zeit, das blutige Handwerk zu verbergen, das hier getrieben ward. Eine Schwester wehrte der Frau den Eintritt in das Zimmer. Es seien gerade die Ärzte da, sagte sie milde, aber bestimmt, in zwei Stunden frühestens möge die Mutter wiederkommen. Und da sie fühlte, daß die Bejammernswerte noch etwas auf dem Herzen habe, suchte sie nach einem Wort des Trostes: die Frau möge zu Gott beten, der alles noch gnädig wenden könne, und des Sohnes Zustand sei ernst, aber nicht ohne Hoffnung. Ob der Bub, fragte die Witwe leise und demütig, wie sie ihn gebracht hätten, nicht einen Regenschirm – »Nein, nichts, gar nichts«, schnitt die Schwester mitleidig ab und drängte die Mutter fort. ›Wie kann doch‹, dachte sie, ›der jähe Schmerz ein armes Gehirn so völlig verwirren, daß die Mutter nach einem lächerlichen Ding sich erkundigt, indes ihr Sohn im Sterben liegt!‹

Die Witwe stand auf der Straße und hatte zwei Stunden Zeit. Ob sie wollte oder nicht, es trieb sie zum Friedhof; dort, hatte der Mann gesagt, sei alles Gepäck aufbewahrt, und er hatte selbst zugegeben, es sei nicht ausgeschlossen, daß sich der Schirm darunter befinde.

Sie kam ungehindert bis dicht an das Totenhaus und gewahrte mit scheuem Blick die schrecklichen Zurüstungen zur Aufbewahrung der Leichen, die in rasch bereitgestellten Särgen, in Laken gehüllt, in eine ungewisse Dämmerung von Lorbeer und Blumen weggeschafft wurden. Aber näher sah ihr suchendes Auge einen verstreuten Bestand von besudelten und zerstörten Rucksäcken, Köfferchen und Kleidungsstücken, mit deren flüchtiger Ordnung sich soeben einige Leute beschäftigten. Ein älterer Mann mit einer grünen Dienstmütze band gerade Stöcke zu einem Bündel zusammen. Es war auch ein Schirm dabei, aber ein heller, grauer Sonnenschirm und nicht der ihre. Ein Beamter trat auf sie zu, ob sie jemanden suche; nachdem sie Namen und Umstände genannt, antwortete er, eine Liste durchblätternd, er könne ihr die zwar immerhin betrübliche, in Ansehung der Verhältnisse aber dennoch tröstliche Mitteilung machen, das Kind liege, wenn auch verletzt, so doch vorerst gerettet, im Krankenhaus, Zimmer sechzehn, zweiter Stock. Da tat die Frau, als höre sie das zum erstenmal, nickte und ging. Sie hatte keinen Mut mehr, den Beamten nach dem Schirm zu fragen, wie sehr er ihr auch am Herzen lag. Im Weggehen hob sie einen vollen Büschel Lorbeer auf, der achtlos auf den Boden geworfen schien. Sie wußte nicht, wozu er ihr dienen würde; aber es verdroß sie, daß das kostbare Gezweig hier verderben sollte. Doch warf sie das Blattwerk sogleich wieder fort, als sie sah, wie es dunkel glänzte von frischem Blute.

Sie stand jetzt wieder auf der Straße, und es war noch keine Stunde vergangen. Sie ging nun doch dem Bahnhof zu und der Unglücksstätte. Der Weg war nicht schwer zu finden; denn Tausende von Menschen strömten hinaus, zu Fuß, im Wagen, mit dem Fahrrad. Bald aber ward der Menge Einhalt geboten. Schutzleute und Ketten von Soldaten sperrten das Gelände ab und die Frau konnte nur, zwischen Hüten und Helmen hindurch, das schwarze Gewirr der Trümmer erspähen, das friedlich grauenhafte, das aus der Ferne fast spielerische, an diesem reinen Frühsommermorgen. Die Toten und Verletzten seien alle weggebracht, riefen die Polizisten unaufhörlich in die Andrängenden hinein, Auskunft werde den Angehörigen im Wartesaal erteilt, das Gepäck befinde sich auf dem Friedhof. Hier habe niemand etwas zu suchen.

Dies war wie auf sie allein gemünzt, spürte sie, als es ihr ein Wachtmeister, scharf vor Überanstrengung, dicht und drohend ins Gesicht schrie, ohne sie freilich zu meinen, und es erschreckte sie, daß gerade sie hier nichts zu suchen hätte. Da folgte sie wie einem persönlichen Befehl und ließ vorerst die Hoffnung fahren, noch zu ihrem Eigentum zu kommen. Überdies war es an der Zeit, sich im Krankenhause wieder einzufinden.

Jakob wachte auf, nur für einen kurzen, klaren Augenblick. Er war wie völlig ausgeruht, leicht wie ein Federfläumchen und ganz ohne Schmerz. Am Bett aber saß die Tante Berta, auf die Nachricht von dem Unglück eilig herbeigereist; und in der Hand hielt sie den Regenschirm, den sie mitgebracht hatte. Da ging ein Lächeln und ein Leuchten über Jakobs Gesicht, und er griff nach dem Schirm, der kein Unhold mehr war, sondern ein trostreicher Gast, geliebt und willkommen, ein starker und sicherer Führer in die Finsternis.

Und nun trat auch die Mutter ein. Sie sah zuerst – und es konnte gar nicht anders sein – den Schirm liegen, groß und schwarz auf der weißen Bettdecke. Da lag er, unversehrt, der Regenschirm, den sie vergeblich gesucht hatte. Und da mußte ja auch ihre erste Frage sein, wo denn der Schirm herkomme; und die Schwägerin gab Antwort, ohne Arg, der Bube habe ihn draußen bei ihr stehen lassen. Die Mutter sagte nur: »So!« und sonst nichts. Aber es waren Himmel und Höllen ihres armseligen Herzens in diesem einen Wort und der Widerschein vieler Gedanken zog über ihr Gesicht. Die Tante Berta aber hatte all das schon nicht mehr wahrgenommen. »Schau nur, der Bub«, flüsterte sie in einer jähen Angst und beugte sich vor. Da sah es auch die Mutter, daß Jakob spitz und fahl wurde. Und sie wußte, daß er jetzt tot war.

Und somit schloß sich der Kreis, der ein kleines Schicksal geheimnisvoll an ein großes knüpfte. Denn, daß der brave Herr nicht mehr gelacht hatte damals, sondern tot war und mit Schweißfeuern aus dem Fenster hatte geschürft werden müssen; und daß das blumenfrohe Fräulein die schweren, entstellenden Narben auf der Stirn trug, seitdem; und daß das gräßliche Unglück mitten im jubelnden Mai viele Gräber aufgetan hatte – das waren ja schon andere Geschicke, vielfach ineinander verflochten und doch so fremd wie alles in diesem rätselhaften Leben.

Selma Lagerlöf

Der Stein im See

Es war einmal im siebzehnten Jahrhundert ein armer Geistlicher, der auf der Kanzel der Broer Kirche in Värmland stand und seine Predigt las. Die Bankreihen unter ihm waren voll von Leuten, die ganz stumm und andächtig dasaßen, die Frühlingssonne schien durch die kleinen Fensterscheiben und verjagte die Winterkälte aus dem ungeheizten Gotteshaus, der Küster stand Wache, um einen jeden zu wecken, der es sich etwa einfallen lassen sollte, einzuschlummern, alles ging, wie es sollte, und dem Prediger war froh ums Herz wie dem Sämann, wenn er gute Saat in wohlgepflügte Erde streut.

Der Prediger war groß und ungeschlacht, mit starker Stimme und gewaltigen Fäusten, ein ganzer Kerl. Er war so dunkel, daß, wer ihn sah, ohne zu wissen, wer er war, beinahe vor ihm erschrecken konnte. Das schwarze Haar fiel ihm nach Bauernart bis auf die Schultern und hing tief in die Stirn. Die Augenbrauen zogen sich grob wie Stricke über die strengen Augen, und kaum wurde die Haut der Wangen ein bißchen lichter, fing schon der buschige schwarze Bart an und verdeckte den unteren Teil des Gesichts.

Als der Geistliche ungefähr zur Mitte seiner Predigt gekommen war, hörte er vor der Kirche Pferdegetrappel und laute Menschenstimmen. »Da sind welche, die zum Gottesdienst zu spät kommen. Wenn sie doch den Verstand hätten, draußen zu bleiben, bis die Predigt aus ist«, dachte er. »Wenn sie jetzt hereinkommen, so stören sie doch nur, und sie haben ja auch keine Erbauung davon, eine halbe Predigt zu hören.« Aber es ging nicht so, wie der Geistliche wünschte. Die Neuankömmlinge kamen vielmehr gleich darauf über den Steinboden des Wappenhauses getrappelt, geradewegs auf die Kirchentüre zu. Sie gingen schwer, und sie sprachen laut. Es sah aus, als wollten sie so viel Lärm machen, als ihnen nur möglich war.

Obgleich er ruhig weitersprach, merkte der Prediger doch, daß dieser und jener unter seinen Zuhörern schon aus seiner Andacht gerissen war und den Kopf zur Türe drehte. Er wünschte inbrünstig, daß die Kommenden sich doch wenigstens auf einer der hintersten Bänke niederlassen und nicht in die Nähe der Kanzel vordringen möchten.

Aber auch diese Hoffnung erfüllte sich nicht. Die Kirchentüren wurden mit Lärm und Getöse aufgerissen, und den großen Gang herauf kam ein Zug von gut zwanzig Menschen. Nach all dem Lärm, den sie gemacht hatten, hätte man eine Schar betrunkener Kriegsknechte erwarten können, doch nein, es war eine hochgewachsene junge Bauerstochter, die an der Spitze des Zuges ging, und lauter friedliche Bauersleute folgten ihr nach. Sie war blond und schön, trug pelzverbrämte Kleider aus weißem Fries und hatte so viel Silbergeschmeide um Hals und Gürtel, daß es wohl seine zwölf, dreizehn Pfund wiegen mochte. Die hinterher kamen, waren alle dunkel gekleidet. Es waren Alte und Junge darunter, Mannsbilder und Weibsleute. Der Geistliche sah, daß es Herrschaft und Gesinde eines großen Bauernhofes sein mußten, die da zur Kirche gekommen waren.

Es fiel dem Geistlichen schwer, in seiner Predigt fortzufahren, denn jetzt hatte die ganze Gemeinde ihre Gedanken von dem Gottesdienst abgewandt und starrte nur immerzu die Neuangekommenen an. Und das war auch nicht zu verwundern, denn sie betrugen sich nicht so, wie sie sollten, wenn sie in ein Gotteshaus traten. Sie verhielten sich wohl jetzt, nachdem sie unter die Kirchenwölbung getreten waren, schweigend, aber gerade als sie an der Kanzel vorbeigehen wollten, blieb die junge stattliche Bauerstochter stehen und fing an, den Geistlichen anzugaffen, als hätte sie nie seinesgleichen gesehen. Sie machte die anderen auf ihn aufmerksam, und nun blieben sie allesamt stehen und betrachteten ihn mit erstaunten Gebärden, ganz als wäre er ein wunderliches Tier in einer Jahrmarktbude.

Der Prediger war sich wohl bewußt, daß er ein geringer Mann war. Er war nicht Propst, er war nicht Pastor, er war nur ein armer Hilfsgeistlicher, der von Kirchspiel zu Kirchspiel geschickt wurde. Er war an Demütigungen und Verachtung gewöhnt, aber dieses Angaffen war doch etwas, was er nicht dulden zu müssen glaubte. Hier stand er als ein Verkünder von Gottes Wort, und hier durfte ihm niemand Mißachtung zeigen. Die grobe Faust erhob sich und fiel mit solcher Wucht auf die Kanzel nieder, daß es in der ganzen Kirche widerhallte.

Er wollte es damit nicht genug sein lassen. Dem Faustschlag sollten auch noch ein paar strenge Worte an die Friedensstörer folgen, aber dazu kam es nicht. Er sah noch einmal in das trotzige Gesicht der Bauerstochter, bevor er zu reden anfing, und dann wurde nichts aus der Strafpredigt. Er beugte sich über sein Heft und predigte zu Ende, ohne auch nur einen einzigen Blick mehr in die Kirche zu werfen. Als der Geistliche dann in die Sakristei kam, war kein Mensch drinnen. Er setzte sich auf ein kleines schmales Bänkchen, stützte den Kopf in die Hände und starrte vor sich hin. Er sah ganz verstört aus.

Das Unglück war, daß er dieser Tage mit dem Küster davon gesprochen hatte, wie kümmerlich er es hatte. Denn er bekam ja für seine Arbeit so gut wie keinen Lohn. Er war der Hilfsgeistliche eines armen Vikars, der selbst kaum genug zum Leben hatte. Er konnte nichts verlangen, wo nichts zu holen war.

Auch war er kein alleinstehender Mann. Er war verheiratet gewesen und hatte für drei kleine Kinder zwischen zwei und fünf Jahren zu sorgen. Er hatte es so schwer, daß er schon an das Konsistorium geschrieben hatte, man möchte ihm doch um Gottes Barmherzigkeit willen zu einer anderen Stelle verhelfen. Hier wohnte er ja in einer kleinen Hütte, die aus einem einzigen Raum bestand. Er hatte nicht die Mittel, sich Knecht oder Magd zu halten, und der Hunger war täglicher Gast bei ihm. Niemandem in der ganzen Gemeinde ging es so erbärmlich wie ihm. Er mußte von hier fort. Da hatte ihm der Küster gesagt, er könne doch etwas tun, das besser sei, als seiner Wege zu gehen. Der Prediger hatte zu wissen verlangt, was dies wäre, und darauf hatte der Küster zurückgefragt, ob er denn etwas dagegen habe, noch einmal zu heiraten.

Hier im Kirchspiel war eine reiche Bauerstochter. Die hatte noch keinem Freier ihr Jawort gegeben, sondern führte ihre große Wirtschaft selbst. Aber wer konnte wissen, was sie sagen würde, wenn nun der Prediger – sie war ja nicht mehr ganz so jung, aber ein stattliches Frauenzimmer. Der Prediger hatte sie wohl noch nicht gesehen, denn sie wohnte in einem entlegenen Winkel des großen Kirchspiels. Sie hatte mehrere Meilen zur Kirche und kam auch höchstens zweimal im Jahre hin. Zu seinen Zeiten war sie noch nicht da gewesen.

Der Küster hatte die Sache so gut darzustellen gewußt, daß der Prediger ihm die Erlaubnis gegeben hatte, nicht gerade zu freien, aber doch sich ein wenig zu erkundigen, ob sie, Gudrun Ivarsdotter, daran denken würde, ihn zu heiraten.

Er hatte ja begriffen, daß sie alt und häßlich sein mußte, und vielleicht war sie auch noch obendrein böse, aber danach hatte er nicht gefragt. Er hatte nur daran gedacht, daß, wenn er sie bekäme, die kleinen Kinder nicht mehr über Hunger zu klagen brauchten. Nun, in der Kirche, gerade als er seine Strafpredigt beginnen wollte, war es ihm klar geworden, daß das die reiche Bauerstochter war, um die er geworben hatte, und die nun gekommen war, um ihm Bescheid zu geben.

Sie war in dieser Weise gekommen, um dem armen Geistlichen zu zeigen, daß sie viel zu gut für ihn war, und darin mußte er ihr recht geben. Wenn er doch nur dem Küster nicht aufs Wort geglaubt hätte! Hätte er nur gewußt, daß sie noch jung und schön war, so wäre er dieser neuen Demütigung entgangen! Er blieb lange in der Sakristei sitzen, um Gudrun Ivarsdotter und all den anderen Zeit zu lassen sich wegzubegeben, bis er über den Kirchenhügel ging. Aber sie hatte sich offenbar nicht beeilt, denn als er die Sakristeitür öffnete, war sie noch da. Sie wollte sich eben in den Sattel schwingen und war auf einen Stein gestiegen, der zur Bequemlichkeit der Reitenden gerade vor das Kirchentor gelegt worden war. Ihr Knecht, der das Pferd hielt, konnte es nicht still halten, so daß es ihr einmal ums andere mißlang, auf den hohen Quersattel hinaufzukommen.

Da trat der Prediger rasch heran. Er faßte Gudrun mit seinen starken Armen, hob sie hoch in die Höhe und setzte sie dann derb in den Sattel.

Sie war wahrlich nicht auf den Mund gefallen, aber sie fand kein Wort der Erwiderung, sondern ritt schweigend fort.

Nach diesem Frühlingssonntag begann für den armen Hilfsgeistlichen wie für die ganze Gemeinde eine Zeit, die schlimmer war als alles, was sie je miterlebt hatten. Der Frühling hatte schon im April so schön begonnen, daß es beinahe sommerlich warm gewesen war. Schnee und Eis verschwanden, der Boden grünte, die Bäume schlugen aus, und die Leute mußten sich sputen, so sehr sie nur konnten, um die Saat in die Erde zu bringen. Dafür, daß es April war, fiel merkwürdig wenig Regen, aber um so mehr würde wohl im Mai nachkommen. Regen bekam man immer noch genug, da brauchte einem nicht bange zu sein. Von dieser Ware gab es eher zu viel als zu wenig.

Aber der Mai wurde trocken und windig, nur hier und da gab es einen kurzen Schauer. Die Leute erwarteten, daß der Regen zu Pfingsten kommen würde, wenn schon nicht früher, aber der Pfingstsonntag brach blank und klar an wie alle anderen Tage, und in der Nacht zum Pfingstmontag wurde es so kalt, daß es fror. Der Frost griff ungleich an, wie gewöhnlich. Manche Felder wurden ganz zerstört, aber viele hielten sich noch, und das Gras auf Wiesen und Angern sah ganz gut aus. Es fehlte eben nur der Regen.

Der Johannistag pflegte ja ebenso große Macht zu haben, den Regen anzuziehen, wie Pfingsten, und am Johannisabend stiegen denn auch dunkle Wolken am Himmel auf. Es gab ein heftiges Gewitter, und etliche Hagelkörner kamen herabgeprasselt, das war alles.

Dann wölbte sich der Himmel ganze drei Monate

lang klar und wolkenlos. Die Erde wurde so erhitzt wie ein Backofen. Nacht und Tag waren gleich schwül und drückend.

Das Gras wurde braun gebrannt und verkümmerte. Das Korn bekam Ähren, als die Halme noch keine Handbreit aus der Erde standen. Alles wurde frühzeitig reif, und die Ernte war leicht zu bergen. Aber dafür fanden sie auch große klaffende Lücken in Scheuern und Vorratshäusern.

Den Sommer über wurde die ganze Gegend von großen Waldbränden heimgesucht. Es war kaum möglich, ein Feld zu schwenden, ohne daß das Feuer auf den Wald übergriff. Es war noch gut, daß es auf den Äckern so wenig zu tun gab, denn man mußte beständig in den Wald eilen, um dort zu löschen.

Gegen Ende August wurden die Nächte lang und dunkel, die Sonne büßte ihre Kraft ein, jetzt mußte es den Wolken doch endlich möglich sein, sich zu sammeln. Das taten sie auch, sie ballten sich so dicht und schwer zusammen, daß der Regen gar nicht die Macht hatte, aus ihnen hervorzubrechen.

Um diese Zeit begann das Wasser in Quellen und Bächen zu versiegen. Die Mühlen standen still, und die Getreide zu mahlen hatten, mußten ihre alten Handmühlen hervorsuchen. Im Wald verdorrte alles Futter, die Herden kehrten von selbst auf die Höfe zurück, als wollten sie die Bauersleute um Hilfe anflehen.

Jetzt waren die Menschen nicht mehr im Zweifel darüber, daß ihnen ein Notjahr bevorstand. Sie wanderten alle aus den Häusern in den Wald, um für ihr Vieh Moos, Flechten und Laub einzusammeln. Ihr eigenes Brot mischten sie bald mit Waldbeeren, bald mit feingehacktem Stroh, bald mit getrockneter, zerstoßener Rinde.

Im Oktober mußte schließlich doch Regen kommen. Es konnte der Ernte ja nicht mehr helfen, aber es wäre doch ein Gutes, wenn man Wasser für Mensch und Vieh bekäme und die Mühlen in Gang setzen könnte. Aber der Oktober wurde klar und wolkenlos, nahezu wie ein Sommermonat. In diesen Monat fiel der Jahrmarkt, und der pflegte immer schlechtes Wetter anzuziehen wie alle großen Feiertage. Der Markttag brach auch mit scharfem Nordwind und bitterer Kälte an, aber Regen brachte er keinen.

Jetzt waren es nicht nur die zahmen Tiere, die dem Dorfe zustrebten, jetzt kamen auch die Waldtiere zu den Menschenwohnungen geschlichen, um zu sehen, ob es nicht da etwas zu essen und zu trinken gäbe.

Die Menschen konnten sich auch nicht still verhalten. Sie begannen auf die Wanderschaft zu gehen, wie die Tiere. Ganze Familien griffen zum Bettelstab und zogen fort, um zu sehen, ob es anderswo Bauernhöfe gäbe, wo man genug hatte und noch austeilen konnte. Im November kam endlich ein wenig Niederschlag. Es war Schnee. Hartgefroren fiel er zu Boden, er reichte nicht zur Schlittenbahn, er reichte zu gar nichts, es war gerade nur so viel, daß man die ausgedörrte Erde nicht mehr sah.

Im Dezember, als sich das harte Jahr endlich seinem Ende zuneigte und alles schon so schlimm war, daß es nicht mehr schlimmer werden konnte, traf den armen Prediger doch erst seine schwerste Prüfung. Er wurde eines Tages kurz vor Weihnachten mehrere Meilen weit weg in die Waldgegend zu einer armen Fischerswitwe gerufen. Nach langer Wanderung kam er zu einer kleinen Hütte, die am Ufer eines langen Sees lag. In der ganzen Umgegend sah er nicht ein Wohnhaus, keine Felder, keine Ställe, nur Wald. Die elende Hütte lag ganz einsam und verlassen da, den öden See vor sich, den stummen Wald im Rücken.

Dort drinnen hatte er eine todkranke Frau gefunden und sechs Kinder, die bald elternlos sein mußten. Ihr Vater war im Sommer vorangegangen, und nun sollten sie auch ohne Mutter bleiben.

Das älteste der Kinder zählte zehn Jahre, das jüngste nicht mehr als drei. Keines von ihnen konnte sich schon nützlich machen oder etwas für seinen Unterhalt verdienen. Alle brauchten sie noch Hilfe, und man mußte ihnen Kleider und Nahrung geben, ihnen Wartung und Pflege angedeihen lassen, wenn sie nicht zugrunde gehen sollten.

Alle hatten sie die Mutter umstanden, als sie das heilige Abendmahl empfing, und sie hatte von ihnen zum Prediger geschaut und vom Prediger zu ihnen. Sie hatte die Augen nicht geschlossen, immer nur geschaut und geschaut. Aber sie hatte nicht mit Worten gebeten. Es gibt Wünsche, die zu groß sind, als daß man sie aussprechen könnte.

Der Geistliche hatte sie gefragt, ob sie denn keine Nachbarn habe. Doch, das hatte sie. Eine Meile weiter den Rottner-See hinauf lag ein großes Gehöft, das einer gewissen Gudrun Ivarsdotter gehörte. Die Fischersfrau hatte sich vor einigen Tagen zu ihr geschleppt und ihr von den Kindern gesprochen, aber sie hatte sich ihrer nicht annehmen wollen.

Dies setzte den Prediger keineswegs in Erstaunen. Es war ja nicht zu erwarten, daß solch eine trotzige, selbstzufriedene Jungfer wie Gudrun einer so großen Kinderschar zu Hilfe kommen würde. Es war wohl auch gar nicht wünschenswert.

Die Augen der kranken Frau hatten mit solcher Herzensangst auf dem Prediger geruht, daß er es schließlich nicht mehr in der Hütte aushalten konnte. Er mußte ins Freie gehen, um nicht etwas zu versprechen, das er ja doch beim besten Willen nicht halten konnte. Er ging von der Hütte zum Seeufer hinunter. Das Wasser stand so tief, daß der Seegrund bis weit hinaus sichtbar war, und er begann, dorthin zu wandern. Er ging da allein und hilflos durch das Ödland und fühlte sich zu Tode bedrückt von der neuen Bürde, die er sich auferlegen mußte. »Wenn es doch ein anderes Jahr gewesen wäre«, dachte er, »wie kann ich es auf mich nehmen, für noch sechs Schnäbel Essen zu schaffen, wo ich die drei nicht satt machen kann, für die ich schon zu sorgen habe?«

Er hatte geglaubt, daß er im Frühjahr arm gewesen war. Aber was war das gegen die Armut gewesen, die ihn heute bedrückte? Jetzt war ja auch bei anderen Menschen keine Hilfe zu finden.

Plötzlich bemerkte er einen Stein, der dicht am Wasser lag. Es waren Buchstaben eingehauen, und er ging näher heran, um zu lesen. Er konnte ein M und ein paar X unterscheiden und dachte sich, daß da wohl, in den Stein eingeritzt, eine Jahreszahl gestanden hatte. Irgend jemand hatte in längst vergangenen Zeiten bezeichnen wollen, wie tief das Wasser in diesem Jahre zurückgetreten war.

Der Prediger blieb vor dem Steine stehen und suchte die Jahreszahl zu entziffern. Es wollte ihm nicht glücken, aber es mußte wohl etwas darin liegen, das ihm gleichsam Erleichterung und Trost brachte. Das Wasser hatte ebenso tief gestanden wie heute, aber die Menschen waren doch nicht untergegangen. Sie hatten, was ihnen auferlegt war, getragen und weiter gelebt.

Rasch ergriff er einen scharfkantigen Kiesel und begann die Zahl des Notjahres, das er nun selbst durchlebt hatte, in den Stein zu klopfen.

Er setzte die Jahreszahl 1640 in den Stein, so gut er es ohne Stemmeisen und Hammer konnte. Aber als dies getan war, war es ihm nicht genug.

Jeden Tag hatte er in langen Gebeten zu Gott um Hilfe gefleht. Nun wollte er noch ein Gebet zu ihm emporsenden, aus der großen stummen Einsamkeit hier oben in der Wildnis.

Und er begann in den Stein zu graben, was sein

Herz in dieser Unglückszeit stündlich rief: Gott hilf uns. Es war eine Arbeit, die seine ganze Kraft erforderte. Aber sie tat ihm wohl. Während er das Gebet in den Stein ritzte, dünkte es ihn, daß der weite graue See und die schwarzen Tannen der Ufer und der niedrige schwere Winterhimmel zu einem großen Gotteshause wurden.

Es tat ihm gut, all die Angst, die er mit sich herumtrug, in den Stein pressen zu können. Er ritzte die Klageschreie all der Hungernden und Dürstenden ein. Er führte das Wort für die Tiere, die in der Hut der Menschen und in der Wildnis lebten, für die gewaltigen Tannen, die auf den Bergen verschmachteten und für das kleinste Hälmchen auf dem Anger.

Mit jedem Buchstaben, den er in den Stein einschrieb, wurde er mutiger. Er fühlte, wie ihm Kraft zuströmte. Er hatte keine Angst mehr, irgendeine Bürde auf sich zu nehmen, wie schwer sie auch immer sein mochte. Gott würde ihm sicherlich beistehen.

Ein paar Tage darauf war Weihnachtsabend.

An diesem Tage herrschte bei dem Hilfsgeistlichen keinerlei Not. Man hatte ihm vom Pfarrhof und auch von anderen Seiten Weihnachtsspeisen geschickt. Nach dem Mittagessen war er mit all den neun Kindern bei einem der Nachbarn in der Weihnachtsbadestube gewesen, und dann hatte er sich mit ihnen daheim in der Hütte im Weihnachtsstroh getummelt, bis sie so müde waren, daß sie sich auf dem raschelnden gelben Christusbettlein ausgestreckt hatten und eingeschlummert waren.

Der Prediger hätte auch Lust gehabt, sich ins Stroh zu legen und zu schlafen, aber er hatte an anderes zu denken. Es begann zu dunkeln, und er mußte die Gerstengrütze aufs Feuer setzen.

Von dem Augenblick an, in dem die Grütze kochte, wagte der Prediger den Kochlöffel nicht fortzulegen, sondern rührte und rührte die ganze Zeit. Hoch aufgeschossen, wie er war, mußte er beim Rühren so gebückt stehen, daß ihm der Rücken vor Müdigkeit schmerzte. Aber er ließ sich das nicht anfechten, sondern schien in vortrefflicher Weihnachtsstimmung zu sein.

Seine Lage war in keiner Weise erfreulicher geworden, er war ebenso elend daran wie zuvor, aber er hatte mehr Zuversicht. Es würde ihm schon in der einen oder anderen Weise Hilfe kommen, dessen war er gewiß.

Mit einemmal runzelte der Prediger die dichten schwarzen Brauen. Er hörte, daß jemand auf die Türklinke drückte und herein wollte. Freilich war es in der ganzen Gemeinde bekannt, daß er seine eigene Haushälterin sein mußte, aber es war ihm doch nicht recht, Besuch zu bekommen, wenn er mit Weiberhantierung beschäftigt war.

Er griff nach den Kesselringen, als wollte er die Gerstengrütze vom Feuer wegstellen, aber er überlegte es sich wieder.

Es war wohl nur der Küster, der kam, um nachzusehen, wie es ihm und den Kindern am Weihnachtsabend erging, und vor ihm brauchte er ja keine Scheu zu haben.

Doch als die Tür aufging, sah er, daß es nicht der Küster war, sondern eine hochgewachsene Weibsperson, die da hereinkam. Er meinte auch sogleich zu wissen, wer sie war, obschon es unten bei der Türe so dunkel war, daß er ihr Gesicht nicht sehen konnte.

»Ja, das ist mir eine schöne Bescherung«, dachte er. »So etwas hat sie gewiß noch nicht erlebt. Jetzt hat sie etwas, worüber sie von Weihnachten bis zum Johannistag lachen kann!«

Die Fremde zog sachte die Türe hinter sich zu und kam zum Herd heran, die Hand zum Gruße ausgestreckt. Es war Gudrun Ivarsdotter, aber sie sah gar nicht mehr aus wie die störrische Bauerstochter, die in die Kirche geritten kam, um mit ihrem Freier Spott zu treiben. Sie war sehr bleich, und sie sah schwach und elend drein, so, als wäre sie eben erst von einer schweren Krankheit genesen. Wie es in ihrem Innern aussah, konnte der Prediger nicht wissen, aber sie schien nicht einmal zu merken, was für eine Arbeit er da unter den Händen hatte.

Der Geistliche sagte nichts, um sie willkommen zu heißen, er legte nur ganz geschwind den Kochlöffel weg und beeilte sich, ihr einen Schemel zum Sitzen hinzurücken. Es war eine so große Veränderung in ihr vorgegangen. Es war ihm eine solche

Überraschung, sie so still und schwach vor sich zu sehen. Sie rührte ihn, und die Stimme wollte ihm durchaus nicht aus der Kehle hervor.

So mußte also Gudrun das Gespräch eröffnen. Und sie sprach wie jemand, der weder scheu noch unruhig ist, weil er eben erst einen großen Schrecken durchgemacht hat, der ihm alle andere Furcht genommen hat. Die ganze Zeit sah sie ins Feuer. Sie konnte die Augen nicht davon weg wenden.

Sie wollte den Prediger nach all den armen Fischerskindern fragen, sagte sie. Konnte es möglich sein, daß er sie alle miteinander zu sich genommen hatte?

Der Prediger hatte den Grützlöffel wieder ergriffen. Aber jetzt legte er ihn abermals fort und riß ein brennendes Scheit aus dem Herde und beleuchtete die Hütte, wo die Kinder im Weihnachtsstroh lagen und schliefen. »Ich mein' schon, daß sie alle miteinander da sind«, sagte er.

»Aber wie ist das nur möglich?« wunderte sich Gudrun. Die Kranke war in der vorigen Woche bei ihr gewesen und hatte sie gefragt, ob sie sich der Kinder annehmen könne. Und sie hatte geglaubt, nein darauf sagen zu müssen. Es war doch ein so schlimmes Jahr, daß sie für ihre eigenen Leute nichts zu essen hatte. Aber immerhin konnte sie doch mehr aufbringen als er.

»So viel wie ihre Mutter gehabt hat, habe ich vielleicht auch noch«, sagte der Prediger. »Die Kinder da sind das Hungern gewöhnt.«

Sie sprach weiter, als hätte sie seinen Einwand nicht gehört.

»Ich war nicht imstande, sie aus meinen Gedanken zu bringen. Gestern ritt ich nach dem Fischerhaus, um zu sehen, wie es ihnen erging, aber da waren sie schon fort. Ich traf nur ein paar Männer, die die Leiche holen wollten, und sie sagten, daß die Kinder hier beim Hilfsgeistlichen seien.«

»Ja, da sind sie gerade an den Rechten gekommen.«

Jetzt, zum ersten Male, wandte sie sich ihm zu und sah ihm gerade ins Gesicht. Er verstand wohl nicht, wie sie es meinte, dachte sie.

Er rührte rascher und rascher in dem Kessel herum: »Ach, ich schaffe es wohl mit Gottes Hilfe«, sagte er kurz.

Dieselbe Verlegenheit, die früher über den Prediger gekommen, war wieder da. Er hätte über sie weinen mögen. Was war es wohl, das sie so verändert hatte, daß sie jetzt Mitleid fühlte, auch mit ihm? Er wußte nicht, was er sagen sollte, um seine Rührung nicht zu verraten. Gudrun kam ihm nicht zu Hilfe. Sie saß da, das Gesicht in die Hände gestützt und blickte ins Feuer. Sie dachte wohl an das, was sie so verwandelt hatte.

»Das wird ein seltsamer Weihnachtsabend für deine Leute, Gudrun, wenn du fern bist«, sagte er schließlich.

»Ja, es war auch nicht die Absicht, daß es so kommen sollte. Ich machte mich ganz frühmorgens auf, und ich glaubte, ich würde um diese Zeit längst wieder daheim sein.«

»Bist du auf dem Wege aufgehalten worden?«

»Nur dadurch, daß es zu regnen anfing; aber der Boden war doch gefroren, und da wurde es so glatt, daß das Pferd nicht vorwärts wollte.«

Wieder bekam er großes Mitleid mit ihr. Er hätte mit dabei sein mögen, um ihr zu helfen, aber das wollte er nicht sagen.

»Das ist ein merkwürdiges Jahr, in dem es am Weihnachtsabend regnet«, sagte er statt dessen, denn er mußte ja seine Worte sorgsam wählen, damit die Stimmung nicht ins Schwanken kam.

»Ja, das steht fest, ein schweres und wunderliches Jahr«, sagte sie, »nicht einmal solch eine kleine Fahrt konnte ich machen, ohne daß mir dabei etwas in die Quere kam. Ich bin erst bei Einbruch der Dunkelheit ins Dorf gekommen.«

»Vielleicht hast du das Pferd hier draußen stehen, Gudrun?« fragte der Geistliche hastig. Er wäre froh gewesen, wenn er Gelegenheit gefunden hätte, etwas für sie zu tun.

»Nein«, sagte sie, »ich habe es beim Propst eingestellt. Ich bin es gewöhnt, dort einzukehren. Ich habe ja zwei Jahre im Pfarrhof gelernt.«

»Ich glaube, das hat mir der Küster erzählt«, sagte der Prediger.

»Ich werde wohl über Nacht dort bleiben müssen«, sagte sie, und da sie keine Antwort darauf bekam, fuhr sie fort: »Ich habe den Kindern etwas mitgebracht. Ich bringe es morgen, das Gehen war heut abend so schwer.«

»Es wird jederzeit willkommen sein.«

Das war nüchterne Rede, – der Prediger begann seiner Erregung Herr zu werden. Er mußte daran denken, wie wunderlich es doch war, daß Gudrun selbst gekommen war. Wenn sie ihm und den Kindern nur Weihnachtsspeisen schicken wollte, hätte es ja genügt, einen Knecht auszusenden.

Gudrun hatte dagesessen und mit einem Finger Figuren auf die Herdplatte gezeichnet. Jetzt schlug sie plötzlich die Augen zu ihm auf.

»Damals im Frühling, als ich in die Kirche kam und die Predigt störte, hab' ich mich nicht recht benommen«, sagte sie. – Nun fand der Geistliche Gelegenheit, ein Wort zu sagen, was ihm schon lange auf der Zunge gelegen war, und er fiel eifrig ein:

»Niemand hatte mir gesagt, wie du bist, Gudrun. Ich wußte nicht, wie falsch ich angeklopft hatte.«

»Ich habe mich doch auf jeden Fall falsch benommen«, beharrte sie.

Jetzt wurde er abermals gerührt, weil es mit ihrem Stolz so ganz aus war. Er hätte ihr gerne gesagt, wie schön er es fand, daß sie ihr Unrecht eingestand, aber er konnte es nicht herausbringen.

Auch in ihrer Stimme waren Tränen, aber sie dachte nicht daran, sie zu verbergen, sondern fuhr fort, das auszusprechen, was sie zu sagen gekommen war.

Sie wollte wissen, ob er sich entsinne, was er damals gesagt hatte, als er sie aufs Pferd setzte. Er hatte gewünscht, sie möge so weit fort ziehen, daß sie ihm nie mehr unter die Augen kommen konnte. Sie wollte jetzt wissen, ob er etwas Bestimmtes damit gemeint hatte.

»Nein«, sagte der Prediger, »ich sagte nur so, weil ich zornig war.«

»Ja, zuerst glaubte ich auch nicht, daß es etwas anderes zu bedeuten hätte.«

Nun wandte sie die Augen wieder von seinem Gesicht ab und begann auf der Herdplatte zu zeichnen.

»Es ist heuer so viel Unglück über mich gekommen«, sagte sie. »Ich bin seit diesem Tage wie verfolgt gewesen.«

»Du siehst aus, als wärst du krank gewesen.«

»Nein, Krankheit war es nicht, die mich heimgesucht hat, ich habe mich gegrämt.«

»Ihr habt wohl oben in der Waldgegend viel unter der Dürre zu leiden gehabt«, warf der Prediger hin.

»Es war die Dürre, und es war allerlei anderes Unglück«, erwiderte Gudrun. »Aber der große Waldbrand war das ärgste. Mir ist mein ganzer Wald verbrannt, und alles, was in dem Walde war, ist auch dahin.«

»Du bist doch wohl noch obdachlos?« rief er aus.

»Nein, nein, der Hof steht, aber all mein Vieh ist umgekommen. Und das war das schlimmste.«

»Ah«, sagte er nur, aber nun ließ er endlich den Kochlöffel sinken. Er begriff, daß sie nach all den toten Tieren starrte, wenn sie so ins Feuer sah. Das hatte sie gebrochen.

»Ich habe viele Leute unter mir«, sagte sie. »Es ist hart, nicht zu wissen, was man ihnen zu essen geben soll, wenn es keine Milch und keine Butter gibt – «

»Darum konntest du die Kinder nicht aufnehmen?«

»Ja – nein, nicht nur darum.«

»Ich wundere mich, daß ich nichts davon gehört habe«, sagte der Prediger nachdenklich, »aber es war wohl so, daß ich nicht auf die hören wollte, die von dir gesprochen haben. Ich hatte Angst vor dir.«

Er sah, wie Gudruns Gesicht von einem flüchtigen Lächeln erhellt wurde.

»Ich habe noch mehr Angst vor dir gehabt.«

»Angst?« sagte er, und war noch verdutzter über dies als über alles andere, was er sie hatte sagen hören. »Du hast Angst vor mir gehabt?«

»Ja, seit diesem Sonntage«, sagte sie und sah wieder ganz erschrocken aus, als sie davon sprach.

»Hast du geglaubt, daß ich dir all das Unglück schicke?« rief er heftig.

»Ja, ich glaubte, du wolltest mich aus der Gegend verjagen.«

»Aber du hättest doch daran denken müssen, daß ich ein Priester bin.«

»Ja, gerade deshalb. Priester haben ja mehr Macht als wir anderen.«

Der Prediger wußte nicht, ob er lachen oder weinen sollte. Er begann mit eifrigen Einwänden, aber sie unterbrach ihn.

»Daheim im Rottner-See ist ein Stein mit Hexenzeichen. Der liegt meistens auf dem Seegrund verborgen, aber in großen Unglückszeiten kommt er zum Vorschein. Meine Leute haben erzählt, du hättest ihn gesehen und noch größere Unglücksrunen eingezeichnet, als schon darin standen.«

»Ist dort oben an deinem See niemand, der lesen kann?« fragte der Prediger.

»Doch, ich kann's«, sagte Gudrun. »Ich habe den Stein gestern gesehen und die Inschrift gelesen.«

Sie stieß einen tiefen Seufzer aus wie bei der Erinnerung an eine schwere Bürde, die von ihr genommen war.

»Nun will ich auch sagen, warum ich mich der armen Fischerkinder nicht annehmen wollte. Ich dachte, all meinen Hausrat zusammenzupacken und zu meinen Verwandten zu ziehen, die drüben auf der anderen Seite des Gebirges in einem anderen Tal wohnen.«

»Aber jetzt willst du bleiben?«

»Ich fürchtete mich nicht mehr so sehr vor dir, als ich sah, was du geschrieben hattest.«

»So hat denn Gott schon geholfen«, sagte der Geistliche.

»Ich dachte, wer dies Gebet eingegraben und sechs arme Kinder zu sich genommen hat, der kann kein harter Mann sein«, sagte Gudrun sanft.

Er stand ein wenig abseits vom Feuer und sah sie an. »Du hast das mit den Kindern als Vorwand genommen, um herzukommen und mich um Barmherzigkeit zu bitten?« sagte er ein wenig zögernd, denn es war ja schwer für ihn, es in seinen Kopf zu bringen, daß sie Angst vor ihm gehabt hatte.

»Ja«, sagte sie. Es klang wie ein ängstlicher Seufzer.

»Du willst, daß ich dir verspreche, dich nicht mehr zu verfolgen, dir nicht mehr Unglück zu senden, so daß du es wagen kannst, daheim zu bleiben?«

Sie hielt die Hände vor die Augen und antwortete nichts, bewegte nur den Kopf ein wenig. Es konnte kein Zweifel sein, daß er sie recht verstanden hatte und daß es das war, was sie zu ihm geführt hatte.

»Was soll ich dir nur sagen, damit du mir glaubst und nie mehr Angst vor mir hast?« sagte er mit einem starken Zittern in der Stimme.

»Ich habe dir schon gesagt, daß auch ich Furcht vor dir gehabt habe, ich vor dir, den ganzen Sommer«, fuhr er fort. »Ich wäre froh gewesen, wenn ich gehört hätte, du seist über die Berge in ein andres Tal gezogen. Denn wärst du so weit fortgewesen, dann wäre meine Sehnsucht nicht so arg geworden. Es ist schlimmer zu wissen, daß die, der man gut ist, ganz nahe ist, ohne trennende Berge. – Jetzt siehst du vielleicht ein, daß du vor mir keine Angst zu haben brauchst?« fügte er mit einem kleinen Lachen hinzu, das recht wehmütig und mutlos klang. Er wartete ungeduldig darauf, daß sie etwas sagte, aber sie saß ganz still da. Er wußte gar nicht, ob sie ihn hörte.

»Du warst heut abend so, daß ich dir dies sagen konnte«, fuhr er fort. »Ich glaube nicht, daß du dich über mich lustig machen wirst.«

Endlich hob sie den Kopf. In ihren Augenwinkeln schimmerten Tränen.

»Ich bin wohl von Sinnen und Verstand«, sagte sie, »aber denke nur, ich finde, es war schon wert, all das durchzumachen, was ich diesen Sommer erleiden mußte, nur um diese Worte von dir zu hören.«

Er wußte nicht, ob er es wagen sollte, zu glauben, daß er recht gehört hatte.

»Ich will, daß du bleibst, wo du jetzt bist«, rief er dann aus. »Daß du nie von mir gehst! Diesen Fluch will ich über dich verhängen.«

Er trat näher an sie heran, und sie wich nicht zurück. Aber als er gerade ihre eine Hand an sich gezogen hatte, hörte man ein starkes Zischen und Prasseln vom Herde. Es war die Gerstengrütze, die überkochte.

Der Prediger wandte sich, so rasch er konnte, dem Feuer zu, aber Gudrun kam ihm zuvor. Sie faßte die Kesselringe und hob den Kessel vom Feuer. Aber es war zu spät. Die Grütze brodelte aus dem Kessel und lief über die Herdplatte. Die brennenden Scheite zischten und prasselten, starker Rauch und furchtbarer Dampf erfüllte die Stube. Die Kinder sprangen erschrocken aus dem Stroh auf, und die Kleinsten begannen zu weinen.

Aber mitten drin fing Gudrun zu lachen an. Das Herz schlug ihr rasch und sorglos in der Brust, und sie fühlte, wie sie wieder die alte wurde.

»Ja, nun siehst du, wie es in diesem Haushalt zugeht«, sagte er.

»Du mußt freilich hexen können, du schwarzer Priester, um eine Frau in dein Haus zu kriegen.«

»Ich weiß schon, wer mir meine Frau geschickt hat«, sagte der Prediger. »Die Hexen nicht.«

Plötzlich wurde Gudrun wieder ernst.

»So ist es wohl *er*, zu dem du gebetet hast, als du deine Bitte in den Stein schriebst, der mich hierher gesandt hat«, sagte sie.

Es heißt, daß der Stein im Rottner-See sich in diesem Jahr der Not und des Schreckens, das wir nun durchleben, wieder gezeigt hat. Die Leute in Värmland glauben, daß er Unheil verkündet, und das mag wohl sein. Aber vielleicht auch soll uns die Kunde, die er von der Not und von dem Glauben früherer Zeiten bringt, Mut einflößen, Zuversicht zu hegen, Mut, Barmherzigkeit zu üben.

Heinz Piontek

Als der Regen noch eine schöne Seite hatte

Wenn ich es so bedenke, hatte ich lange nichts dagegen, vom Regen überrascht zu werden. Er war da, ehe man sich versah: mit schweren kugelrunden Tropfen, die Dellen in den Sand schlugen und das Pflaster punktierten; oder auch wie durch einen Zerstäuber gepreßt, mit kaum merklichem Sprühen, den Boden gleichmäßig färbend. Instinktiv fing ich an, schneller zu gehen. Aber war alles in der Runde längst mit tiefziehenden Wolken verhangen, fiel ich bald in den gewohnten Schritt zurück. Nur die Hände steckte ich in die Hosentaschen. Am raschesten schienen die Haare feucht zu werden. Sie sogen sich voll, auf der Kopfhaut enstanden nasse Stellen, Tropfen sammelten sich da oben wie in Mulden, um vereint überzufließen. Es rann mir über die Stirn. Obwohl das Gesicht inzwischen auch feucht geworden war, spürte ich doch deutlich, wie aus dem Haaransatz, schweißperlenartig, das Wasser hervordrang und seine Bahnen über die Haut zog. Zuerst fingen es noch die Brauen auf. Dann hingen schon Tropfen an der Nasenspitze. Ich schob die Unterlippe vor, blies sie fort.

Das Haar im Nacken war dichter, der Regen hatte mehr Mühe damit. Aber wenn es ihm schließlich gelang, am Hals hinunter über den warmen Nacken zu laufen, konnte man nicht anders als zusammenschauern. Eine Weile vermied ich die Berührung mit dem kalten, naßsteifen Kragen. Allmählich jedoch verschwamm der Unterschied zwischen der Temperatur des Regens und der Körpertemperatur. Mehr und mehr bewegte ich mich durch die Nässe, die den Stoff aufweichte, bis er an der Haut haftete, wie durch einen milden, beruhigenden Dunstkreis. Ja, Gelassenheit überkam mich, die Ruhe des Wassers, das gleichmäßig rauschte und die Welt so gewaltlos wie möglich veränderte.

Denn alles, auch das Stumpfste, fing an zu glitzern. Straßen spiegelten mit leichter Unschärfe ihre Häuser, Dächer ihre Schornsteine. Etwas benommen, doch zusehends heiterer blickte ich durch die schraffierte Luft. Frauen liefen mit gerafften Röcken auf Hauseingänge zu, Männer, die Schultern hochgezogen, standen unter Vordächern und vertrieben sich die Zeit, indem sie ihre Schuhspitzen musterten. Ein hellbraunes Kutschpferd wurde schwarzbraun, während die Farbe der Kutsche aus Staubschichten wie herausgeschält leuchtete. Ein Auto prustete das Wasser nach rechts und links. Auf Schirmen knatterte es. Pfützen schienen zu kochen. Eine Regentonne lief über. Von Vögeln keine Spur.

Für meine Lage gab es die Wendung: keinen trokkenen Faden am Leib. Alles, was ich anhatte, saß mir wirklich wie angegossen. Wenn ich quer durch die Pfützen ging, entstand zwischen dem Schuhleder und meinen Zehen ein schmatzendes Geräusch. Jemand beobachtete mich durch die Scheiben, vielleicht schadenfroh. Aber mich durchdrang die Genugtuung, daß ich nicht aus Zucker war. Da konnte es in den Rinnsteinen noch so gurgeln und Blasen werfen, ich wich keinen Schritt zur Seite. Vom Scheitel bis zu den Sohlen gebadet, den Geschmack des Regenwassers auf den Lippen, war ich von diesem Wetter nicht kleinzukriegen. Nur zu! dachte ich verächtlich und trug den Kopf gerade auf dem Hals.

Einmal nach dem Krieg, als ich einige hundert Kilometer durch die Gegend lief, geriet ich auf offenem Feld in einen Wolkenbruch, und ich weiß noch, daß ich plötzlich zu singen anfing, zunächst aus Wut über verschmähte Liebe, doch dann so gelöst und unbekümmert, als hätte ich nichts anderes im Sinn, als dem Rauschen und Brausen, das eine ohrenbetäubende Musik ergab, zu zeigen, daß auch ich nicht unmusikalisch war. Viel später, bei einer Radpartie zu zweit, kamen wir klatschnaß dampfend zurück und mußten jedes Kleidungsstück einzeln auswringen, auf die Leine hängen.

Mit wenig anderem ist das Gefühl zu vergleichen, sich nach einem Sommerregen in seinen vier Wänden das Wasser aus den Haaren zu reiben, die Haut zu frottieren und sich etwas Trockenes überzuziehen. Ein angenehmes Brennen wie nach einer Massage überläuft den Körper. Jede Zelle scheint frisch durchblutet. Ein paar Augenblicke lehnt man sich entspannt, glücklich gegen die Stuhllehne. Ich jedenfalls schloß in damaligen Zeiten die Augen, um das

Prasseln draußen, das mich nicht einzuschüchtern vermocht hatte, noch einmal auszukosten. Aber dieser Weltveränderer vor der Tür, der immer noch triefend durch die Gärten schnob, dachte womöglich ein wenig heimtückisch an den Herbst. Wenn auch spät im Jahr, würde er selbst die Unverfrorensten von uns wohl das Fürchten lehren.

Otto Heinrich Kühner

Wo sich die Elemente berühren

(Leuchtturm Hohe Weg, Wesermündung)

Die Leuchtturmwärter von Hohe Weg erzählten mir, daß an der Stelle, wo der Leuchtturm steht, vor ein paar hundert Jahren Dorf und Schloß Mellum gelegen habe; bei einer Sturmflut sei dieses Stück Land mit Dorf und Schloß losgerissen und vom Wasser verschlungen worden. Zwölf Kilometer Land habe man ans Meer abtreten müssen. So weit sei es jetzt vom Turm bis zur Küste. In diesem Zusammenhang kamen sie auf Pastor Thorade aus Langwarden zu sprechen, der als erster bei Niedrigwasser diese Strecke zu Fuß gegangen, aber unterwegs in das vorzeitig auflaufende Hochwasser geraten sei. Er habe sich damals im Turmbuch eingetragen, da könnte man es nachlesen. Er lebe noch, hochbetagt, in Oldenburg.

Genaugenommen erzählte mir jeder der drei Leuchtturmwärter, unabhängig vom andern, diese Geschichte, jeder mit zusätzlichen Einzelheiten. Zum Erzählen hatte immer nur einer von ihnen Gelegenheit. Von den beiden anderen versah der eine gerade den Dienst und war beschäftigt, der andere, der als letzter Dienst gehabt hatte, schlief in seiner Kammer.

Es war zunächst der Leuchtturmwärter Tröge, der von dem Schloß sprach, nämlich, daß es von einem

Enkel des Sachsenkönigs Widukind, einem Herzog, erbaut worden und in der Sturmflut versunken sei. Von dem Schloß kam er dann auf die Geschichte von Pastor Thorade aus Langwarden zu sprechen: wie dieser vor Jahren mit einem Posaunisten seiner Gemeinde übers Watt zum Leuchtturm habe gehen wollen, um den Wärtern einen Choral blasen zu lassen. Dann sei, als die beiden erst auf halber Strecke waren, Sturm aufgekommen und habe das Wasser vorzeitig in die Außenweser gedrückt. Sie hätten schon bis zum Bauch im Wasser gestanden. Da habe der Posaunist in sein Instrument geblasen, und ein Wärter, der gerade oben im Leuchtturm, bei den Lampen, zu tun hatte, habe von den Tönen einige Fetzen, die der Sturm zu ihm trug, gehört, sei auf die Galerie getreten und habe mit dem Fernglas die beiden Männer entdeckt. Man habe das Rettungsboot flottgemacht und die beiden hereingeholt.

Von der Kuppel des Turmes konnte man tatsächlich weit sehen, landwärts, am Horizont, über dem schmalen, blassen Streifen der Küste, auch die Kirchturmspitze von Langwarden. In die Kuppel des Leuchtturms, den Lampenraum, zog ich mich – es war im Mai 1959 – über die schmale Wendeltreppe oft zurück. Turmhoch über der Erde, wie ein Zuschauer, blickte ich hinunter auf das tellurische Drama, das Drama des Meeres, des Watts mit seiner amphibischen Natur, das Drama der Gezeiten, Strömen, Umspülen und Versinken, Wechsel und Wiederkehr, Veränderlichkeit des Unveränderlichen;

das jahrmillionenalte Drama der Küste, von der Gewalt der Sturmfluten zerstückelt, Erdgeschichte zu Menschengeschichte geworden, von der Cimbrischen Flut durch die Jahrhunderte, wo ganze Ortschaften in einer einzigen Nacht ›mit Mensch und Vieh die Tausend‹ untergingen, bis in unser Jahrhundert, etwa dem Februar 1953, als in den Niederlanden fast zweitausend Menschen umkamen.

Von dieser Sturmflut – er hatte sie auf Hohe Weg erlebt – erzählte mir der Leuchtturmwärter Kruse und kam von ihr auf das versunkene Schloß und Dorf Mellum zu sprechen. Er hatte gerade Dienst und blickte, während er erzählte, immer wieder durchs Fernglas nach den in die Wesermündung einlaufenden Schiffen. Er wußte sogar noch den Namen des Herzogs, der das Schloß erbaut hatte, und nannte für jene Flutkatastrophe das Jahr 1066, die Weihnachtsnacht. Zwischendurch nahm er über Sprechfunk Verbindung mit einem Frachtdampfer auf, der die gelbe Quarantäneflagge führte. Er unterrichtete telefonisch die Hafenmeisterei in Bremerhaven, die nun bis zur Ankunft des Schiffes – sechzehn Seemeilen waren noch zurückzulegen – genügend Zeit hatte, Vorkehrungen zu treffen.

Von der Weihnachtsnacht kam Kruse auf Pastor Thorade zu sprechen, erzählte dieselbe Geschichte wie der Leuchtturmwärter Tröge, nur ausführlicher: Es war vor dreißig Jahren gewesen, und zwar an Ostern, der Pastor hatte nicht nur einen, sondern zwei Posaunisten mitgenommen, das Wasser lief nicht nur vorzeitig auf, es kam auch noch eine Springtide hinzu, die Männer standen schon bis zur Brust im Wasser, und der Leuchtturmwärter, der die Töne der Posaune hörte, war gerade dabei, die Linsen vom Treibsand zu reinigen ... Da wurde Kruse wieder unterbrochen. Der Telegraf surrte. Helgoland meldete sich und gab die Windverhältnisse durch, die auf der offenen See herrschten. Kruse ging hinaus auf die Brücke, um das Windsignal neu einzustellen. Vor dem Turm, auf dem Watt, spielten die beiden anderen Leuchtturmwärter Fußball. Der Abend dämmerte. Die Wattenfischer fuhren auf ihren Ewern die Flußmündung hinauf. Die Zeit der Leuchtfeuer begann. Längs der Küste und in den Fahrwassern blitzten Lichter auf, grün, rot, weiß, Lichtzeichen, Blinkfeuer, Bojen, Tonnen und Baken, die Zeit der Leuchttürme, irdische Leitsterne gegen die Dunkelheit, Ansteuerungsmarken, unverändert, seit Menschen die Meere befahren, Pharus, Cordouan, La Coruña, an Landspitzen, Flußmündungen und Buchten, nur die Art der Feuer im Lauf der Jahrhunderte verändert, Holzfeuer zur Zeit Hannibals, Kohlefeuer zur Zeit des Kolumbus, Kerzen zur Zeit des ersten Dampfschiffs, Rüböl zur Zeit Moby Dicks, Petroleum und Gas zur Zeit der ›Lusitania‹, Elektrizität zur Zeit der Öltanker – einsame Türme auf Klippen, in Dünen und im Wasser, Eddystone, Kap Farewell, und unser Turm, der an der Fahrrinne nach Bremerhaven die Reede von Hohe Weg begrenzte, bei Nacht den Schiffen als Leit- und Richtfeuer diente und bei

Tag ihnen noch einmal Zeichen gab, beruhigende Auskünfte oder Warnungen, bevor sie aus dem Schutz des Landsockels in die offene See hinausliefen.

Der dritte Leuchtturmwärter, Janssen – wir legten gerade, bevor die Flut wieder auflief, im Watt Angelschnüre aus –, erzählte von dem schon über hundert Jahre alten Turm: daß man beim Bau, zwei Meter unter Niedrigwasser, noch auf Mauerreste des Schlosses Mellum gestoßen sei und daß man in jener Weihnachtsnacht, als Schloß und Dorf Mellum von der Sturmflut überspült wurden, in der Kirche gerade um Hilfe gefleht habe. Von da kam er auf Pastor Thorade und dessen Posaunisten zu sprechen – bei ihm waren es drei an der Zahl, sie standen bereits bis zum Hals im Wasser und bliesen den Choral ›Aus tiefer Not schrei ich zu dir‹. Er wußte sogar zu berichten, daß an jenem Tag um zehn Uhr vormittags Niedrigwasser geherrscht hatte und daß der Pastor mit den drei Leuten um acht Uhr aufgebrochen war, bei günstigem Wind, der das Wasser vom Land wegtrieb, daß aber der Wind bald auflandig gedreht und das Wasser, noch bevor es überhaupt abgelaufen war, in die Wesermündung zurückgedrückt habe.

»Sonst wären die zwölf Kilometer während des Niedrigwassers, also in drei bis vier Stunden, zu schaffen gewesen.«

Als wir beide ein paar Tage später seewärts durchs Watt zur Hallig Alte Mellum gingen, schafften wir kaum die sieben Kilometer. Allerdings führten wir einen Handwagen mit uns, auf den wir Schlafdecken gepackt hatten und mit dem wir auf dem Rückweg Möweneier befördern wollten. Über den vom Wasser hartgewalzten Rücken der Sandbänke ging es zunächst bequem und schnurgerade wie über einen Bahnhofsplatz, aber dann mußten wir Priele umgehen oder sie, mit hochgestemmtem Wagen, durchwaten – ihr Verlauf hatte sich, seit Janssen diese Strecke zum letzten Mal gegangen war, völlig verändert –, mußten, als Richtungspunkt die Konturen der Hallig mit der Hütte der Vogelwärter vor Augen, knietiefen, weichen Schlick und, mit blutenden Fußsohlen, Muschelbänke durchqueren, bis schließlich die beiden Studenten der Vogelwarte uns entgegenkamen – wir hatten unser Kommen telefonisch gemeldet – und uns durch die Muschelbänke leiteten. Am Strand, aus Binsen, Quecken und Seegras, stoben Wolken von Seevögeln auf, die gerade brüteten, Nest an Nest, Tausende, Zehntausende. Wir nahmen die noch kühlen, nicht angebrüteten Möweneier aus den Nestern und sammelten sie, die übrigen zertrümmerten wir, auf Geheiß, ›Möwenbestandslenkung‹. Mit Stöcken und alten Stahlhelmen, die, vom Krieg her, dort noch herumlagen, schützten wir uns gegen die Angriffe der in Aufruhr gebrachten Möwenweibchen, die mit gellenden Schreien über unseren Köpfen kreisten.

Dann, in Decken auf dem Boden liegend, Übernachtung in der Hütte bei den beiden Studenten, weil die nächste Ebbe in die Zeit der Dunkelheit fiel. In der Frühe, beim Erwachen, drüben auf der Außenweser: Heulsignale, der dunkle Lang-kurz-lang-Ton der Heulbojen und Nebelhörner! Der Wind hatte über Nacht umgeschlagen, es war kühl geworden, Nebel hatte sich gebildet. Einen ganzen Tag lang bangend auf das Ende des Nebels geharrt und uns von Möweneiern ernährt. Schließlich am übernächsten Tag bei wechselnder Sicht mit dem schweren, eierbeladenen Handwagen aufgebrochen, zwischendurch in dichten Nebelbänken unseren Zielpunkt, den Leuchtturm, immer wieder aus den Augen verloren, aus der Richtung und in die aufkommende Flut geraten; Janssen, der ehemalige Seemann, konnte, wie die meisten Seeleute, nicht schwimmen, und der Seenotrettungskreuzer, der in der Kaiser-Balje vor Anker lag, konnte uns bei dem Nebel nicht ausmachen; schließlich im Wattenmeer ertrunken, verschollen, nie wieder etwas von uns aufgefunden außer dem mit Möweneiern beladenen Handwagen . . .

Aber dann tauchte doch immer wieder zwischen den Nebelbänken in der Ferne der Leuchtturm Hohe Weg auf, der rotbraune achteckige, sich nach oben verjüngende Turm, schlank und graziös, hoffnungsvolles Zeichen für Rettung, Sicherheit und Leben. Ihr Leuchttürme mit euren vielfältigen, individuellen Profilen, gedrungen und behäbig, hager und streng, grazil und kokett, wieviel Eigenart ihr habt und Charakter! Im Schlick prasselten leise die Luftbläschen, die Möwen meckerten hämisch . . .

Das war zwei Tage vor dem Törn gewesen, der vierzehntägigen Ablösung der Leuchtturmwärter, die nun, mit Möweneiern versorgt, nach Bremerhaven an den häuslichen Elektroherd zurückkehrten, entronnen der Enge, der Raumnot, dem ›Leuchtturmkoller‹. Auch ich kehrte mit neuen Blicken und Begebenheiten in meine Welt zurück, die Welt der Schnellstraßen, Tankstellen und Tunnels. Aber ich maß einige Zeit lang, turmhoch über der Erde, den Tag nach Gezeiten, meinen Standort nach Meridianen, führte das Dasein zurück auf seine einfachsten Formeln: Trinkwasser, Vorrat, Licht, Richtung, Signal und Ablösung. Über meinem Schreibtisch brachte ich eine Seekarte der deutschen Nordseeküste an, mit ihren vielfältigen Zeichen und Namen, voll von Bildern, ›Hunde-Balje‹, ›Großer Vogelsand‹, ›Robben-Plate‹, auch voller Ereignisse, ›Scharhörn-Riff‹, ›Wrack-Reste‹, ›Falsches Tief‹, ›Luechter Loch‹, ›Versenkte Munition‹, ›Sände‹, und ›Untiefen‹; eine Karte jener Linie, wo sich die Elemente berühren, Rand, Saum, Kante, ›Waterkant‹, Küste, Ufer, wie die Linien von Waldrändern, Feldrainen und Wiesensäumen, wo das Neue, andere beginnt, wo das eine durch das andere zu dem wird, was es ist: Wald, Feld und Wiese, Wasser und Erde, ›Es werde eine Feste zwischen den Wassern und die sei ein Unterschied zwischen den Wassern!‹, wo sich Ozean und Festland seit Jahrtausenden ineinander verzahnen, mit Buchten, Inseln, Klippen, Dünen, Sandbänken, Marsch und Geest, Brack und Watt, markiert von Menschenhand durch Deiche, Kais, Reeden, Molen und Türme, selbst durch Kirchtürme, wie etwa – er war als Orientierungspunkt auf meiner Seekarte eingezeichnet – der Kirchturm von Langwarden auf der Halbinsel Butjadingen, die von Weser- und Jademündung gebildet wird. Bei dem Namen Langwarden fiel mir der Pastor Thorade ein und die Geschichte seines schicksalhaften Ausflugs durchs Watt. War dies nicht, dachte ich, eine bewegende Geschichte für ein Familienblatt? Um Näheres darüber zu erfahren, forschte ich nach der Anschrift des Pastors und schrieb an ihn. Seine Antwort – er lebte, vierundachtzigjährig und verwitwet, bei seiner Tochter – war ein einziges Gelächter. Diese Geschichte, schrieb er, wanderte seit Jahren die Nordseeküste entlang, und jeder füge beim Erzählen etwas hinzu; bei einigen habe er nicht einmal mehr festen Boden unter den Füßen gehabt. Das einzig Wahre an der Geschichte sei, daß er als erster, aber allein und ohne Zwischenfall, von der Küste zu Fuß übers Watt zum Leuchtturm Hohe Weg gegangen sei.

»Sie hätten«, schrieb er, »im Tagebuch des Turms nachsehen sollen! Da hätten Sie es lesen können!«

So wie die drei Leuchtturmwärter hatten also schon vor ihnen Generationen von Leuchtturmwärtern an der Geschichte gesponnen. Die Tatsache, daß es sich bei dem Wattengänger um einen Pastor handelte, hatte genügt, einen Feiertag hinzuzudichten, dieser wiederum legte einen Posaunisten nahe, und dieser weitere Posaunisten. Inwieweit auch ich an der Geschichte weitergewirkt habe, weiß ich nicht; inzwischen ist durch mehrfaches Erzählen Erdichtetes zu Realität geworden. Immerhin kann ich als Beweis dafür, daß in meiner Geschichte ein wahrer Kern steckt, den Brief des Pastors Thorade vorweisen. Hätte ich überhaupt, während die Leuchtturmwärter ihre Geschichte erzählten, besser aufgepaßt, dann wäre mir aufgefallen, daß daran etwas nicht stimmte. Wenn nämlich das Wasser durch einen Sturm vorzeitig aufgelaufen war, konnte es sich nur um einen Nordweststurm gehandelt haben, und ein Nordweststurm hätte die Klänge der Posaunen landwärts zur Küste, nicht seewärts zum Turm getrieben ...

Inzwischen sind schon wieder zwanzig Jahre vergangen. Auf dem Leuchtturm Hohe Weg, so hörte ich, befinden sich keine Leuchtturmwärter mehr. Die Lampen werden nicht mehr durch Akkumulatoren, sondern von Land her durch ein unterseeisches Kabel mit Strom versorgt. Es werden dort keine Geschichten mehr erzählt, kein Seemannsgarn wird mehr gesponnen. Eines Tages werden auch die Leuchttürme, diese Reste alter Seemannsromantik, verschwinden und durch Impuls- oder Radarleitsysteme ersetzt werden. Entweder muß ein neues Menschengeschlecht heranwachsen mit einer anderen Seele, oder aber man wird einmal, was ich glaube, auch Radaranlagen, Kühlschiffe und Öltanker romantisch finden. Jene Geschichte von der wunderbaren Errettung des Pastors Thorade – so hörte ich gerade von jemandem, der von der Nordsee, aus einem Jugendlager, zurückkehrte – wird immer noch erzählt.

Heinrich Spoerl

Veränderlich

Über das Wetter sprechen ist nicht originell. Aber bequem und praktisch.

Bequem: Man stürzt sich nicht in geistige Unkosten, es verlangt weder Schulbildung noch Vorkenntnisse. Über das Wetter kann jeder etwas sagen, der Dümmste und sogar der Klügste. Und wer nicht selbst Bescheid weiß, hat es bereits von andern gehört. Nichts spricht sich so schnell herum wie das Wetter.

Praktisch: Das Wetter ist weder weltanschaulich fundiert noch politisch gefärbt, noch rassebiologisch bedingt, noch hat es mit Völkerbund oder Luftschutz oder gar mit Butter zu tun. Es ist unverfänglich und unverbindlich, man kann ruhig darüber sprechen.

Wetter ist ein Gesprächsstoff, der nie ausgeht. Man kann nicht jeden Tag über Film sprechen, soviel Filme gibt es nicht. Aber Wetter gibt es jeden Tag neu. Ich habe noch keinen Tag ohne Wetter erlebt. Und wenn überhaupt kein Wetter mehr ist, dann ist es ein Unwetter, dann fällt ein Kirchturm um, und man kann erst recht darüber sprechen.

Ein wahres Glück, daß der liebe Gott eigens zu diesem Zwecke das Wetter erfunden hat. Man käme sonst in scheußliche Verlegenheit.

Wetter ist der einzige Gegenstand, über den nicht

gelogen wird. Hier gibt es keine Greuelmärchen. Es hätte auch keinen Sinn, über das Wetter zu flunkern.

Mit einer Ausnahme: Wenn man von der Reise kommt. In der Sommer-, Herbst-, Winter- oder Zwischenfrische hat man ausnahmslos das herrlichste Wetter gehabt und fällt aus allen Wolken, wieso es zu Hause regnen konnte. Warum tut man das? Man will den mit Zeit und Geld erkauften Neid seiner Mitmenschen einkassieren und gönnt ihnen nicht einmal das bißchen Schadenfreude.

Bei der Seereise ist es umgekehrt. Da hat man regelmäßig einen wahnwitzigen Sturm erlebt. Windstärke elf und so. Merkwürdig, daß alle anderen Windstärken auf diesen Fahrten durchweg vergriffen sind. Haushohe Wellen schlugen über dem Schiff zusammen, man konnte keinen Himmel sehen und wußte nicht, was oben und unten war. Natürlich alles seekrank, vom alten Käpten bis zur jüngsten Konservenbüchse. Nur der Erzähler nicht. Es ist ähnlich wie in der Schule, wo jeder anständige Vater Primus war.

Jedes Wetter ist schön. Schön in seiner Art: Der weiche Sonnenschein, der einen in Watte wickelt und wohliges Grunzen entlockt. Der frischfröhliche Sturm, der die morschen Äste knackt und den Weiberchen die Röcke über den Kopf pustet. Der vergnügte Plätscherregen, der übermütig an die Scheiben klopft und nicht herein darf, und der ernste Nebel, der alles in gespenstische Tücher wickelt und Berge und Bäume ins Gigantische vergrößert. Der klirrende Frost, der einen die Wohltaten der Zentralheizung und des Punsches auskosten läßt, und der lustige Schnee, der auf Plüschpantoffeln geht und uns die Reise ins Engadin erspart.

Das Wetter hat auch seine biologische Seite, wie alles. Bei Regen sind die Bänke naß und ungeeignet. Dafür gehören die Regenschirmpromenaden zu dem Romantischsten, was das Wetter zu bieten vermag. Ein gemeinsamer Regenschirm bei entsprechendem Sauwetter garantiert eine traulich einsame Zweisamkeit. Man marschiert durch Regen und Pfützen und weiß nichts davon, man sieht nicht und wird nicht gesehen, Regen und Schirm bieten willkommene Dekkung; so verrinnt Zeit und Regen, er hat längst wieder aufgehört, die Straßen sind wieder trocken, man merkt es nicht und läuft immer noch unter dem schützenden Dach, dieselbe Straße, denselben Häuserblock, von Zeit und Raum gelöst.

So war das zu meiner Zeit. Heute geht man in die Konditorei oder ins Kino. Der junge Mann von heute hat keinen Hut, geschweige einen Schirm.

Am interessantesten ist das Wetter, das noch gar nicht da ist, das erst kommen soll. Früher hörte man auf Rheumatismus und Laubfrosch, heute wird es von Wetterwarten und Rundfunk besorgt. Früher konnte man sich wenigstens darauf verlassen, daß es nicht eintraf; heute kann man nicht einmal darauf bauen. Ein trauriges Geständnis: Wir können den Lauf der fernen Gestirne auf Jahrtausende im voraus bestimmen. Aber wie auf unserem kleinen Planeten morgen der Wind weht, das wissen wir nicht.

Quellenverzeichnis

Hans Christian Andersen, Geschichte des Jahres. Der Schneemann. Deutsch von Walter Bäher unter Benutzung älterer Übersetzungen.
Aus: H. Ch. A., Als die wilden Schwäne sangen. Heliopolis Verlag Tübingen 1955

Peter Bamm, Isobare und Ursachen
Aus: P. B., Ein Leben lang
Abdruck mit freundlicher Genehmigung von Frau Sylvia Biedenkopf, Hamburg

Adelbert von Chamisso, Adelberts Fabel
Aus: A. v. Ch., Werke in 5 Teilen, Berlin 1912

Die große Flut
Aus: Sagen des klassischen Altertums

Johann Peter Hebel, Der Mond. Mancherlei Regen
Aus: Das große Buch der schönsten Dorfgeschichten. Stuttgart 1983

Petrus Hehe, Ein Meßner gibt vor, er könnt' das Wetter machen
Aus: Scherze, Lügen und Fabeln in alten Predigten, herausgegeben von Thomas Maess, München 1988

Heinrich Heine, Neuer Frühling
Aus: H. H., Sämtliche Werke, München 1964

Johann Gottfried Herder, An die Bäume im Winter
Aus: J. G. H., Ausgewählte Werke, 1912

William H. Jones, Gegen Sturm und Eis um Kap Hoorn (Auszug)
Aus: Winde weh'n, Schiffe geh'n, herausgegeben von Walter G. Armando, Hamburg 1961

Gottfried Keller, Der Nebel (Auszug aus Der grüne Heinrich)
Aus: G. K., Sämtliche Werke, Bd. 1, München 1956

Otto Heinrich Kühner, Wo sich die Elemente berühren
Aus: Christine Brückner/Otto Heinrich Kühner, Erfahren und erwandert, Verlag Ullstein GmbH, Berlin

Selma Lagerlöf, Der Stein im See. Deutsch von Marie Franzos
Aus: S. L., Große Erzählungen
© Nymphenburger Verlagshandlung GmbH, München 1974

Hermann Löns, Hellnachtpirschgang
Aus: Deutsche Hausbibliothek, Augsburg 1987

K. F. H. Freiherr von Münchhausen, Die festgefrorenen Lieder
Aus: Joseph Guggenmoos, Hausbuch der deutschen Sagen und Schwänke, Ueberreuter 1972

Der Nordwind
Aus: Indianermärchen, erschienen im Eugen Diederichs Verlag München in der Reihe Märchen der Weltliteratur.

Heinz Piontek, Als der Regen noch eine schöne Seite hatte
Aus: H. P., Träumen, Wachen, Widerstehen, Ullstein Verlag GmbH, Berlin © Franz Schneekluth Verlag, München

Alexander Puschkin, Der Schneesturm. Deutsch von A. Eliasberg
Aus: Russische Liebesgeschichten, Manesse Verlag, Zürich 1961

Arthur Rimbaud, Im grauen Abendregen. Deutsch von Paul Zech
Aus: A. R., Sämtliche Dichtungen, München 1963

Eugen Roth, Der Regenschirm
© Dr. Eugen Roth Erben, München

Heinrich Spoerl, Veränderlich
Aus: H. Sp., Man kann ruhig darüber sprechen
© R. Piper Verlag, München 1949

Adalbert Stifter, Der Hagelsturm (Auszug aus Katzensilber)
Aus: A. St., Bunte Steine, Wiesbaden 1959
ders., Der Condor
Aus: Auf dem Wind, herausgegeben von Rudolf Braunburg, München 1983

Theodor Storm, Die Regentrude
Aus: Märchen der Welt, Weltdienst-Bücherdienst o. J.

Iwan Turgenjew, Wald und Steppe. Deutsch von Herbert Wotte
Aus: I.T., Aufzeichnungen eines Jägers
© Aufbau Verlag Berlin und Weimar 1968

Oscar Wilde, Der glückliche Prinz. Deutsch von Franz Blei
Aus: O. W., Das erzählerische Werk. Insel Verlag Anton Kippenberg, Leipzig 1976

Leider konnten nicht alle Rechteinhaber ermittelt werden. Berechtigte Honoraransprüche werden selbstverständlich abgegolten.